三岛由纪夫

みしまゆきお

Tennin Gosui
Mishima Yukio

[日] 三岛由纪夫 著
林少华 译

天人五衰

てんにん
ごすい

青岛出版社
QINGDAO PUBLISHING HOUSE

图书在版编目（CIP）数据

天人五衰 /（日）三岛由纪夫著；林少华译 .— 青岛：青岛出版社,2021.8
ISBN 978-7-5552-9739-0

Ⅰ.①天… Ⅱ.①三…②林… Ⅲ.①长篇小说—日本—现代 Ⅳ.① I313.45

中国版本图书馆 CIP 数据核字 (2021) 第 088177 号

书　　名	天人五衰
著　　者	［日］三岛由纪夫
译　　者	林少华
出版发行	青岛出版社
社　　址	青岛市海尔路 182 号（266061）
本社网址	http://www.qdpub.com
邮购电话	0532-68068091
策　　划	杨成舜
责任编辑	王　伟
营销统筹	许璐娜　仇　巍
封面设计	人马艺术设计·储平
照　　排	青岛新华出版照排有限公司
印　　刷	青岛新华印刷有限公司
出版日期	2021 年 8 月第 1 版　2021 年 8 月第 1 次印刷
开　　本	32 开（889 mm×1194 mm）
印　　张	12.5
字　　数	230 千
印　　数	1—6000
书　　号	ISBN 978-7-5552-9739-0
定　　价	49.00 元

编校印装质量、盗版监督服务电话　4006532017　0532-68068050
上架建议：日本文学·畅销

译序

生存之美与毁灭之美，以及"天人五衰"

通观日本近现代作家，不难看出两个特点：一是不大关心社会和政治，并自视为清高之举，导致"私小说"盛行；二是不少人不想活着而情愿自杀，其中包括一代才子芥川龙之介和诺贝尔文学奖获得者川端康成。而自杀本身也大多出于难以摆上桌面的一己之因，往往使世人不胜惋惜，一时唏嘘不已。

但凡事总有例外。大凡年纪稍长之人，大概还会记得上个世纪在东瀛京城上演的一场血淋淋的闹剧——一个头缠写有"七生报国"字样的白布、身着仿佛拿破仑时代戎装的汉子，领着三个同样装束的男子冲入自卫队东部方面总监部，把总监绑得结结实实，又打伤几名试图搭救长官的士兵，而后走上阳台，面对院子里集合起来的自卫队队员发表了一通充满火药味的讲演，最后大喊"天皇陛下万岁"而切腹自杀。此人便是三岛由纪夫。

村上春树在《寻羊冒险记》中曾记下其自杀的时间：一九七〇年十一月二十五日。"一九七〇年十一月二十五日那个奇特的下午我至今仍记得真真切切……下午两点，休息室的电视上翻来覆去推出三岛由纪夫的形象。音量调节器出了毛病，声音几乎听不清。反正都跟我们无关，我们吃罢热狗，又各喝一杯咖啡。一个学生骑在椅背上拧了一会儿音量调节钮，之后作罢，跳下椅子不知去了哪里。"显然，这一事件在村上心里并未激起多大反响，热狗照样吃，咖啡照样喝。这恐怕也是参加过"全共斗"等学潮运动的"左翼"青年较为普遍的态度。而一般日本人则不然。是的，尽管人们对三岛生前势如天风海涛的文学才华无不刮目相看，但对其死法则大多认为是一种倒行逆施的畸形表演，是时代错误，是对民主主义的反动，是作家品质的极度退化造成的歇斯底里。不过总的说来，当时很少有人这样公开谈论，甚至视公开谈论三岛事件为一种禁忌。

　　日本尚且如此，我国更不必说。不妨认为，提起三岛由纪夫，当年不少国人印象中他只是个狂热鼓吹复活军国主义的反动分子，而并不清楚他同时也是曾一度睥睨日本文坛的著名作家。其《丰饶之海》四部曲（《春雪》《奔马》《晓寺》《天人五衰》）似曾作为批判军国主义的反面教材翻译并内部发行过，而一度未正式将其作为作家介绍给一般读者。经过几十年的翻云覆雨，历史毕竟进入了冷静审视的岁月。今天，我们可以不必一味受制于批判意识，亦不必迷惑于其头上一度有过的耀眼光环，而尽可理性地面对其作品本身。从字里行间窥视作家内在的心态，跟踪其艺术历程的轨迹，体悟其中沉淀的日本传统美学的风韵与情致。

这里谈他的三篇小说。《潮骚》为中篇，《金阁寺》和《天人五衰》是长篇。其实三岛是个多产作家，十五岁开始写诗，十六岁发表小说，至四十五岁自杀，作品接踵而出，全集达三十五卷之多。其中有长篇二十一部、短篇八十余部、剧本三十三部，以及大量随笔。

三岛受日本古典文学和近代浪漫派影响较深，崇尚艺术至上主义和唯美主义。如果说《金阁寺》集中体现的是他所痴迷的"毁灭之美"，《潮骚》则讴歌的是生存之美。同样是美，却分属相距辽远的两极：一边跃动着炼狱之火，一边流溢着"伊甸园"之光；一边是精雕细刻的人工极致，一边是阳光海滩的原始芳香；一边憧憬着金阁寺在熊熊大火中焚毁的瞬间辉煌，一边在少女健美丰盈的胴体上寄托着玫瑰色的梦乡。

不是么？《潮骚》中，到处是亮丽的阳光和青翠的松林，到处是生命胀鼓鼓的活力和青春热辣辣的气息。星光下的海滩上，小伙子同心爱的少女不期而遇，那令人想起"海湾盈盈起伏的湛蓝色波纹"的少女胸部使得小伙子陷入幸福的迷乱。雨中哨所里，打盹醒来的小伙子忽然见到少女那珠圆玉润的裸体，那胸前犹如一对淘气的小动物般的乳房。当两人拥抱在一起时，感觉到的却仍是一派玉洁冰清的氛围。这里，排除一切思想，鄙夷一切学问。从东京回乡度暑假的女大学生急欲得到年轻渔夫的爱恋而终究无法如愿，能说会道的安夫注定要在情场竞争中一败涂地。作者所讴歌的生存之美，是强健的体魄、淳朴的性格、坚定的意志、虔诚的信仰。这里没有扭捏作态的风骚，没有故弄玄虚的斯文，没有怨天尤人的感伤，没有晨风夕月的抒情。一切显得淋漓酣畅，浑然天就，野趣盎然。

《潮骚》发表于一九五四年，获首届新潮社文学奖。发表当初便引起截然不同的反响。有人认为是"近乎十全十美的杰作"；有人则指出是对古希腊神话的"简单模仿"，甚至是"中学生读物"。一九七五年《潮骚》被搬上银幕，男女主人公分别由三浦友和和山口百惠扮演，作品因此有了进一步的影响。

相比之下，三岛更注重发掘"毁灭之美"，主要体现在《金阁寺》中。

金阁寺尽管金碧辉煌，美轮美奂，堪称"世上最美的存在"，但奇怪的是，它从不给人以轻松愉悦之感，从不唤起吟风弄月的闲情逸致，从不肯把一线阳光投向主人公幽暗的心田。莫如说到处充满凄风苦雨，到处徘徊着影影绰绰的幽灵，到处预示毁灭的杀机与伏线。这部长篇取材于一九五〇年七月实际发生的纵火事件（现在的金阁寺是一九五五年修复的）。生来为口吃苦恼的青年沟口从贫穷的乡下来到金阁寺出家以后，终日沉迷于金阁之美，幻想在战火中与金阁同归于尽的壮烈场面。然而战争的结束使这一愿望永远化为泡影。绝望之余，毅然将金阁付诸一炬。前面的《潮骚》到处跃动的是生的诱惑，青春的光影；这部《金阁寺》则通篇鼓涌着死的魅力，毁灭的壮观，集中炫示了三岛的所谓"毁灭之美"。

《金阁寺》发表于一九五六年，获读卖文学奖，是三岛最有代表性的长篇。日本文学评论界大多认为这才是真正的文学作品，甚至可以说是抒情诗，是战后文学的纪念碑，足可作为小说创作的教材。但也有人认为是"心理小说""观念小说"。的确，文中连篇累牍的心理刻画和对某种观念的冗长诠释，几乎淹没了主人公作为血肉之躯的人性光辉，窒息了男男女女日常性喘息，使他们沦为早已精心设计好的剧情的傀儡演员。不过，即使作为"观念小说"也是比较成功的。文中传递的信息，已经在很大程度上包含了作者的思想追求和美学追求，预示了其十几年后自行中断生命的结局。

也巧，莫言也读过《金阁寺》，读后说的一段话可谓不同凡响："我认为《金阁寺》简直可以当成三岛的情感自传。沟口的卑怯的心理活动应该是三岛结婚前反复体验过的。我认为如果硬说金阁是一个象征，那么我猜想金阁其实是一个出身高贵、可望而不可即的女人的象征……金阁在烈火中的颤抖和噼啪爆响，就是三岛心中的女人在情欲高潮中的抽搐和呻吟。"(《三岛由纪夫猜想》)

这里所说的"毁灭之美"，中国读者听起来或许觉得有些别扭。其实这并非三岛美学以至日本美学的专利，不妨说，中国文学中相关表达绝不少见。古诗词中的"菊残犹有傲霜枝""零落成泥碾作尘，只有香如故"，小说中的"黛玉葬花"，说的便是同花团锦簇形成强烈反差的另一种凄婉之美、寂灭之美，亦可称为"毁灭之美"。这方面的豪言壮语亮节烈行可谓比比皆是，诸如"宁为玉碎，不为瓦全""玉可碎而不可改其白，竹可焚而不可毁其节""士可杀不可辱""生当作人杰，死亦为鬼雄""我自横刀向天笑，去留肝胆两昆仑"。记得小时夜读《三国》，读到巴郡老将严颜被俘，面对张飞的喝斥，凛然大叫"但有断头将军，无有降将军"，久久为之激动不已。这种场面当然是一种美，就是说死也可抵达审美境界。

不过总的说来，日本传统文艺美学的确有更注重表现毁灭之美的倾向。两相比较，中国文学艺术侧重于塑造富有生命力的典型，如在傲霜斗雪的松竹梅"岁寒三友"身上不知消耗了古代多少文人墨客的心血与才华。其所烘托的坚毅之美、顽强之美、傲岸之美，表现出中国文人独特的心理风貌、人文精神和审美价值取向。而对于生命力脆弱者则大多不以为然，遂有"昙花一现""水性杨花""轻薄桃花""烟消云散"之讥。日本文学则不同，就其最有代表性的诗歌形式和歌俳句而言，大量吟咏的更是"三日即落"的樱花、飘零无寄的红叶、转瞬即逝的晨露等物。起初受中国文学影响，欣赏最多的是梅花，如《万叶集》。但不久即为樱花所取代，从《古今和歌集》至今莫不如是。诚然，樱花美则美矣，但在日本人眼中，美就美在开了三天五日便一股脑儿落去，痛痛快快来个自我毁灭，故有"花数樱花，人唯武士"之说。总之，美就美在其流转不居，见好就收，以此寄托他们对人生和世事的体悟和感受，进而沉淀为一种审美心理定式。一位日本游客第一次目睹中国人穷尽几代人甚至几十代人毕生精力建造的莫高窟和万里长城，不由感叹日本民族绝对不是修得起万里长城的民族。就是说，日本人不喜欢干这种甚至几代人都看不出个究竟的活计，忍受不了在本人有生之年无法从中体味生存变化之美和衰颓毁灭之美的寂寞。

这样看来，所谓"毁灭之美"并非三岛一人的突发奇想，而在深层次上植根于日本文艺美学的传统之中。实际上三岛也受日本古典文学的传统影响较深。这本来无可厚非，问题是他最后竟走火入魔，弄出一幕匪夷所思的场景。

前面说过，《潮骚》表现生存之美，《金阁寺》则突出"毁灭之美"。读者或许要问，二者体现在同一作家身上岂不自相矛盾？偏爱毁灭之美的人如何会欣赏生存之美？其实不然。

三岛表现这两极之美的目的却是一个——反社会、反时代、反潮流，乃是射向同一靶心的两支箭。《潮骚》中，用古风犹存的孤岛渔村，用健康的体魄和纯真的天性，用自然的海潮之声，来对现代都市、现代社会所讲究的学识、理性与进步加以蔑视和嘲弄；《金阁寺》显然通篇长满毒牙，其对战时的一往情深，对战后一切所怀有的偏见和深恶痛绝在此表现得淋漓尽致，以致非要眼前出现毁灭场面才痛快才舒心，偏要来个"向里向外，逢着便杀。逢佛杀佛，逢祖杀祖，逢罗汉杀罗汉，逢父母杀父母……"。顺便提一下，作者似乎将主人公的纵火动机归咎于这段禅语，这显然有失公道。佛家向以慈悲为怀，这段禅语无非是要人摈除我执，以求进入物我两忘、了无滞碍的境界。不过我想，三岛毕竟是一代文豪，不至于不解个中真谛，只不过引用时别有用心罢了。事实上，日本战后随着西方形形色色的思潮蜂拥而至，原有的价值观大多土崩瓦解，不少人陷入精神危机之中。因此对三岛的逆反意识，恐怕也不宜仅仅以"反动"二字蔽之无余。

自不待言，三岛由纪夫的文艺美学，并不限于生存之美和毁灭之美。例如《天人五衰》的"衰"，毁灭固然毁灭了，却很难让人和美联系起来。《天人五衰》是《丰饶之海》四部系列长篇的最后一部。佛教中的所谓天人，类似基督教中的天使，乃超自然存在，但并未超越死亡。"五衰"即临近死亡之时的五种异象。有小五衰与大五衰之别。小五衰为"乐声不起，身光微暗，浴水着身，着境不舍，身虚眼瞬"；大五衰为"衣服垢秽，头上花萎，腋下汗流，身体臭秽，不乐本座"。但这部长篇小说并未具体描写"五衰"异象，而主要表达作者对死亡、对生死轮回的探索，以及探索未果的绝望。如果说《潮骚》中的生存之美、肉体之美是天人生涯的盛期或顶峰，那么《金阁寺》中的毁灭之美则是天人内心撕裂的困惑和痛楚，而《天人五衰》无疑是天人的凄惨结局。不难看出，天人即作者三岛由纪夫本人，是其本人的写照。实际上《天人五衰》也是他的绝笔之作，手稿交付编辑当天便剖腹自杀而死。

不妨说，理解三岛或打开三岛文学的钥匙，就是其自杀的原因。让我再次引用莫言同一篇文章中的话：当他写完《天人五衰》之后，"他也必须死了。他已经骑在了老虎的背上，如果不死就会落下笑柄……归根结底，还是因为文学，因为小说，并不是因为他对天皇有多么忠诚。三岛努力想把自己扮演成一个威武的、有着远大政治理想和崇高信仰的角色，实则是想借此来吸引浅薄的评论家和好起哄的民众的目光。骨子里是想用这样的非文学的手段，为他的最后一部长篇做广告，一个极其成功、代价高昂的广告。从他的头颅落地那一刻起，一道血光就把他的全部的文字和整个的人生照亮了。从此三岛和三岛的文学就永垂不朽了"。同是作家的村上春树大概也看透了这点，所以才借助《寻羊冒险记》主人公表示不屑：热狗照吃，咖啡照喝，"反正跟我们无关"。当然，莫言关于三岛死因的说法只是一种"猜想"。猜想另有许多，例如一位英国记者写的《美与暴烈：三岛由纪夫的生与死》就以大量篇幅就此做了考证。我于二〇〇七年为之写了一篇书评，具体内容请参阅附录Ⅰ。

说两句不完全是题外的题外话。《天人五衰》大约是一九九四年在日本翻译的。当时我在位于佐世保的长崎县立大学任教，住在学校附近一座独门独院日式平房里。两间榻榻米和室用来躺躺歪歪，一间西式房间作书房。书房朝南，面对和房子占地面积差不多大小的院子——我就在那里翻译《天人五衰》。情节神神道道，立意神神道道，文字神神道道。说实话，译得我很烦，甚至有些气恼：好端端的日子何苦非译什么五衰不可呢！或者，感觉和村上春树相似。村上曾说他"太宰治读不来，三岛由纪夫也读不来。身体无论如何也进不了那样的小说，感觉上好像脚插进号码不合适的鞋"。区别在于，村上的脚可以解脱。而我呢，哪怕号码再不合适也不能不插进去，毕竟我已答应了人家的约稿。烦闷，气恼，无奈。每当这时候我就不由得眼望窗外。窗外靠南侧院墙那里有一棵一人高的百日红（紫薇），日语称"猿滑り（さるすべり）"，意思是"猴子滑下来"——百日红树干光滑，即使善爬的猴子也搭不住爪从树上滑落。树形倒是有模有样。夏天绿影婆娑，秋日花枝招展，粉里透紫的花朵一会儿开了，一会儿落了。猴子滑下来没见到，见到的是小松鼠，正所谓贼眉鼠眼，流星一般忽上忽下，倏然带走了《天人五衰》带给我的烦躁和郁闷。也有时转去隔壁和室，独自坐在檐下木廊里看着轻吻草坪的一抹夕晖，看着狗尾草尖若即若离的白粉蝶或红脑袋蜻蜓，偶尔听得院子西南角那棵栗子树传来毛栗落地的孤独的声响，随即涌起一缕缥缈的乡愁、一分缱绻的情思、一丝莫名的忧伤。而后如梦初醒似的折回书房桌前对付三岛。我便是在如此交替之间译完了《天人五衰》。

最后，还是要交代几句作家的简况。三岛由纪夫，本名平冈公威，一九二五年生于东京一个官僚家庭（父亲为农林省水产局局长），东京大学法学部毕业，后入大藏省银行局供职，不到一年便辞职从事专业创作。一九六八年组织右翼团体"盾会"，自任队长，一九七〇年剖腹自杀。三岛少年得志，中学时代即开始创作。艺术上崇尚唯美主义，作品力求词藻华丽，工于古典笔法。主要作品有《爱的饥渴》《禁色》《假面的告白》《潮骚》《金阁寺》《忧国》和包括《天人五衰》在内的《丰饶之海》四部曲，以及剧本《火宅》《鹿鸣馆》、戏剧集《近代能乐集》等。三岛在国际上也颇有影响，曾被提名为诺贝尔文学奖候选人，甚至被誉为"日本最伟大的小说家""国际天才"。即使在这个意义上,将其作品译介过来也是有意义的事。

拉拉杂杂写了这么多,够饶舌的了,果然人老话多。再不打住,读者一定打住了。抱歉抱歉!

二〇〇九年六月二十三日修改
时青岛半街黄杏栀子飘香
二〇二一年三月三日再次修改
时青岛一元复始万象更新

目录

译序
生存之美与毁灭之美,以及"天人五衰" ... i

第一章 ... 001
第二章 ... 009
第三章 ... 015
第四章 ... 037
第五章 ... 043
第六章 ... 049
第七章 ... 053
第八章 ... 075
第九章 ... 083
第十章 ... 093
第十一章 ... 107
第十二章 ... 113

第十三章 ... *123*

第十四章 ... *141*

第十五章 ... *153*

第十六章 ... *157*

第十七章 ... *169*

第十八章 ... *177*

第十九章 ... *191*

第二十章 ... *197*

第二十一章 ... *203*

第二十二章 ... *211*

第二十三章 ... *217*

第二十四章 ... *227*

第二十五章 ... *265*

第二十六章 ... *277*

第二十七章 ... *305*

第二十八章 ... *323*

第二十九章 ... *341*

第三十章 ... *347*

附录Ⅰ 三岛由纪夫为什么自杀 ... *363*

附录Ⅱ 三岛由纪夫年谱 ... *369*

第一章

海湾雾霭迷蒙，远方的船只影影绰绰。但终究比昨天晴朗，可以依稀见到伊豆半岛上山峦的剪影。五月的海面，波平浪静。阳光普照，云絮缥缈，长空碧透。

即使再低俯的波浪，扑岸时仍落得个粉身碎骨。粉碎前一瞬间那莺黄色的波腹，包含了类似一切海草所具有的那种猥琐和不快。

这就是海的搅拌作用——日复一日单调而枯燥地重复着关于搅拌乳海的印度神话。大概存心不想让世界安分守己。安分守己想必会将自然界的魔性唤醒过来。

不过，五月胀鼓鼓的海面，总是不断焦躁地变幻着光点，将精致的凸起无限排展开去。

三只海鸟凌空翱翔，眼看急切切地快速接近，却又马上不规则地拉大距离。这种接近和远离含有某种神秘。在近得几乎可以感觉到对方翅膀掀动的气流之时，一方倏地飞离远去——这蔚蓝的距离意味着什么呢？莫非我们心中时而泛起的三种意念也同三只鸟的表演相似不成？

一只印有"仝"标记的黑色小货轮，渐渐远离了海湾。

船上那隆起的构筑物，赋予其背影以忽然巍峨起来的庄严。

午后二时，太阳隐身于薄薄的云絮之后，如白亮亮的蚕茧。

无限舒展开来的弧形水平线，恰似牢牢套住大海的深蓝色钢箍。

刹那间，一座——只有一座——白色巨翼般的雪浪腾空而起，俄而消失。这又意味什么呢？是高蹈脱俗的即兴，还是生死攸关的暗示？抑或二者皆非？而这又可能吗？

潮水渐次汹涌，波浪渐次高扬。海岸则在这种配合默契的攻势面前渐次萎缩。云遮日暗，海水呈现出不无狰狞的黛绿。其间，一道白光由东而西绵绵延展，形如半开的长柄折扇。扇面部分起伏不平，而接近扇柄的缓冲部位，则以扇骨的浅墨，融入黛绿的平面。

太阳重放光明。海面于是重新平展展地辉映着日光，在西南风的驱动下，将无数海驴脊背般的波光浪影，不断向东北方向迁移。海浪这种永无止境的大规模迁移，却丝毫不至于溢出海岸，而乖乖听命于遥远的月球。

云片呈鱼鳞状，遮蔽了半空。太阳在云的上方，静静地撕洒着白灿灿的光。

两只渔船早已远去，海湾里只蠕动着一艘货船。风已相当强劲。从西边出现的一艘渔船，带着仿佛预示某种仪式开始的马达声渐渐驶近。船很小，且其貌不扬。但由于船的行进无轮无足，因此看上去却如拽着拖地长裙膝行而来一般高雅脱俗。

午后三时，鱼鳞云稀薄起来。南面天空一方如白山鸡尾部舒展开来的云，向海面抛下深重的阴影。

海，本无名称。地中海也罢，日本海也罢，眼前的骏河湾也罢，虽被勉强一言蔽之以"海"，但它绝不屈服于这一名称。海是无名的，是不可抑勒的，是绝对的无政府主义。

随着日光的阴晦，海面陡然变得无精打采，一副冥思苦索的神情。四下泛起细小的莺黄色棱角，浪头长满尖刺，如玫瑰的枝条。只是，尖刺本身带有圆滑的胎痕，整个海面倒也显得光洁平展。

午后三时三十分。全无船影可寻。不可思议。如此广大的空间，竟这般遭受冷落，甚至海鸥的翅膀都成了黑色。于是，海湾推出虚幻的船影，向西驶去，不久了无踪迹。伊豆半岛早已烟笼雾罩，扑朔迷离。一些时候，它并非伊豆半岛，而是它的幽灵。继而幽灵也消失不见。既已消失，当然无迹可寻。即便在地图上存在，也还是不存在。

半岛也罢，船只也罢，无不同归于"存在的不可信性"。出现，而又消失。半岛与船只，究竟区别何在？如若大凡眼中所见便是存在的一切，那么只要不被浓雾笼罩，眼前的大海便永远横亘于此，永远雄辩地证实着自身的存在。一艘船即可改变整个景观。船的亮相！它将使一切为之一变。存在的所有结构发生龟裂，从而将一艘船从水平线迎入怀中。转变便在此时进行。船出现那一瞬间之前的全部世界，因此而面目全非。就船而言，则是为证明其不在的全部世界报废而出现在那里的。

大海颜色的瞬息万变，云的流转不居，船的头角峥嵘。这每时每刻出现的是什么呢？发生的又是什么呢？这每一瞬间发生的一切，很可能比喀拉喀托火山喷发还要非同小可，只不过人们无动于衷而已。我们对存在的不可信性过于习以为常。世界存在与否，无须认真计较。

所谓发生，无非永无休止地再形成、再组合的前兆，一种从远处波及的钟声的前兆。船的出现，击响的便是这种存在的钟声。钟声顷刻间传播开来，涵盖一切。海面上没有发生的间休。存在之钟永远回荡不止。

一种存在，未必一定是船，一只悄然出现的蜜橘也未尝不可。蜜橘便足以击响存在之钟。午后三时半。在骏河湾代表存在的，即这样一只蜜橘。它在波涛间时隐时现，时起时伏。那宛如永不闭合的眸子般鲜亮的橙色，从离岸不远的海面急速东去。午后三时三十五分。从西边，从名古屋方面，闪入一艘轮船黑魆魆、沉闷闷的远影。太阳早已被云包拢，如一条熏鲑鱼。

安永透把眼睛从三十倍望远镜前移开。应于午后四时入港的天朗号货轮，全然没有现出只鳞片爪。他折回桌前，再次似看非看地对着今天的清水港船舶日报表。

昭和[1]四十五年五月二日（星期六）
定期远洋轮预定入港情况
天朗号
国籍　日本
时间　二日十六时
船主　大正海运公司
代理　铃一
驶发港　横滨
泊位　日出码头四、五

---

1 昭和：日本年号，1926—1989。

第二章

本多繁邦七十六岁了。妻子梨枝已经去世，剩下他只身一人。此后便时常外出旅游。他选择交通方便的地方，尽可能不增加身体负担，以此颐养天年。

一次，他来到日本平，临回去时游览了三保的松林地带，观看了据传来自西域的天人羽衣残片等珍贵文物，而后返回静冈。回静冈前，他想到海边独自伫立。回声号新干线电气列车每小时有三个班次，晚一班也无所谓。上了车，静冈到东京还不到一个半小时。

他让小汽车停住，手拄拐杖走上一条沙路，那里到驹越海岸有五十多米。他眼观沧海，一时古思悠悠，揣度这里也可能是《童蒙抄》所载天人下凡的有度滩。继而，又追忆了自己年轻时的镰仓海岸，这才心满意足地踏上归途。海滨只有嬉闹的小童和两三个垂钓者，一片闲散气氛。

来时一心想看海而没有注意，回去路上才发现堤坝下有一朵土头土脑的粉红色牵牛花。堤坝上的沙土地上，丢弃着多得数不清的垃圾，任凭海风吹来吹去：喝光的可口可乐空罐、罐头盒、家用油漆空桶、永垂不朽的塑料袋、洗衣粉盒，以及一堆堆瓦砾、空饭盒……

陆上的生活残渣蜂拥而来,而得以在此直面"永恒",直面迄今从未相遇的永恒,亦即大海。就像人终归只能以最为脏污最为丑陋的姿容直面死一样。

堤上,几株疏落的松树正开着红色海星般的花;路的左侧是一片凄凄然开满四瓣小白花的萝卜田;一行小松树把路分成左右两侧。此外便是铺天盖地的种植草莓用的塑料薄膜棚。鱼糕形的塑料棚下,星罗棋布的石垣莓懒洋洋地躲在树叶的阴影里,苍蝇围着锯齿叶团团飞舞。本多发现——刚才则未察觉——这触目皆是的郁闷单调的非透明白色鱼糕部落中,矗立着一座小塔式的建筑物。

停有汽车的县道的这一边,有一座双层白色木屋坐落在异常高耸的水泥基座上。作为看护所未免高得出格,而作为事务所则不无寒碜。墙壁三面环窗,两层都是如此。

受好奇心驱使,本多移步走进想必是前院的沙地。沙地上散乱细碎的玻璃碴各自如实映出云絮,白色窗框被随意扔在那里。抬头看去,第二层窗口透出俨然望远镜的圆形镜头的阴影。水泥底座探出两根红锈斑斑的粗钢管,又重新钻入地下。本多自觉脚步踉跄,小心跨过钢管,绕底座一周,然后登上通往一楼的残裂石阶。

上到顶头,另有一道铁梯通往小屋,下面立着一块有遮檐的牌子:

帝国信号通讯有限公司清水港事务所

TEIKOKU SIGNAL STATION

业务种类：

  1. 通报船舶入出港情况

  2. 预防并发现海难事故

  3. 联络海陆信号

  4. 联络海上气象

  5. 迎送入出港船舶

  6. 其他有关船舶的一切事项

  无论以隶体书写的古色古香的公司名，还是英文副标，抑或白漆剥落字迹斑驳的条文，都使本多感到惬意。业务种类显然充满着海潮气息。

  朝铁梯上端窥看，屋内寂无声息。

  四下望去，脚下县道的前方是座小镇，采用新型建筑材料的蓝色房脊上，点点处处闪动着鲤鱼幡风车。镇的东北方向，可以远远望见清水港杂乱无章的光景。陆上起重机和船舶架式起重机纷然交错。工厂白色的圆柱形仓库和黑色的船体，以及露天港口里终日任凭海风吹打的钢材和涂着厚漆的烟囱，一部分已登陆歇息，另一部分则几经漂洋过海而亲密无间地挤在一起。在这里，海成了全身寸断的闪光金蛇。

港口对面群山的远处，富士山从云层中探出些许峰顶。那飘忽不定的云层中的白色山顶，看上去恰似白色的尖角岩石被抛往云端。

本多心满意足地转身离去。

第三章

信号站的基座是个贮水池。

水泵从井里把水抽上来贮在这里，再通过铁管浇灌周围的塑料棚。帝国信号公司的人员看中了这座水泥高台，在上面建造了信号站木屋，占据了得天独厚的位置：从这里，可以及早观察到西边名古屋驶来和正面横滨驶来的任何船舶。

原来四名信号员八小时轮班。后来一人长期病休，剩下三人便实行二十四小时轮班制。一楼为不时从港区事务所前来巡视的所长的办公室，二楼这间三面环窗的八张草席大的木地板房间，便是轮流值班用的单人工作场所。

窗口内侧，三面都是固定的木桌。朝南和朝港口的东面分别安有三十倍和十五倍的双筒望远镜。东南角立柱那里，安有一台一千瓦投光仪以为夜间发信号之用。西南角工作台上有两部电话机，另有书架、地图，搁物吊板上分类放有信号旗，西北角有做饭和休息设施，这就是房间里的一切。此外，东边窗外可以看见高压线，白色的电瓷瓶同云色融为一体。高压线从这里一直向下伸到海边，在那里同下一座铁塔搭接后再往东北迂回，到达第三座铁塔之后，沿海岸线连接逐渐变小变矮的银色角楼，朝清水港蜿蜒开去。从此窗口望去，第三座铁塔成了恰到好处的目标。大凡有船从铁塔下驶过，便知其即将进入包括码头在内的3G水域。

直至今日，船也仍须以肉眼确认。只要货物的轻重和大海喜怒无常的性格主宰船的航行，船就将依然故我，不会失去十九世纪赴宴客人或提早或迟到的浪漫派气质。这就需要进行观察，以便准确地通知海关、检疫站、引水员、装卸人员、餐厅和洗衣店，使他们知道开始准备的时间。何况两艘船争先入港，而需决定所剩唯一泊位的时候，就更须有人在某处观察清楚，公平地决定先后顺序。

阿透从事的便是这项工作。

海湾出现了一艘相当庞大的轮船。由于水平线依稀莫辨，这就需要训练有素、反应敏捷的眼力，以便用肉眼迅速捕捉下来。阿透立即贴上望远镜。

若是水平线清晰可见的晴朗的隆冬或盛夏，在船舶蛮横地闯入水平线的门槛而昂首挺胸的一瞬间即可将其收入眼帘。但在初夏迷蒙的雾霭中，其亮相不过是对"存在的不可信性"的一步步背离。水平线绵长莹白，如被压瘪的枕。

黑色轮船的体积，同四千七百八十吨位的天朗号不相上下。船尾隆起的形状也同报表上记载的相符。白色的船桥和船尾挟裹的白浪已经历历在目。三座黄色的架式起重机出现了。黑烟囱那看上去又圆又红的标识呢？阿透再次凝眸远视。

套着红色圆圈的"大"字出现了,无疑是"大正海运"。这时间里,船没有减慢十二点五海里的时速,不断企图逃脱望远镜的圆形视野,就像急欲撞出捕虫网兜的黑蝴蝶。

但船名尚无法看清。只知道是三个字。"天"字也是因先入之见才勉强认出的。阿透折回桌前,给船舶代理公司打电话:

"喂喂,我是帝国信号。请注意,天朗号正从信号站前方通过。货物?(他脑中浮现出将船舷分成黑红两色的吃水线高度。)噢,一半左右。卸货几点开始?十七点?"

距卸货只有一个小时,增加了不少要联系的单位。阿透一边在望远镜和工作台之间往来穿梭,一边打了十五个电话。

领港员办公室、春阳号拖轮、引水员的家、数间船员餐厅、洗衣店、备有救生艇的渡轮、海关、代理公司、港湾管理事务所港营科、船载货物检测协会、航运公司……

"天朗号即将靠岸。是日出四号和五号泊位吧?请准备。"

天朗号已经通过第三座高压线铁塔。望远镜一对准地面,图像马上涌进地气,变得摇摇颤颤。

"喂喂,天朗号进入 3G 水域。"

"喂喂,是海关吗?请转警务科……天朗号已进入 3G 水域。"

"喂喂,十六时十五分,通过 3G 水域。"

"喂喂,天朗号五分钟前进入港口。"

…………

除直通船以外，还有横滨和名古屋通知驶往清水港的船。不过大多集中在月末，月初则寥寥无几。从横滨至清水有一百一十五海里。如果时速十二海里，抵港需九个半小时。只消比预定入港时间提前一小时根据船速观察就可以了，此后别无他事。今天除午后九时有一艘直接从基隆开来的日潮号之外，没有其他预定进港的船。

当一艘船入港，联系工作告一段落后，阿透每每有一种失落感。在他完成任务的同时，港口那边则开始倾巢出动。而对于港口的繁忙景象，他只要从这与世隔绝的一隅吐着烟圈付诸想象即可。

他本来是不吸烟的。未成年的十六岁少年不可喷云吐雾。起始所长郑重其事地提醒过，后来便不再言语了。毕竟是这种性质的工作，大概所长也觉得应该网开一面。

他容貌端庄秀气，脸色苍白，近乎冻僵的苍白。心也冷冰冰的，没有爱，没有眼泪。

但他晓得观察的快乐。这来自先天的眼力，无须任何创作，唯静观即可。较之看得见的水平线，看不见的水平线的存在要远得多，以致他的眼力无法进一步明察，认识无法进一步透彻。不过，在目力所及认识所及的范围内，已有各种各样的存在纷至沓来——海、船、云、半岛、闪电、太阳、月亮和无数星斗。如果说，存在与眼睛的相遇即存在与存在的相遇产生了"看"，"看"岂不成了存在物之间的对映？其实并非如此。"看"这一行为将超越存在，以"看"为翼，像鸟一样把阿透带往无人目睹过的境地。那里，甚至"美"本身也一片狼藉，如同在地面拖破的裙角。应该存在永无船舶出现的大海、绝对不受存在侵犯的大海。在目力洞穿的玉洁冰清的极限，必定存在空无一物的实在领域。那里无疑一片黛蓝，无论物象还是认识，一切一切都如乙酸浸泡过的氧化铅倏然化解。"看"亦早已挣脱认识的桎梏，自行成为透明的领域。

而只有放眼彼处，才是阿透幸福的所在。对阿透来说，"看"是一种登峰造极的自我舍弃。能使自己忘却自己的只有眼睛，除照镜时外。

而自己呢？

这个十六岁的少年，确信自己根本不属于这个人世。属于这个人世的只有半身，另一半则属于幽暗、黛蓝的领域。因此，这个世界不存在任何约束自己的法律。自己只要做出受制于人世的样子即可。哪个国度有束缚天使的法律呢？

所以，人生轻松不可思议。人们的贫困也罢，政治、社会矛盾也罢，都不能给他带来半点烦恼。他时而浮起柔和的微笑，但微笑与同情并不相关。微笑是绝对不认同于人的最后标识，是弓形嘴唇射出的吹箭。

看海看得厌了，他便从桌子抽屉里拿出小手镜照自己的脸。鼻梁笔直的苍白脸庞上，有一对美丽的眼睛，仿佛总是蓄满夜景。眉毛虽细，却是武士眉。嘴唇线条徐缓而有力度。但最漂亮的还是眼睛，尽管自我意识无须什么眼睛。他肉体中眼睛最漂亮这点，乃是一种讽刺：以确认他漂亮为目的的器官偏偏最为漂亮。

长长的睫毛，冷酷无情的眼睛，仿佛在不断追寻梦境。

总之，阿透出类拔萃，绝非凡夫俗子可比。这个孤儿深信自己的白玉无瑕足以使其作恶无忌。身为货轮船长的父亲死于大海，不久母亲也死了。之后他被贫穷的伯父收养。初中毕业后，在县辅导训练所学了一年，获得了三级无线通讯士的资格后，开始在帝国信号站工作。

阿透不曾知道贫穷带来的伤害、屈辱和愤慨，如同树皮每次受伤后流出的树脂凝固成的玛瑙那般坚硬。阿透的树皮生来就是坚硬的，一层又硬又厚的侮辱之皮。

一切无师自通，一切已然知晓，一切深谙于心——这种快乐只存于大海遥远的水平线。事至如今，人们有什么可大惊小怪的呢？诡诈犹如清晨的牛奶，被挨家逐户地分送到每一户门前。

他彻里彻外熟悉自身的机构，检查亦无微不至。全然不存在什么无意识。

阿透心想：假如我会在无意识动机的驱使下信口说出什么来，世界恐怕早就分崩离析了。世界应感谢我的自我意识。

除驾驭以外，不存在意识的自豪。

有时他还以为，说不定自己本身就是一颗具有意识的原子弹。总之，有一点是确切无疑的：自己不是常人。

阿透总是检点全身上下，天天频频洗手。手心由于经常搓洗香皂，白惨惨的，甚至失去了油性。而从世人眼光看来，这个少年倒不过仅仅爱好清洁罢了。

但是，他对自身之外的杂乱无章却丝毫不以为然。他认为介意别人的裤线不直之类，纯属一种病态。政治穿的便是皱皱巴巴的裤子，可那又如之奈何呢？……

楼下传来轻轻敲门的声响。若是所长，必然像一脚踩碎木板箱那样毫不留情地拉开做工不良的门扇，脚步铿锵地径直登上二楼脱鞋的地方。显然不是所长。

阿透穿起拖鞋，走下木梯，对着贴在门扇波纹玻璃外面的粉红色身影，门也不开地说道：

"怎么搞的，又来了！今晚六点所长可能来的，晚饭后再来吧！"

"是吗？"

门外的身影苦思良策似的凝然不动，而后淡红色渐渐离开。

"那……一会儿再来。有很多话要跟你说哩。"

"啊，好的。"

阿透把随手带下的铅笔夹在耳轮上，重新爬上楼梯。他久别重逢似的出神注视着窗外渐渐合拢的暮色。由于被云层包围，今天太阳固然无法露面，但距六时三十三分日落时间还有一个小时，而海面竟已阴影凄迷。一度遁形的伊豆半岛反倒依稀现出水墨画般的轮廓。往下看去，两个身背草莓筐的妇女从塑料暖棚间走过。草莓园的前方，清一色是矿床般的海景。

第二座高压线铁塔阴影的位置，午后一直停有一只五百吨货船。为了节省泊位费，它提前出港，在港外抛锚，慢慢清扫船舱。看样子现在已清扫完毕，已经起锚。

阿透走到洗物槽和煤气灶那里，热了热晚饭。这时电话铃又响了。管理站通知说，预定今晚二十一时入港的日潮号发来了公务电报。

晚饭后看罢晚报，他发觉自己正在期待刚才那位客人的来访。傍晚七时十分，海面降下夜幕，唯有眼下塑料棚的白色，如遍地银霜与黑暗对峙。

窗外，一阵接一阵传来小型马达的轰鸣。一齐驶离右边烧津港的渔船，从前方向兴津湾沙丁渔场开去。船中间高挂着红绿两色灯，二十多只争先恐后地开了过去。夜海上众多小灯颤颤的痉挛，如实地传达出热球式马达质朴无华的喘息。

一些时间里，夜幕下的海很像社戏场面：一群人手提一只只灯笼，相互大声招呼着朝神社赶去。阿透晓得船上渔民间的交谈。他们在海上用扩音器舌来唇去，欢快地把带有鱼腥味的筋肉暴露在灯光下，脑海中描绘着落入渔网的无数沙丁鱼，相竞通过这道水上长廊。

一阵喧嚣过后，只有信号站后面县道上疾驰的汽车以恒定的噪音打破寂静。这时，阿透再次听到楼下的敲门声：肯定是绢江又来了。

他走下楼，打开门。门口灯光下，立着身穿桃红色前开襟短衫的绢江。头发上插着一大朵白栀子花。

"请进。"

阿透不无老成地说道。

绢江浮现出美女特有的略显矜持的微笑走进门来。上到二楼，把一盒巧克力放在阿透桌子上。

"只管吃吧！"

"总让你招待。"

阿透撕开玻璃纸——声音大得满屋回响——打开金黄色长方形盒盖，捏起一粒，朝绢江笑了笑。

阿透总是俨然对待美女那样彬彬有礼地对待绢江。而绢江则同面对西南角桌子的阿透正相反，有意坐在东南角投光仪后面的椅子上，同阿透保持着显然不必要的远距离，摆出随时可以夺门出逃的架势。

窥视望远镜时，阿透自然把室内所有的灯关掉，平时则打开一盏一个人用未免过于夸张的荧光灯。灯光从天花板晃晃泻下，绢江头发上那朵栀子花发出白亮而湿润的光泽。灯光下看去，绢江的丑真可谓别有风情。

那是人所共认的丑。丑得既不同于或许有人尚可欣赏的那种司空见惯的平庸长相，也有别于时而流露心灵之美的逊色女子。那是一张从任何角度审视都只能称之为丑的面孔。这种丑是天赋之物，任何女人都休想丑得如此彻底。

而绢江则无时无刻不在哀叹自己的美貌。

"你倒没关系的。"绢江意识到短裙下探出的膝盖，最大限度地并拢双膝，一边双手使劲拉拽裙角一边说，"你无所谓。你是唯一不对我动手动脚的正人君子。但你毕竟也是男人，不保险的。跟你说清楚，你一旦手脚乱动，我就再也不来玩了，再也不跟你说话，马上断交。嗯？你能发誓说决不动手？"

"发誓。"

阿透轻轻抬手张开手心。在绢江面前，凡事都须一本正经。

绢江开始讲述之前，必然如此叫阿透发誓。之后，态度顿时放松下来。终日遭人追赶般的焦躁不安倏然冰释，靠在椅子上的姿势也变得坦然自若。她像怕碰坏什么东西似的摸了摸头上的栀子花，从花的阴影中向阿透送去微笑。旋即突然长长喟叹一声，开始一吐为快：

"我这人就是不幸，真想一死了之。对女人来说，生得漂亮就是不幸，而男人对此是绝对理解不了的，我想。漂亮这点得不到尊敬。大凡看我的男人必定产生邪念。男人都是野兽。要不是长得漂亮，我肯定可以对男性怀有更多些的敬意。无论什么样的男人，只消觑我一眼，就即刻成了野兽。这怎么能教人尊敬呢？对女人来说，最大的侮辱，莫过于自己的漂亮直接与男人最丑恶的欲望连在一起。我嘛，再也不想逛街了。不是吗？所有擦肩而过的男人，看上去都活像流着口水紧跟不舍的狗，没一个例外。我本来是规规矩矩地随便在街上走一走，不料迎面而来的男人总是贼溜溜地两眼发光，燃烧着按捺不住的欲火，像是在说：'我要干这个女孩！要干这个女孩！要干这个女孩！'这么着，光是走上一走，都累得我一塌糊涂。

"就说今天吧，在公共汽车上就给人耍了流氓。讨厌死了，真讨厌……"绢江从衣袋中掏出小花手帕，动作优雅地拭了拭眼角。

"车上坐在身旁的，是个一表人才的小伙子，大概是东京人吧，膝上放着一个很大的波士顿旅行包，戴一顶登山帽样的帽子。一眼看去，侧脸很像一个人（绢江说出一个流行歌手的名字）。就这个人，一个劲儿地左一下右一下朝我打量不止。我心想这回可糟了。就在这当儿，一只手从死兔子一般又白又软的波士顿皮包滑出来，为了不使其他乘客发觉，紧贴着皮包底探出指尖，触摸我的大腿！喏，就这儿！腿倒是腿，但一直往上，这个部位！你说吓不吓人，原本是那么一个外表既潇洒又正派的小伙子。我当然也就更加窝囊，更加恶心，

'啊'一声站起身来。别的乘客吃了一惊。我直觉得心口怦怦跳得厉害，说不出话来，你说是吧？一位慈眉善目的老婆婆问我怎么回事，我真想说出是这个人耍流氓来着。但看到小伙子低头羞得满脸通红，又觉得他到底是个好人，就没有实话实说——按理本不该庇护他的——这么着，我搪塞说'这椅子危险'。大伙都跟着说'危险'，神情紧张地盯着我刚刚坐过的绿椅子海绵垫。有人提议最好向公共汽车公司提出抗议。我说'不必了，下站就下车'。就这样下车的。车开动后我的座位仍空在那里，吓得谁都不敢再坐。只见旁边那小伙子探出登山帽的黑发给太阳照得闪闪发光。就这些。我可是不想伤害别人，自以为这样做是对的。受伤害的只我一个就足够了。漂亮女人命中注定如此。我甘愿自己一人承受世上所有的丑恶，悄悄掩藏起心灵创伤，永远保密，保密到死。你不认为越是如花似玉的女人，越能成为真正的圣女？只要你一个人听，我就十分满足了。你可一定得替我保密才行哟！

"不错，能够通过男人射向自己的目光真切得知世间的丑恶，得知人们无可救药真实可悲的嘴脸的，只有美女（绢江在口中蓄满唾液而后爆破性地发出'美女'两个音节）！美女遭受着地狱之苦。异性处心积虑要发泄下流的欲望，同性不断表现出卑劣的嫉妒，美女则只能默默含笑接受自己的命运。这也才成其为美女，而这是何等不幸啊！没有人理解我的不幸。这是只有我这样的美女才能体会得到的不幸，并且没有一个人给予同情。同性说什么要是像我这么漂亮多么幸福，听得我直想呕吐。那些人根本、根本不可能理解佼佼者的苦衷。有谁能体察到宝石的孤独呢！宝石注定遭受金钱欲的折磨，我则必须承受肉欲的摧残。假如世人真正了解美是如此叫人受苦受难，什么美容院什么整形外科早就关门大吉了。我以为只有美得不够程度的人才能享受美的好处。嗯，不是这样的吗？"

阿透边听边转动着手心里的绿色六棱铅笔。

绢江是这一带大地主家的姑娘。一次失恋之后，脑袋出现异常，住了半年精神病院。症状颇为独特，属于抑郁性自恋。出院后烈性发作倒是没有了，代之以一口咬定自己乃是绝代佳人，病情如此稳定下来。

借助于精神失常，绢江摧毁了那般折磨自己的镜子，而跃入没有镜子的世界。在这个世界里，她可以只看自己想看的东西，不想看的则置之不理。这是一种具有可选性可塑性的天地。在此可以随心所欲地表演常人所不能的绝技，可以肆无忌惮而不受任何报复不伴随任何危险。在把形同过时玩具的自我意识扔进垃圾箱之后，便可以制造出精巧无比的虚幻的第二个自我意识，像安装人工心脏一样将其稳妥地安装在自己的内部并使之投入运转。这个世界早已炼就金刚不坏之身，任何人都奈何不得。随着这一世界的竣工，绢江彻底变得幸福——用绢江的话来说，彻底变得不幸起来。

绢江的发疯，想必起因于男方露骨地嘲讽她相貌的丑陋。而在那一瞬间，绢江找出了自己的生路，发现了狭路唯一的光明。无须改变自己的长相，而只消使世界换一副嘴脸即可。只要自我实施任何人都不知其奥妙的美容整形手术，将灵魂翻新，一颗璀璨夺目的珍珠即可从丑陋不堪的灰色牡蛎壳中一展风采。

如被穷追不舍的士兵突然绝处逢生，绢江因发现了这个不如意世界的根本症结而一举扭转乾坤。这是何等辉煌的革命，何等狡黠的睿智！居然以悲剧形式将内心最为渴望的东西据为己有……

阿透以老练的姿势吐着烟圈，双双伸出裹着牛仔裤的长腿，悠闲地靠着椅背，听着绢江的讲述。内容毫无新奇之处。但作为听的一方，阿透丝毫不让对方觉察出自己的无聊。因为绢江对听众的反应极为敏感。

阿透绝不像附近居民那样取笑绢江。唯其如此，绢江才来这里。对于比自己年长五岁的这个丑女子，阿透怀有一种近似同属异类的同胞之爱。无论如何，他喜欢对现实世界坚决不予认同的人。

两颗坚硬的心，一方由于发疯而得以保全，一方则通过自我意识加以维护。两颗心假如硬度大体相同，无论怎么相撞都没有破损之虞。况且相撞的只是心，不必担心身体接触。绢江在这里最能放松警惕。突然，阿透霍地起身，大踏步走上前来，绢江惊叫着朝门口跑去。

他紧张地奔向望远镜，饿虎扑食地贴住眼睛，朝身后挥手道：

"工作了，回去吧！"

"哎哟，对不起，误解了。我自然相信你不是那类人，但事出突然，竟把你也同他们混为一谈了，别见怪。毕竟苦头吃得多了，一见男人猛然起身，就以为事情不妙。对不起。不过，你也要理解我的心情才行，我总是这么提心吊胆地过日子。"

"好了好了，回去吧，正忙着。"

"那我就走了。我说……"

"什么？"他觉察出身后换鞋的绢江有些犹豫，依然贴着望远镜道。

"跟你说，我、我非常尊敬你咧……那，再见，还来的。"

"再见。"

阿透一边听着小步跑下木梯的脚步声和开门声，一边追视望远镜中的夜海灯火。

刚才听绢江说话时眼睛往窗外一扫，就看出了征兆。虽说天空阴沉，虽说船舶驶近的征兆往往同西伊豆土肥一带山顶山麓间星星点点的灯光和海湾渔船灯光混在一起，但也还是可以觉察出哪怕极为细微的变异，就像发现黑暗中落下的一点灯火。

原定午后九时入港的日潮号距入港时间还有差不多一个小时。

但不可完全马虎大意。

望远镜圆形镜头中，在海湾夜色的掩护下如爬虫蠕行而来的即是船灯。一个小小的光点一分为二，按不同方向分为前后桅灯。若再跟踪片刻，方向渐趋明确，前后桅灯间隔也稳定下来。根据间隔和船桥灯的大小，即可大致断定是四千二百余吨的日潮号而不是数百吨渔船。以桅灯间隔判断船的吨位，阿透对此早已眼熟能详。

随着镜头方向的转动，船灯开始卓然特立，而不再同伊豆半岛的灯光渔火彼此混淆：一个实实在在的庞然大物，沿着夜幕下的航道滑行而来。

少顷，伴随着映入水中的船桥灯光，如灿烂之死一样逼近。当夜色中亦已清晰可见的船形——俨然独特而复杂的古乐器的货船轮廓——镀一身桅灯舷灯的红光赫然临近之际，阿透扑向投光仪，用转盘调整角度。发光信号若启动太早，船上看不真切。但若近至极限，则由于房间东南角立柱的遮挡而不能充分发光。加之对方确认和应答的快慢难以把握，因此适时的判断并非易事。

阿透按下投光仪开关。少许光亮透过旧仪器的空隙泻到手上。投光仪有一对蛤蟆眼样的望远镜。轮船飘浮在黑漆漆的圆形空间里。

阿透晃动遮光板，一连三次发出最初的呼唤：

"嗒嗒嗒嘀——嗒，嗒嗒嗒嘀——嗒，嗒嗒嗒嘀——嗒。"

没有反应。

又发三次。

船桥灯旁挤出浆液样的光亮，传来一声回应：

"嘀——"

这一瞬间的光亮，使得阿透觉得自己操纵遮光板的转盘有了重感。阿透询问船名："嗒嘀——嘀——嘀——嗒，嗒嘀——嗒嘀——嗒，嘀——嗒嗒嗒嘀——嗒嘀，嘀——嗒嗒嗒。"对方发出一声表示明白的"嘀——"之后，旋即以闪烁的灯光送出船名："嘀——嗒嗒——嗒，嗒嗒——嘀——嗒，嗒嗒嘀——嗒，嘀——嘀——嗒嗒嘀，嘀——嗒嗒嘀，嘀——嗒嘀——嘀——嗒。"

无疑应解读为"日潮号"。

这时，长光短光急切切一阵乱舞。在四周安详的灯光群中，唯独它显得欣喜若狂。夜海远处传来的这种光的呼叫，恰似刚才还在这里的疯女呓语。那不断倾诉刻骨铭心的无上幸福的金属质地的语声，虽不悲戚听起来却令人黯然神伤……虽说这只不过是船名的通报，但那眼花缭乱的光的呼叫，却好像在——真切地传递出由于感情的高度亢奋而跳动不畅的脉搏。

日潮号的发光信号，想必是正值班的二等航海士发出的。

阿透不由揣度起那位在夜色下从船桥向这里致意的二等航海士的思乡之情。那到处荡漾着白油漆味儿到处闪烁着罗盘和舵轮铜光的明亮房间里，肯定充盈着远航的疲劳和南方太阳留下的余热。风浪中疲于负重的船的归来。二等航海士那富有男子汉气概而又不无懒散的职业性动作。那训练有素的快捷的手势。眼睛中灼人的思归神情。夜幕下，两间孤独的明亮小屋遥遥相望。而信号交换成功时各在远方黑暗中那颗心的确凿存在，恰似夜海中浮游的光闪闪的魂灵。

这条船预定明晨靠岸，今晚须在3G水域抛锚待命。检疫下午五时过后便停止了，明天早晨七时方能开始。阿透静等日潮号驶抵第三座铁塔，然后在接到询问时道出几时几分，以免码头出现混乱。"直通船总是提前。"阿透自言自语。这个少年经常自言自语，已经成了习惯。时过八点半。风平浪静。

十时许，睡意袭来。他走下楼梯，到门前呼吸外面的空气。

脚下县道上，车辆依然很多。东北清水市那边，簇拥在港口四周的灯光神经质地闪闪烁烁。西面晴天时衔吞夕阳的有度山黑影沉沉。H造船厂宿舍一带，清楚传来醉酒的歌声。

他折回房间，打开收音机，准备收听天气预报。预报说明天有雨，海上浪大，能见度差。接着是新闻，说美军在柬埔寨的行动，将使解放战线的司令部、后勤部和医院无法在十月末之前恢复正常。

十时半。

视野越来越差,伊豆半岛的灯光也不复再见。但毕竟比皎洁的月夜好些,阿透昏沉沉地想到。因为海面在月色里炫目耀眼,一片反光,很难辨认入港船舶的桅灯。

阿透把自鸣钟调至一时半,爬上小床躺下。

第四章

同一时分，本多在本乡家里做了个梦。

由于旅途疲劳，他早早上床，很快睡了过去。或许白天看了羽衣松的缘故，梦是有关天人的。

三保松林地带上空的飞翔的天人并非一个，而是成群结队的交相旋舞。既有男天人，又有女天人。本多关于佛教的知识——付诸梦境。本多于是认为佛经果然并非虚言，一时大有醍醐灌顶之感。

所谓天人，指的是住于欲界六天并色界诸天的有情，尤以欲界六天广为人知。眼前的天人男女互相打闹嬉戏。由此看来，当是欲界六天的天人。

其身上有火、金、青、赤、白、黄、黑七种身色光明，看上去宛如以彩虹为翼的巨大蜂雀往来翩舞。

青发纷披，笑容可掬，皓齿莹莹，体态盈盈，纤尘不染，目光炯炯而一闪不闪。

欲界的男女天人，随时以身相亲，夜摩诸天的仅仅以手相拉，兜率陀天的仅仅以心相思，化乐诸天的仅仅以目相对，他化自在天的仅仅以语相应——仅仅如此即可完成交合。

本多所见三保松林地带的天人出游，大约是此类聚会。散花飘飘，仙曲袅袅，香风拂拂。本多初次目睹此番奇景，不由神思恍惚。不过本多心中清楚，虽为天人，既然是有情，亦难免轮回之苦。

以为夜色迷离，却是光朗朗的午后；以为置身白昼，却满天星斗熠熠，一轮明月高悬，天人了无踪影。假如目睹此景的本多无非一个凡夫，自己便可能是所谓渔夫白龙，他想。

据佛家说法："男性天人生自天子膝侧，女性天人出于天女腹内。自知过去生处，常食天人须陀味。"

天人忽而向上飞升，忽而往下盘旋。正欣赏之间，天人似有意戏弄本多，竟将脚趾翘起几乎触及本多的鼻端。顺其白皙光洁的脚趾看去，原来摇晃脖颈朝这边笑的，是头上花荫下的金让的面孔。

天人们越来越无视本多的存在。他们下到几近海岸、沙丘之处，在苍松下端的虬枝间往来飞翔。本多于是被眼前的变幻多端弄得眼花缭乱，一时无法看清全貌。洁白的曼陀罗花连连飘落，箫声笛声箜篌声并天鼓声四下交响齐鸣。青发、长裙、宽袖、肩缠臂绕的丝巾随风飘舞，势若江河横流。冰清玉洁的裸腹忽而荡至眼前，忽而凌空而起，唯见光洁的脚心渐次远逝。莹白娇美的双臂撩带璀璨的虹光从眼前一掠而过，仿佛追寻猎物。就在这一瞬之间，轻舒曼卷的手指和指间悬浮的月轮闪入眼帘。那天捣香熏过的丰满酥胸袒露无余，俄而翻空飞去。那历历划过碧空的流畅的腰部曲线宛如一抹横云。继之，一对绝不眨闪的黑眸远远逼近，随着不无凄然韵味的白皙额头的反转，向上映出星群，双足倒立，上下回翔。

从男性天人的脸上，本多真切地辨出清显的面影和阿勋俊秀的脸庞。只是二者同虹光霓影两相混淆，行踪虽徐缓有致但分秒不驻，因此见而复失。

只是，既然金让的面孔都已出现，想必时间秩序在欲界天已经紊乱，变得自行其是，前世也同时出现于同一空间。场面堪称平和至极，以为可以如此生生不息绵绵无止，却又顷刻间云散烟消。

唯独一片松林分明属于现实界的存在。针叶历历可见，本来撑手的树干也给人以粗糙的感触。

及至后来，本多再也无法忍耐如此络绎不绝的出游阵列，甚至已经生厌，但并未移开眼睛，就像从公园粗大的喜马拉雅杉树干阴影里观看什么一样。受屈蒙辱的公园。夜半更深的警笛。自己无时不在面对，无上神圣的也罢污秽不堪的也罢，全部一视同仁。所见之物统统合而为一，浑融一体，毫无二致。本多沉浸在莫可言喻的抑郁之中。他抖落梦境，睁眼醒来，如渡海之人扯掉身上缠裹的海草而登上滩岸。

枕旁杂物篓里，手表悄然作响。

打开枕边座灯，时间才一点半。

本多担心自己再不能入睡而一直睁眼到天亮。

第五章

似睡非睡之间，自鸣钟把阿透唤醒。他习惯性地在洗物槽仔细洗罢手，走到望远镜处窥看。

瞭望孔上的白橡胶垫圈尚有余温，潮乎乎的，不大干净。他稍微移开眼睛，又马上轻伏上去，小心不让眼睫毛碰上垫圈。一无所见。

他担心原定凌晨三时进港的瑞云号可能提前，一点半就起来了。但看了两三次仍无动静。时至两点，海面开始骚动，一些渔船从左面扬起灯盏，带着低促的声响相继出现。顷刻间，眼前的海面顿成灯笼夜市。在兴津湾捕捞沙丁鱼的小船，为赶早市，急匆匆地往烧津港返航。

阿透从盒里拿出一粒巧克力扔到嘴里，站在煤气灶前准备煮夜宵面条。正煮时电话铃响了。是横滨信号站打来的，通知原定三时进港的瑞云号推迟到四时。看来真不该这么早爬起。他连打几个哈欠，逐个从胸腔深处摇颤着排出体外。

等到三时半不见船来，睡意愈发不可收拾。为了用外面的冷空气驱散睡意，他下楼出门，深深吸了几口。已届日出时分，但天空阴沉，星斗皆无，见到的只有附近住宅区安全楼梯的一排红灯，和远处清水港灿然生辉的灯群。杜父鱼不知在哪里浅唱低语。清冷的空气中传来第一声鸡啼，预示天光将晓。北面天空的横云隐隐泛白。

他折回房间。差五分四点时，瑞云号终于始露头角，阿透于是睡意尽消。黎明已经到来，四下触目皆是塑料草莓棚，如一片雪景。船的识别已不再困难。阿透朝船左侧的红色舷灯打开发光信号，根据对方的回应确认了船名。瑞云号肃穆地驶入黎明前的3G水域。

四时半，东边云层透出隐隐约约的红晕。水岸分界于是随之清晰起来。水光渔火，均各得其所，敛身自守。天光勉强可以让人在纸上写字时分，阿透随手写道：

瑞云号
瑞云号
瑞云号

写着写着，天光一分亮似一分。蓦然抬头，波纹浪线已宛然入目。

今天日出时间为四时四十五分。三十五分时，曙光妩媚起来。阿透不由得倚着东窗，推开玻璃。

太阳尚未露脸。应露脸的地方紧贴着肌肤细腻的云絮，历历浮雕出同低矮的山脉曲线正相吻合的绝妙造型。山脉之上处处逶迤着间带深蓝色空隙的玫瑰色横云,下面则是浅灰色云海。山脉的浮雕一直把玫瑰色云彩曳至山脚,一片扑朔迷离。阿透联想到脚下散在的人家,眼前现出开满玫瑰色奇葩的虚幻国度。

他认为自己即来自那里,来自虚幻的国土,来自时而展露黎明天幕的国度。

凉飕飕的晨风吹过,眼下的树木开始呈现亮晶晶的绿。高压线铁塔上的电瓷瓶在暗色里白得一目了然。绵延东去的电线,朝遥远的日出方向渐次收敛。但太阳尚未露出。正是该日出的时刻,红晕渐浅渐薄,融入青云。红晕涣散消隐之后,代之以绢丝一般断断续续的光云,而太阳仍无处可寻。

大约五时零五分过后,才弄清太阳的所在。

恰好在第二座铁塔附近,夕阳般郁郁寡欢的猩红色日轮从笼罩地平线的浅黑色云缝间闪闪烁烁。云层隐去其上下两端,只露出中间部位,宛似发光的双唇。那涂着猩红色口红的薄嘴唇带着玩世不恭的冷笑,在云层间悬浮良久。后来唇越来越薄,越来越淡,最后剩一缕若有若无的微笑,消失了。相反,天穹则愈发光朗,略带阴翳的光朗。

当六点一艘铁板驳船开进港区时,太阳从意外高旷的空中隔着云层放射出肉眼亦可直视的微弱光环。光越来越强,东海面如无数条金丝带一般闪闪耀眼。

阿透给引水员家和拖轮打了电话。

"喂、喂,你早。船进港了,日潮号和瑞云号进港了,请做好准备。"

"喂、喂,北富士吗?日潮号,还有瑞云号进港了。是的,瑞云号四时二十分通过 3G 水域。"

第六章

九点交班。巧克力也交给下一个通讯员后，阿透走出了信号站。天气预报彻底失误，云开雾散，朗朗晴空。等公共汽车时间里，也是觉没睡足的关系，路面阳光格外刺眼。

通往静冈铁路樱桥站的公路两旁，原本是好端端的农田，后来经一番折腾，弄成了光溜溜的住宅用地，了无情趣的新商店东一处西一处地散在路旁。好在公路倒还宽阔，如美国乡间小镇的。下得公共汽车，过了河，就是阿透下宿的二层公寓。

登上覆有遮雨棚的楼梯，打开二楼尽头处的房间。阿透每次走之前都收拾齐整的这兼带厨房的六张草席大和四张半草席大的两个房间，套窗关着，显得有些阴暗。他先到里边给浴盆放水，然后打开套窗。窄小固然窄小，毕竟液化气浴盆还是有的。

等待浴盆水热时间里，以"看"为能事的阿透虽已看得那么辛苦，还是凭借西北窗观看眼下橘园前面新居周日上午的喧闹光景。犬吠声声。麻雀在橘园树丛间飞跃。好歹建成自有房的那个男子正在朝阳的檐廊里四肢朝天地躺在藤椅上看报。

扎着围裙的主妇身影在里面闪来闪去。采用新建材的色调俗不可耐的绿瓦房顶大放其辉。小孩们洪亮的语声，如玻璃片一样划破四野。

阿透喜欢像逛动物园那样观察人世生活。浴盆水开了。每天清晨归来他都慢慢泡进浴盆，将身体的每一角落清洗干净，这已成了他的习惯。胡须不用刮，一星期一次就可以了。

他脱得精光，出声地踩着泄水板，没等淋湿身子就无须顾忌任何人地扑了进去。他很会掌握水温，每次相差不过二度。暖暖地泡过后，才不慌不忙地在泄水板上擦洗身体。他有个毛病，每当睡眠不足身上疲劳便脸上出油，腋下生汗，要使劲用香皂沫搓洗两腋才行。

这时间里，窗口光线顺着洗好的胳膊青光光地往下滑移，使得香皂泡中时隐时现的左乳旁边鲜明起来。阿透扫了一眼，微微笑了笑。那里天生嵌着昴星样的三颗黑痣。不知从何时起，阿透认定这乃是一种肉体证据，证明自己接受着不受任何人世机缘约束的恩宠。

第七章

步入老年后，本多和久松庆子彻底成了要好的朋友。同六十九岁的庆子走在一起，在别人眼里简直是一对天造地设的有钱夫妻。两人不出三天就聚会一次，情投意合，其乐融融。两人互相提醒对方的胆固醇，也时常担忧癌症的发生，以致成了医生的笑柄。他们对任何医生都心有疑虑，乐此不疲地更换医院。在无足轻重的琐事上表现吝啬这方面两人也不谋而合，又都自诩精通老人心理——只是自身除外。

就连焦躁这点两人也配合默契。若一方无由心烦意乱，另一方便自觉采取不刺激对方的克制态度，也就满足了对方的自尊心。他们还相互安慰记忆的疏漏。即使对方转身忘记刚才所言或马上出尔反尔，也绝不加以嘲弄，而给予设身处地的体谅。

尽管近一二十年的记忆两人几乎荡然无存，然而对遥远往昔的亲属关系双双牢记在心，竟如人事档案毫厘不爽。偶尔意识到时，原来对方全然置若罔闻，不过是各自表演冗长的独白而已。此亦属常事。

本多近来开始提起这样的话题：

"杉君的父亲，是当今日本化成公司的前身杉化成公司的创始人来着，娶了同乡大户本地家的姑娘为妻，结果闹得不欢而散，夫人恢复原来姓氏，不多日子同一个表兄再婚。而且竟报复似的在小石川驾笼町前夫眼皮底下买了住宅。不料那宅院有一种说道，什么水井方位不吉利等等——是当时一个叫白龙师什么的有名人物说的……后来就按那白龙师的指点，在院内建了一座向外开门的五谷神社。这下招来很多很多参拜者，直到空袭前好像还有来着……"

庆子也动辄老生常谈：

"那个人嘛，是松平家庶出的，是松平子爵同父异母的妹妹，因为和一个意大利歌手恋爱被赶出了家门。她就去那不勒斯找那个意大利人，却给那男的甩了，落得个自杀未遂，还上了报纸。她伯父肉户男爵夫人的一个表妹，嫁到泽户家生了对双胞胎。想不到二十岁时，双双在交通事故中死了。听说《双叶悲剧》那本小说就是根据这个写的。"

如此这般，每当接二连三聊起家族姻亲，对方往往似听非听，但这无关紧要，至少比听得百无聊赖好一些。

对于两人来说，年老成了类似不为第三者知晓的同病相怜的东西。既然任何人都不忍舍弃谈论自家疾患的乐趣，那么觅得一位知音便不失为明智之举。因为两人有别于世间一般男女交往，所以在本多面前庆子也绝对无须故弄玄虚或刻意显示年轻。

不必要的精明、乖戾、对年轻的憎恶、对琐事不屈不挠的关注、对死的恐惧、置一切于不顾的不耐烦和对一切耿耿于怀造成的讨厌的执着——本多和庆子绝不从自身发掘这些，而仅仅从对方身上搜寻。在顽固这点上，双方都充满毫不相让的自负。

对年轻姑娘，两人均以宽大为怀；但对于小伙子则一致严加鞭挞。彼此唱和的内容大多是对小伙子的非难。全学联也好嬉皮士也好，无不难从其舌下逃生。年轻这点本身就使两人心生不快，无论那光洁的皮肤、丰厚的黑发还是梦幻般的眼神。男人家却好意思年轻——庆子这句话正中本多下怀。

如果说老年阶段注定要最不情愿地面对最不情愿承认的事实，那么不妨认为本多和庆子是将自己的内部辟为远离这一事实的庇护所。亲密并非意在共处，而是急于入居对方的内部。两人交换空屋，并匆忙关严身后的门扇。只有单独栖身于对方内部，才能轻轻松松地呼吸自如。

庆子称自己对本多的友情，是忠实执行梨枝遗言的表现。临终时的梨枝抓住庆子的手，再三央求其照顾本多。梨枝所托也的确独具慧眼。

结果之一，就是去年两人周游欧洲之旅。梨枝生前无论丈夫如何鼓动都一口拒绝，这回由庆子取而代之。梨枝对去海外旅行深恶痛绝。本多每次提起，都托庆子代劳。她知道，丈夫绝不可能对自己的陪伴感到惬意。

本多和庆子去了冬日里的威尼斯，去了冰雪中的博洛尼亚。虽说对老人而言寒冷难熬，但冬天的威尼斯的怅惘与苍凉实在富有韵味。银装素裹的荒原阒无人影，四下寂然。而行走之间，晨雾深处接连推出桥影，恍若破碎的灰色梦境。威尼斯具有终极那种美奂美轮的丰姿。这里，在海与工业的侵蚀下，美已悄然止步，直至化为白骨。就在这个城市，本多感冒发烧，庆子迅速投入周全的护理，及时唤来懂英语的医师。本多深感老年友情的难能可贵。

退烧后的清晨，大为感激的本多竟有些羞赧，跟庆子开玩笑道：

"真不得了！凭这股子温柔和母爱，什么样的女孩都要给你迷得魂不守舍咧！"

"别把那个和这个混为一谈！"兴奋的庆子佯装不悦地说，"热情只能给朋友，对女孩必须永远板起面孔，如果你想获得爱的话。要是我最心爱的女孩发烧病倒，我可就把担忧藏得半点不露，扔下病人跑到哪里玩去。我死也不会像世上一般女人那样，做出结婚的样子男女住在一起，以换取老后保障。男人样的女人同忠实得简直叫人目不忍视的贫血性年轻女子住在一起——这种闹鬼的宅子多得是。那里面潮气弥漫，感情都生出蘑菇来，两个人就靠吃它为生。满屋子拉满柔情蛛网，两人就相互抱着睡在当中。而且，男人样的女人必定勤快能干，两个女人脸贴脸地算计税款……我可不是那种鬼怪故事里的女人！"

本多由于男人的老丑，而获取了使庆子毅然做出牺牲的资格。这正是年老才有幸得到的意外福分，委实求之不得。

或许出于报复吧，庆子嘲笑本多把梨枝的灵牌放在皮包里寸步不离。庆子之所以晓得，也是因为高烧三十九度的本多担心老年性肺炎而立下遗嘱，请求庆子把一直隐瞒的灵牌在自己死后好生带回日本。"瞧你这种爱法，真有点叫人心惊胆战，"庆子毫不客气地说，"竟连太太的灵牌也带在身上。她本来那么讨厌外国，何苦硬是拉来！"

清晨病愈，加之晴空万里，如此听得本多满心舒坦。

话虽这么说，本多心中还是有不解之处——究竟是什么使自己对梨枝灵牌如此执着呢？固然，梨枝对本多一生忠贞不贰，但这种忠实处处带刺。身旁这位石女总是顽强地引发本多对人生怀有的失意感。她将本多的不幸视为自己的幸福，每每一眼看穿本多偶尔为之的关爱和体贴的本质。在当时，夫妇结伴出游即使普通百姓也是常事，而阔绰的本多更是有心借此表露情意。但梨枝拒绝得斩钉截铁，甚至责骂勉为其难的本多：

"巴黎呀伦敦呀威尼斯呀，那种东西有什么好？我这把年纪，给你拉去那种地方转来转去，存心出我的洋相不成？"

年轻时，若自己实实在在的爱情遭此抢白必然火冒三丈，但现在的本多，自己也怀疑想携妻出游的心理是否果真基于爱情。梨枝早已习惯于以怀疑的眼光看待丈夫类似爱情的表现。本多自己也染上自我怀疑的习惯。如此想来，旅行计划或许含有自己企图扮演世间普通丈夫角色的心理：故意强迫兴味索然的妻子，将其拒绝误解为谦恭的客气，将其冷漠误解为潜在的热情，以此作为自己善意的明证。况且，本多也可能有意把整个旅行变成类似某种过龄仪式样的东西。梨枝当即识破这种精心策划的善意表现的世俗动机，于是借口有病相抗衡。结果夸大的病情不久竟弄假成真。梨枝就这样把自己日益逼入窘境，旅行也就事实上成为空谈。

携带梨枝灵牌出游，是本多惊叹已逝妻子的直率的证据。假如梨枝发现皮包里装着妻子灵牌去外国旅行的丈夫（这种假设当然是矛盾的），不知将怎样嗤笑。如今，本多被允许以任何世俗的形式表现爱情。而予以允许之人，本多觉得恰恰是脱胎换骨了的梨枝本人。

重新返回罗马的翌日晚上，庆子像是要补偿威尼斯那次护理的辛劳，把一名从威尼托大街领来的西西里漂亮女郎领到两人在怡东酒店订的高级套房，当着本多的面整整嬉戏了一夜。事后庆子这样说道：

"你咳嗽得真够劲儿，那天晚上。怕是感冒还没全好吧，阴阳怪气地整夜咳个不停，是吧？一边听着邻床幽暗中传来的你这位老人的咳嗽声，一边爱抚女郎大理石般的裸体，那滋味别说有多妙了。你那伴奏真是比任何音乐都令人叫绝，恍惚间我好像在奢华的墓穴中做那种事似的。"

"一边听着骷髅的咳嗽？"

"不错。我恰好坐在生死的正中间做媒。不能否认你也够快活的了吧？"那时间里本多终于克制不住，起身摸过女郎的大腿——庆子暗暗讥讽这点。

在庆子的指点下，旅行途中本多学会了玩扑克牌。回国后，一次被邀参加庆子家扑克会。他熟悉的客厅里放着四张牌桌。午餐后，十六名客人分四组朝牌桌走去。

本多这张牌桌，有庆子和两位白俄妇女：一位与本多同年，七十六岁；另一位六十来岁，长得牛高马大。

这是个秋雨绵绵的冷清清的下午。那般喜爱年轻女郎的庆子，每次在自家设宴，请的却清一色是耄耋之人。本多对此很感不解。男性除本多外只有两位：一位是退休的实业家，一位是插花艺术的权威。

同桌的白俄，尽管侨居日本几十年之久，却只能大喊大叫几句低俗的日语，弄得本多只管战战兢兢，午餐没吃好就凑到了牌桌跟前，但见两人陡然仰起脸来大抹口红。

老白俄妇人在同是白俄人的丈夫死后，继承经营一间在日本一手制造进口化妆品的工厂。为人吝啬至极，但自己开销起来却"钱串子倒提"。一次去大阪旅行腹泻不止，想到在普通飞机上三番五次去厕所的狼狈和不便，索性包了一架专机飞回东京，直接住进一家关系好的医院。

她将白发染成茶褐色，身穿土耳其藏青色连衣裙，披一件镶金边的对襟罩衣，戴一条颗粒夸张的珍珠项链。这老太婆其实背都相当弯了，但那打开化妆盒往外抽口红的手指，却充满势不可挡的力度，布满皱纹的嘴唇为之整个歪向一侧。佳丽娜乃是牌桌上的强者。

她的话题口口声声离不开"死、死"，翻来覆去说什么这很可能是最后一次扑克会，说不定等不到下一次就命归西天云云，之后静等众人反驳。

意大利进口的拼木牌桌带有精巧的扑克牌花纹，同扑克牌光泽相映成趣，致使眼睛发生错觉，白人老太婆那伸在桌面亮漆上的剽悍手指戴的琥珀色猫儿眼宝石戒指，看上去竟成了鱼漂。那白得如同死了三天的鲨鱼肚的满是油渍的手指，用染红的甲尖不时神经质地叩击桌面。

庆子把两副一百单八张扑克彻底洗好。她洗牌的手势几乎达到专业水平，牌在其指间如扇面一样潇洒地伸缩起伏。每人分发十一张，剩下的背面朝上扣于桌面，继之将最上面的一张掀开往旁边一摊，竟是鲜红鲜红、红得发疯的方片了。蓦地，本多联想到远处那三颗黑痣涂满鲜血的光景。

每张牌桌都已开始发出玩扑克时特有的笑声、叹息声、惊叫声，好像桌面上有一眼喷泉。老人们的窃笑、不安、恐惧、猜疑之类，在这无须顾忌任何人的领地恣意发泄，恰似夜幕下的情感动物园。所有的栅栏、所有的牢笼无不传出千奇百怪的叫声笑声，陡然四处回荡。

"该你了吧？"

"不到。"

"谁都还没有那张牌吧？"

"出手太早要挨骂的嘛！"

"这位太太，交谊舞是能手，摇摆舞也厉害。"

"我还没去过摇摆舞俱乐部呢。"

"我嘛，去过一次，发神经一样。看一次非洲舞就晓得了，一回事。"

"我倒喜欢探戈。"

"还是过去的舞会好。"

"华尔兹啦探戈啦。"

"那时候真正潇洒够味儿。现在嘛，活活群魔乱舞。衣装男不男女不女的。那衣服什么颜色来着？彩工色？"

"彩工？"

"噢，彩工嘛，就是天上的。五颜六色，天上有的，是吧？"

"怕是彩虹吧？"

"对对，是彩虹。男女一路货色，统统是彩虹。"

"彩虹漂亮吧？"

"这样下去，彩虹也怕成了动物。彩虹动物。"

"彩虹动物……"

"啊，我算是不久人世喽！趁还活着，可得多参加几次扑克会，哪怕多一次也好。我就这么一个愿望。久松，这可是我还没闭眼睛时的最后愿望哟！"

"又是这话，我说快收起来吧，佳丽娜！"

这莫名其妙的交谈使得根本排不齐牌的本多脑海中蓦地浮现出每天早上梦醒的光景。

自己年过七十，早上起来首先目睹的就是死的面孔。拉窗隐约的光亮使他意识到清晨的降临，喉头的积痰憋得他睁开眼睛。痰在整个夜间积蓄在红色暗渠的这个隘口，在此培育妄想基因。他想迟早会有人用带棉花球的筷子头为他清扫一空。

睁眼醒来的第一个向他报告自己还活着的，不外乎喉头这海参般的痰球。同时，告知既然活着就仍有死的恐怖的自然也是这痰球。

醒来后本多也久久躺着不动，漫游在梦幻世界里，不知不觉已成了习惯。他像老牛反刍一样，反复回味做过的梦。

还是梦境令人心旷神怡，流光溢彩，生机勃勃，远远胜过现实。渐渐地，他开始更多地梦见儿时和少年岁月。梦还使他回想起年轻时的母亲在一个下雪的日子做的烤饼的香味。

为什么会如此固执地忆起这些鸡毛蒜皮的小事呢？不过细想之下，长达半个世纪时间里这类记忆不知相应泛起了几百次。只是因其过于琐碎过于无聊，本多自身也未意识到回忆如此根深蒂固。

改建后的这座住宅，旧有的起居室早已荡然无存。总之，那天大约是星期六，正在学习院读五年级的本多，放学后和一个同学去住在校内的一位老师家，然后冒着下得正紧的大雪，饥肠辘辘地赶回家来。

平日他从便门出入。那天则为观看庭园雪景绕去园内。松树干围的草席已白雪斑斑，石灯笼好像戴上了棉帽。当他吱吱呀呀地踩雪穿过庭院，从远处瞥见赏雪拉窗内母亲晃动的裙角时，心里不由一阵兴奋。

"噢，放学了。肚子饿了吧？快拍拍雪进来。"母亲起身迎着他，不胜寒冷似的袖手说道。本多脱去外套，缩进被炉。母亲以若有所思的眼神吹起长方形火盆里的火，撩起散出的头发以防烤焦，趁换气时说："等一下，给你做好吃的来。"

随即，母亲把不大的平底锅放在火盆上，用沁油的报纸将锅整个抹了一遍，把看样子是在他回来之前就准备好的泛着白沫的粉浆，画着精巧的圆圈浇在沸油锅上。

本多时常在梦中回味的，就是当时烤饼难忘的香味儿——那冒雪归来烤着火盆送到嘴里的浸满蜂蜜和牛油的烤饼实在香到心里去了。记忆中，本多有生以来再没吃过那么好吃的东西。

可是，为什么那般微不足道的小事成了他终生之梦的酵母呢？毫无疑问，平素严厉的母亲那个雪日下午突如其来的温柔大大增加了烤饼香味的含量。那萦绕此幕记忆的莫可言喻的感伤，那定定注视母亲吹炭火时的侧脸——由于家风尚俭，白天从不点灯，因此起居室虽有雪光辉映仍是一片昏暗。于是母亲每次吹火时火光便染红脸颊，而换气时脸颊则又爬上凄恻的阴影——目睹母亲阴暗交替侧脸的少年的心情……而且，也可能母亲心里深藏着至今不为本多了解的终生未曾道破的忧伤，这忧伤悄悄寄托在母亲当时分外忘情分外专注的举止和异乎寻常的柔情中。而这一切，通过烤饼沁人心脾的香味，通过少年纯真无邪的味觉，通过爱的喜悦而一举表现出来。本多只能做此解释，否则那梦绕魂萦的感伤便无法找到答案。

但毕竟六十年过去了，真可谓弹指之间。胸中腾起的某种感觉，竟使自己忘了耄耋之龄，一心想扑在母亲温暖的怀里一吐为快。

六十载一以贯之的某种东西通过雪日烤饼香味这一形式告知本多的是：认识并不能使自己把握人生，而远方稍纵即逝的感觉愉悦才能点明暗夜旷野的一点篝火，击碎层层叠叠的黑暗，至少可以趁火光未熄摧毁人生的不明。

岁月倏忽！十六岁的本多和七十六岁的本多之间，仿佛任何事都未发生，一步之隔而已，如踢石子的顽童跳过狭窄的水沟，一跃而就。

不仅如此。当发现清显详详细细写下的日记得到验证之后，本多确乎认识到了梦之于生的优越。但万万不曾想到自己的人生会如此遭遇梦的侵扰。梦的泛滥——如洪水淹没泰国农田的梦的泛滥居然同样出现在自己身上那种莫名的喜悦固然也是有的，但较之清显之梦的芳醇，自家之梦只不过是对已逝往昔的召唤，不过是本不知做梦为何物的青年年老后陡然增加做梦的频度，而同想象力同象征性却是风马牛不相及的。

他之所以在床上如此晕晕乎乎地久久耽于梦的玩味，也是因为害怕起床时必然伴随的周身关节的疼痛。昨天腰痛得不堪忍受，今早疼痛又无缘无故地转到了肩部和侧腹。至于何处作痛，不到真正起床时是无法觉察的。四肢平放时间里，整个人仿佛嵌入琼胶般的梦的残片。而一旦想到这绝无赏心悦目之事的新的一天，顿时肌肉萎缩，筋骨呻吟。

另外，本多甚至懒得伸手去摸五六年前安装的家用内线电话，不愿意听女管家尖厉地问的那声"早上好"。

妻子死后，家里请了一个懂法律的书仆，没几天就觉得别扭，便打发走了。如今，空荡荡的宅院里只留了两个女佣和一个女管家，且不停地换来换去。女佣俗不可耐，女管家气使颐指，二者水火难容。本多早已发现自己的所有感觉都同这类女人带入家中的时髦言行格格不入。不管怎么好言相劝，对方随口冒出来的都是流行俗语，什么"还凑合""想不灵"之类。还有那站着开隔扇的动作，那手不捂嘴一泻而出的浪笑，那敬语用法的漏洞百出，那对电视演员的风言风语……一切的一切无不引发本多的厌恶感。当他终于忍无可忍地稍微申斥一句，当天便一股脑儿溜之乎也。而向每晚前来按摩的老太婆就此发几句牢骚，牢骚居然也从按摩婆嘴里播发出来，在院内卷起一阵风波。况且那按摩婆本身也染上一身现代流行病，一门心思地巴望人家叫她"先生"，否则便不理不睬。气愤固然气愤，但本多迷信此人的技术，不便另请高明。

清扫也做得马马虎虎。任凭磨破嘴皮，客厅花瓶搁板上灰尘也依然故我。每周末来一次的插花师在逐个房间插花时就对此有所不满。

女佣竟把推销员之类请进厨房待以茶点。那视为珍宝的进口酒，不知谁喝的，也落下一截。黑幽幽的走廊深处不时炸响刺耳的狂笑。

不说别的，家用内线电话里女管家那声寒暄，直如烙铁贴耳，弄得他甚至没兴致吩咐准备早餐；继而两个前来开木板套窗的女佣那脚底板沁满汗水般紧紧粘在走廊草席上的足音也令他心生不快。洗脸池的热水管经常失灵，牙膏挤到底时也不知道更新，非等本多吩咐不可。西服之类，好在女管家监督得紧，洗涤熨烫总算不曾疏忽，但穿时好几次被洗衣店标签划痛脖颈，由此领教不少。皮鞋倒是擦了，而鞋底泥沙却保存得完好无缺。雨伞开关坏了也不闻不问。诸如此类，梨枝在世时是不可想象的。有的用具只破旧或损坏了一点便转眼弃之大吉，本多为此同管家吵了一架。

"我说老爷，那东西您叫修也根本找不到地方修嘛！"

"那，就只好扔啰？"

"又有什么办法呢？又不值几个钱！"

"不是钱不钱的问题！"

本多不由提高嗓门。对方眼里旋即浮现出对于吝啬的鄙夷。如此一来二去，愈发使本多深感庆子友情的必不可缺。扑克会自不必说，庆子大体上还对日本文化开始了刻苦钻研。

这是她一种新的异国嗜好。直到偌大年纪庆子才开始观看歌舞伎，对无甚水准可言的演员心悦诚服，还比之为法国某明星大加赞赏。此外还开始练习谣曲，并迷上了密教美术，转了很多寺院。

庆子不止一次提议一起去哪里一座更好些的寺院看看，本多本想说"那么去月修寺吧"，但话到嘴边又咽了回去。那绝不是可以带着庆子嬉笑游览的场所。

自那以后五十六年时间里，本多一次也没有去过月修寺，同据说还健在的住持聪子也一封信没有通过。无论战时还是战后，本多不知有多少次想去聪子处一叙阔别之情，无奈每次又都在心理上强烈受阻，以致始终音信杳然。

然而这绝不意味他忘了月修寺。音信隔绝的时间越长，月修寺在心目中的重量越是无可替代。他总是顽强地提醒自己：除非迫不得已，否则绝不能扰乱聪子的清静，不能时至今日还以怀旧之缘接近聪子。随着岁月流逝，他愈发怕见聪子的龙钟老态。是的，蓼科是在空袭后的涩谷废墟上说过，聪子如一泓清泉变得更加秀美。若是所谓空门老尼之美倒并非不可理解，但事实上此外还从大阪人那里听到过赞叹聪子近来美貌的语声。尽管如此，本多还是害怕。怕见美的废墟，怕见历历残留于废墟的美。当然，聪子老来的悟达早已使其超越红尘，高踞于本多无可企及的峰巅，这点毋庸置疑。因此，纵使本多以老年丑相出现，聪子那顿证菩提的莲池也不至于泛起一丝涟漪。他很清楚，任何回忆都不可能打动聪子。聪子早已披挂好深蓝色的盔甲，任何回忆的利箭都奈何她不得。每念及此，再以已逝清显的眼光思之，似乎又增加了绝望的因素。

何况，如若探访聪子，本多势必重新背负清显的回忆。而且至今仍作为清显的代理人登门这点也使他压力重重。"罪只是我和清显两人的。"——回镰仓途中聪子在车内自言自语的这句话，在时隔五十六年的今日仍清晰回响在他的耳畔。如果相见，想必聪子也会对那段往事淡然一笑置之，随即同本多开怀畅谈。问题是本多很不情愿想到这一步。他觉得，自己已如此衰老不堪，日益惨不忍睹，日益罪孽深重，因此同聪子相见的程序也就日益难以逾越。

春秋递嬗，星移斗转。那年春天淡淡披裹白雪的月修寺本身，连同有关聪子的记忆渐渐在本多心目中淡远了。这里所谓淡远，并非心的疏离，恰如喜马拉雅雪山上的寺院，思之愈切，求之愈急，月修寺愈好像端坐于白雪皑皑的峰顶，表情由妩媚而矜持，由柔和而威严。那虚无缥缈的寺院，那远在人世尽头的寂无声息的月修寺，浓缩式镌刻着越老越小越漂亮的聪子的紫色袈裟，寒光熠熠，俨然坐落在思考的极限认识的终端。本多知道，时下无论乘飞机还是坐新干线，转眼之间即可抵达。但那是常人所去常人所看的月修寺，并非本多心目中的。对他来说，那座寺恰如从认识的暗夜从世界的终极的裂缝中泻出的一缕月光。

他似乎觉得，假如聪子确确实实就在那里，聪子必然在那里永生不死。倘若本多因认识而得以不死，那么从这地狱中仰面见到的聪子则在遥遥无极的天边。毫无疑问，刚一相见聪子就会一眼看破本多所处的地狱。他还觉得，自己栖身的这座充满失意与恐怖的认识地狱的不死，同聪子所居天上的不死，二者似乎总是在对视之间保持着平衡。故而，即使眼下不急于相见而推迟到三百年甚至千年之后，岂不也可随时了却心愿！

凡此种种，本多搜罗出许多自我辩护之辞，这人世的辩辞，不觉之间成了他不去月修寺的理由。他几乎下意识地拒绝前去，如同拒绝确将带来杀身之祸的美。并且，有时他还认为，自己所以坚决不肯去月修寺，并不仅仅因为时光的蹉跎，也还因为自知实际上无法实现，而这点恰恰可能是自己一生最大的不如意。如果勉为其难，届时说不定月修寺远离自己而一时消隐在光雾之中。

话虽这么说，本多还是觉得眼下访问月修寺的时机恐怕已经成熟。因为认识的不死姑且不论，肉体的衰竭之感却是日甚一日的。看来应在自己有生之年去月修寺见一次聪子。毕竟对清显来说聪子是拚死都必须见上一面的女子。而深知这一点的本多之所以没有决心冒死求见，必定是因为遥远的清显对自己内部发出呼唤的年轻漂亮的魂灵予以禁止。若不惜一死，肯定得以相见。如此说来，或许聪子也在心照不宣地静等时机成熟。想到这里，一种无法形容的甘美快感滴入本多内心的深处。

…………

将庆子带往那种地方显然是十分荒唐的。

首先第一点，庆子是否真正理解日本文化就极可怀疑。只是，她那落落大方的一知半解之中的确含有某种虔诚，使得她从无自我炫耀之嫌。庆子遍访京都诸寺，就像初次访日而满载偏见归国的艺术家型外国妇女，她能够对一般日本人无动于衷的事物怀有刻骨铭心的感受，不断用自以为是的误解编织美丽的花环。她像迷上南极一样迷上了日本。她随处乱坐，不管得体与否，简直同穿着长筒袜笨拙地坐看石庭的外国女人没了区别。她从小坐的便只有椅子。

不过庆子的知识欲也真可谓一发不可遏止。为时不久，她就能对日本文化——美术也罢文学也罢戏剧也罢——发表一家之言，尽管不无自相矛盾之处。

在依然按往日爱好轮流邀请各国大使的晚餐会上，庆子已开始为人之师，自豪地宣讲日本文化了。了解过去的庆子之人，做梦也没想到居然从庆子口中听到关于金碧障屏画的高谈阔论。

本多曾向庆子指出过这种同外交使团的交往毫无意义：

"那伙人都是逢场作戏，无情无义，任职地点一变，就把上回的事忘个一干二净，跟他们打交道有什么意思？对你到底有什么好处？"

"跟浪迹萍踪的人打交道心里才能放松。情理上用不着像和日本人那样非一直交往十年不可，而且面孔不断更新也蛮开心的嘛！"其实这里面还含有庆子想在文化交流方面显露一手的天真愿望。每次学罢一个单人舞，马上就在晚餐会之后表演一番。由于对方看不出破绽，这对她颇有鼓舞作用。

无论怎样见多识广，庆子的眼光都不可能洞悉日本根深蒂固的阴翳。至于那使得饭沼勋心潮澎湃的深层次的热血之源，更是同她毫不沾边。本多嘲笑庆子的日本文化是冷冻食品。

在外交使团中间，本多已作为庆子的男友得到公认，经常一起应邀出席大使馆的晚餐会。本多对某国大使馆的日本侍者统统身穿带家徽的和服大为愤慨：

"那纯粹是捉弄日本人的证据，而且对日本来宾首先就有失礼节！"

"我可不那样认为。日本男子穿家徽和服就是显得仪表堂堂嘛！你那件晚礼服倒叫人哭笑不得。"

大使馆扎有黑蝴蝶结的晚餐开始之时，女士优先的来宾行列在嘈杂声中缓缓行进。队列前方，银烛台上的烛光林立在餐厅的昏暗中。桌面上插花曳着深深的阴影，窗外早来的梅雨绵绵不止——这种璀璨的凄寂氛围与庆子相得益彰。只见她脸上一扫日本女子常有的谄媚式微笑，脊背光洁而挺拔，风采一如往昔，甚至往昔上流老妇人那怆然的沙哑嗓音也给她学得惟妙惟肖。佯装豪爽而又掩饰不住疲惫的大使，煞有介事的冷血参事官——在这些人中间，唯独庆子是真正的活人。

庆子知道不会与本多同席，便趁队列行进之机急匆匆地对他这样说道："刚才学谣曲时学《羽衣》来着。可惜我还没看过三保的松林。真不好意思，日本国内都有这么多地方没看到。两三天内能不能一起去一趟？"

本多回答：

"什么时候都可以。最近刚从日本平回来，还想再去那一带慢慢转一转，奉陪就是。"说话时，无尾晚礼服衬衫那坚挺的前胸总是往上蹿，弄得他很不自在。

第八章

众所周知，谣曲《羽衣》开头是两个渔夫的联唱："风急浪险三保湾，划船渔夫心骚然。"接着，一名配角自称白龙，口唱"万里河心云忽起"，旋即上路。忽见舞台前端有一松树，树上悬一条漂亮的长绢。他摘取下来，爱不释手，正欲拿回家去，作为主角的天人现身制止，劝其归还。而白龙死活不肯。天人于是回天不得，徒呼奈何。

"白龙不肯还衣，我自无力回天。泪珠滴落玉鬘，簪花倏忽凋残。可怜天人五衰，顷刻即现眼前。"在下行新干线列车中，庆子如此背出一段，然后认真地问，"天人五衰指的是什么？"

本多由于近日梦见了天人，就天人查阅了佛家典籍，因而得以对答如流。所谓五衰，指的是天人临终时呈现的五种衰相，因出处不同，说法略有差异。

《增一阿含经·第二十四》为：

三十三天有一天子，身形有五死瑞应。云何为五？一者华冠自萎，二者衣裳垢坌，三者腋下流汗，四者不乐本位,五者玉女违叛。

《佛本行集经·第五》为:

> 天寿满已,自然而有五衰相现。何等为五。一者头上花萎。二者腋下汗出。三者衣裳垢腻。四者身失威光。五者不乐本座。

《摩诃摩耶经·卷下》为:

> 尔时摩耶即于天上见五衰相。一者头上花萎。二者腋下汗出。三者顶中光灭。四者两目数瞬。五者不乐本座。

至此大同小异。而《大毗婆沙论·第七十》则分别列大小两种五衰,描述甚为详细。

首先,所谓"小五衰":

一是,天人每当往来翔舞之时,平日身体自具乐器,发出任何乐师演奏都无可匹敌的五种悦耳音乐。及至死期临近,则旋律衰微,声音嘶哑,尽不如意。

二是,平常之时,天人不分昼夜,身光赫奕,且光发自身内,并无影相随。而若命在旦夕,则身光顿时黯然,如薄暮之影笼罩周身。

三是，天人肌肤滑润，遍敷凝脂。纵使香池入浴，出水时亦如莲叶抖尽水珠。及至死期逼近，则肌肤着水不除。

四是，天人素日飞翔无碍，一如旋转火轮，绝不滞于一地。眼见在此，倏忽远逝。凡事手到擒来，而又连弃不顾，天性流转不居。而若死期临近，则一味徘徊一处，无法从中脱身。

五是，天人原本力大无穷，双目从不眨闪。及至气息奄奄，则四肢软弱无力，眼睛眨闪不止。

以上说的是"小五衰"。

至于"大五衰"：一是原来洁净的衣服沾满污垢，二是盛开的头花枯萎凋零，三是两腋流汗，四是周身发出恶臭，五是不喜安居本座。

据此，其他典籍中的"五衰"指的都是"大五衰"。虽然"小五衰"发生之间也并非完全不可能完成死的转换，但一旦"大五衰"出现，即已注定在劫难逃。

由此看来，谣曲《羽衣》中的天人，尽管已出现"大五衰"之一衰，但由于讨回羽衣而顷刻恢复如初。这是因为作为世阿弥并不拘泥于佛典，而仅仅将五衰之说作为暗示美之衰亡的诗语信手借用一下。

本多弄清这点，脑海立即栩栩如生浮现出过去在京都北野神社参观过的国宝《北野天神缘起绘卷》中的"五衰图"。加之手头又有摄影画页，往日漫不经心一眼掠过的图像，如今竟成了难以言喻的不祥诗境而涌满心胸。

那是一座纵深处可以窥见中国式华美殿堂台基的院落。众多仙人有的弹筝，有的扬槌待击两侧鼓面。然而丝毫没有音乐悠扬的气氛，乐曲已如夏日午后蝇羽倦慵的摇颤。弹也罢奏也罢，丝弦全无反应：它已失去张力，疲软不堪。庭院里有几株花草，前面有一儿童用袖口掩住眼睛，一副伤心的样子。

看上去任何人都未料到衰亡的突然降临。天人们白皙美丽而毫无表情的面容，渗出难以置信的神色。

殿堂里也有天人，有的瘫痪似的坐着，有的曳着飘带扭动身体急欲落向地面。就连天人们的神态举止和相互距离，都漾出无可触及的懒洋洋的氛围。五颜六色的衣裳一片零乱，浮动着难以形容的死水般的异臭。

发生了什么事？五衰开始了！恍若在热带宫廷的院落里目睹一群未及逃走便被骤然袭来的瘟疫击倒的宫女。

头顶之花悉皆枯萎，内在空虚急剧膨胀，一直涌到喉头。美人们飘忽的居所不觉之间充满透明的颓废，甚至呼吸都带有死亡气息。

那倩影一闪便足以将人诱往美与梦幻境地的有情，魅力如金箔剥落一般从身上纷纷下落，在晚风中翻舞，而这一切又必须亲自目睹。典雅的院落本身也如一面斜坡，万能的、美丽的、快乐的沙金一齐从上面沙沙滑下。绝对的自由、在虚空呼啸翱翔的自由如被剜掉的肉片从全身剥离开来，惨不忍睹。阴暗有增无减，光亮有减无增。光鲜美艳的力从纤纤玉指间倾珠泻玉般滴落下来。身体与精神的最低层顽强燃烧的火旋即归于止息。

殿堂地板黑白分明的方格和朱红围栏则全然不见衰颓。这些物象是空灵而澄澈的奢华的遗迹。毫无疑问，即使天人死后，这座巧夺天工的殿堂亦将原样存留下来。

天女们在光灿灿的秀发的阴影下翘起形状娇美的鼻孔。看情景腐烂已从局部开始。云絮后面花瓣的扭曲，印染远空的浅蓝色的腐败，彻底失去赏心悦目景物的世界的豁然开朗……

"所以我才喜欢，所以我才喜欢你的嘛！"如此听罢的庆子大为赞叹，"你这个人，真是无所不知！"

不过庆子的感想仅此而已，加重的尾音一落，便马上打开雅诗兰黛固体香水瓶盖，往耳后涂抹过去。庆子下面穿一条印有锦蛇图案的喇叭裤，上身一件同样面料的衬衫，腰间一条鞣皮饰带，头上一顶西班牙黑绒帽。

在东京站候车室看见这副打扮，本多不免有几分生畏，但他完全不具有就庆子的时髦评头品足的余地。

再过五六分钟就到静冈。本多蓦地记起五衰之一的"不乐本位"，不由想入非非：向来不曾以本位为乐的自己全然未死，不外乎因为并非天人罢了。

如此神思恍惚之间，刚才来东京站途中在汽车上那一瞬间的感觉又复苏过来。从本乡家门一出发，本多就命令司机快开，由西神田拐上高速公路，汽车在随时可能洒下梅雨的阴晦的天空下，在金融界新楼栉比鳞次的迂回路面上以八十公里的时速风驰电掣。所有高楼大厦无不显得无坚不摧无懈可击无法无天。它们展开钢铁与玻璃的垂天之翼纷至沓来。本多暗想，有朝一日自己撒手人寰，这些高楼大厦也将统统寿终正寝。由此他记起那一瞬间的感觉——一种品味复仇快乐的感觉。将这个世界连根拔除寸草不留实在易如探囊取物。自己命归黄泉之日即乃世界报废之时。本多有些得意起来：即使世所遗忘的老人，也依然具有死这一无比强大的毁坏力。他一点也不在乎什么五衰。

第九章

本多之所以把庆子领到自己最近刚来过的三保松林地带，是因为另有自己的打算。他试图通过使庆子目睹这一风景胜地彻底荒芜俗化的场面来摧毁她喜滋滋飘飘然的梦幻。

虽说三保松林平日自好雨天亦妙，但终究其入口处的大停车场上车辆一片拥挤，土特产店铺所有包装商品的玻璃纸上沾满灰尘，同灰蒙蒙的天空上下交映。庆子下车见了，却全然没有失望：

"噢，好景好景！真是个好地方！空气味道也好，靠海边的缘故。"

实际上，空气已被汽车排出的废气弄得一塌糊涂，松树也一副苟延残喘的样子。对由此映入庆子眼帘的一切，本多心中有数，毕竟最近刚刚亲眼看过。

在贝拿勒斯，神圣就是污秽，污秽就是神圣。这也才成其为印度。

但在日本，神圣、美、传说、诗歌等都不曾被污秽而虔诚的手玷污过。肆意玷污进而绞杀它们的人，全都长着毫无虔诚可言然而用香皂充分洗过的形状好看的手。

三保松林也不例外。天人为了满足世人想象上的欲望，不得不像马戏团小丑一样在这诗骸的中空几万遍几十万遍地旋舞不止。阴暗的天空布满看不见的舞的轨迹，宛似银色高压线的交错纵横。人们在梦中见到的也只能是呈五衰相的天人。

时间已过三点。无论写有"日本平县立自然公园三保松原"的立牌，还是旁边那气势汹汹鼓起鳞片的松树干，无不青苔斑斑。登上徐缓的石阶，如闪电撕裂长空的桀骜不驯的松林展现出来，甚至每条垂死的松枝都竖起绿蜡烛样的松果。松林前方，无精打采的大海抬起面孔。

"看见海了！"庆子欢叫一声。

她的欢声带有些许宴会风味，带有夸奖应邀前往做客的主人别墅的腔调，本多不以为然。不过，夸张足以在一无所有的地方生出幸福。至少现在两人不觉孤单。

又有两家饮食店把货床探出店外，上面满满堆着印有红色梵字的可口可乐和土特产等物。货床旁边，立着照纪念相用的脸部开孔的人形招牌。招牌是用劣质油画颜料画的，已经褪色，画的是背靠青松站立的清水次郎长和阿蝶。次郎长将写有其姓氏的深底斗笠挟在腋下，把蓝方格衣襟撩在旅行短刀上，手戴背套，腿缠绑腿，一副旅行装束。阿蝶则梳着岛田发髻，身穿黄黑条纹和服，腰扎黄缎带，手戴浅黄色背套，携一条手杖。

本多催促庆子去看下面的羽衣松。庆子偏偏给这人形招牌迷住。她只依稀听得清水次郎长的名字，不知其是赌棍。让本多讲完由来，愈发兴致大增。

劣质油画颜料那稚拙的色调，渲染出一种缥缈淡远的春心和过往人生途中从未觅得的寂寥而低俗的恋情。庆子对此大为动心，为这新鲜的野趣叹为观止。她的长处就在于不怀有先入之见。大凡自己未曾目睹的东西，无一不是带有"日本味"的。

"快算了吧，不成样子！"本多有些愠怒地制止庆子，不让她和人形招牌照相留念。

"对我们来说，难道你以为还有什么不成样子的东西？"庆子叉开锦蛇喇叭裤站定，摆出西方母亲训斥孩子的架势，双手掐腰，怒目而视，似乎在睥睨自己心中涌起的诗情。

本多见有人围观两人的争吵，只好让步。纪念相摄影师扛着搭有红面黑底的三脚架照相机跑了过来。为避开众人的视线，两人躲在招牌后面。结果面部自然从那招牌孔中赫然透出。人们都笑了起来，秃脑袋的小个子摄影师也咧开嘴角。想到次郎长也可能忍俊不禁，本多便也无奈地一笑。摄罢一张，庆子硬是拉起本多的臂肘同自己交换位置。于是次郎长的面孔成了女的，而阿蝶的容颜成了男的，众人直笑得前仰后合。本多过去曾对窥视孔那般如醉如痴，而现在却因窥视成了众人的笑料，不禁感到一种近乎登上断头台的豪迈与悲凉。

大概为了照顾观众情绪，摄影师这回对焦时故意拖了很长时间，还叫了一声："安静！"众人当即鸦雀无声。

本多把表情严肃的脸插进黑黄条纹和服的阿蝶稍低些的面部空洞。他弓着腰，翘起屁股，姿势同当年从二冈书房窗孔向外窥视时一模一样。

本多深感屈辱的心底，刹那间发生了微妙的位移——他将众人的哄笑置之度外，而致力于将自己的天地同"窥视"结为一体。而在这种情况下，观众所在的世界便发生了质变，成为自己窥视的一幅图画。

海。海边巨松盘踞。树上缠绕稻草绳的即所谓羽衣松。四周徐缓的沙坡由低而高向这里聚拢。沙坡上配置着众多看热闹的人，五花八门的衣服在阴晦的天空下显得颜色很是压抑。逆风卷起的头发使他们看上去竟如露天的朽松根，有的部分聚而隆起，有的部分则男女井然，分别被压在如巨大的白色眼睑的苍穹下。前方还有一队人由于欲笑不得，便齐刷刷朝这边扬起傻呆呆的面孔。

手提购物袋样物件的数名和服女子，身穿做工粗糙西装的中年男人，绿格衬衫小伙子和超短裙下大腿丰硕的姑娘，小孩，老人……本多觉得，逼视自身之死的人们即在此处，他们不过是在期盼某种事态的发生，不过是在围观崇高得近乎滑稽的场景的出现。每个人都嘴角下垂，一副憨厚的样子，唯独眼睛放射出野兽般贪婪的光。

"好咧！"摄影师扬起手，示意摄完。

庆子迅速将脖颈从那脸孔拔出，俨然威风凛凛的将军闪现在观众面前。刚才的清水次郎长摇身变成了身穿锦蛇喇叭裤、手拿西班牙帽长发披肩的女子，人们一齐拍手喝彩。及至她泰然自若地往摄影师递出的纸片上书写信址之时，几个年轻人竟以为她是昔日某大明星，竞相求其签名留念。

因有了如此异乎寻常的一幕，走到羽衣松跟前时本多早已筋疲力尽。

羽衣松是一株快要枯死的巨松，样子如向四面八方伸展肢爪的章鱼。树干的裂缝里填充着水泥。游客们围着这株针叶都已寥寥无几的老松，七嘴八舌谈笑不停：

"天人也穿游泳衣？"

"这怕是男松吧，女人挂衣服了嘛！"

"这么高的树枝，哪里挂得上！"

"看上去也没什么出奇。"

"海风吹来吹去的，亏得保护得这么好。"

的确，这羽衣松比一般海滩松更多地把身子扑向海面，宛如被打上岸的破船，身上满带海难留下的累累伤痕。树下花岗岩护墙前临海的沙滩上，索然立着两架投入十元硬币方可启动的红色望远镜，如两只鲜红色的热带水鸟。远处，伊豆半岛影影绰绰，岛前浮着一艘货轮。岸边，恰如被大海兜售上岸的许多零杂物——木片、海草、空罐等等——排成一列曲线，标出满潮时的水位。

"据说天人就是在这株羽衣松下讨回羽衣，跳起天人舞的。喏，那边又在照相。如今的人们，看也不好好看一下，照完相就忙不迭地掉头回去。莫不是他们认为自己只是在按动快门那一瞬间置身于某一特殊场所有什么重要意义不成？"

"别老是刨根问底了！"庆子在石凳上坐下，掏出香烟，"这样也就蛮不错了。我半点也不失望，脏污不堪也罢，奄奄一息也罢，反正这松树这场所是完完全全可以奉献给幻影的。要是像谣曲唱词那样清扫得一尘不染奉如神明不觉得反倒不真实？我可是认为这种地方很有日本味，真率自然，毫不做作。不虚此行啊！"庆子抢在本多前头总结道。

庆子对一切都感到津津有味。这是她最大的特点。

在这梅雨时节令人窒息般的阴空之下，在这沙风一样无孔不入的恶俗之中，她兴致勃勃地观赏不止，不觉之间本多竟成了她的随从。归途中顺路走进御穗神社时，她也赞不绝口，说什么大殿檐下献纳匾额绘有俗不可耐木纹的四框以贴画方式推出碧海中乘风破浪的新客船，烘托出了海港神社特有的气氛云云。铺着草席的大殿深处挂有一巨大的木制扇面，浮雕着六年前在此神牛殿演出献纳能[1]的场景。

庆子亢奋地叫道："那是妇人能！能中由妇人演的，除了《神歌》《高砂》《八岛》，接下去就是这《羽衣》了！"亢奋

---

1 日本固有的一种歌舞剧，下文出现的《神歌》《高砂》《八岛》均为剧目名。

之余,往回走时庆子竟从拜神道旁的樱花树上摘了一粒果实吃了。脚步愈发气力不佳的本多——他后悔自逞其能而没带手杖来——气喘吁吁地从后面追上,发出为时已晚的忠告:"吃了要死人的!瞧那标牌!"原来路旁显眼处低矮的樱花树枝间拉着一条细绳,绳上摇晃的标牌上写道:

除虫,有毒。
勿摘果实,勿食其果。

系满祈愿纸签的树枝间沉甸甸地缀着五颜六色的小粒果实,等待小鸟从苍白的果肉中啄出种粒,等待由微微的曙色变为沉郁的朱红。标牌未免言过其实。本多叫罢方想起一点点毒根本奈何庆子不得。

第十章

庆子还问有什么可看的没有。本多尽管已筋疲力尽,还是叫司机开上通往静冈方向的久能大道,在最近到过的帝国信号站那里停下。

"这建筑物别有情趣吧?"本多从盛开着无数松叶牡丹的底座石墙下仰视小屋道。

"活像个望远镜。干什么用的?"

"在上面监视船的出入。不上去瞧瞧?"本多提议。上次他便充满好奇心,只是一个人没勇气敲门。

两人沿着环绕底座的石阶,扶着扶手缓缓攀登。当走过立牌来到通往二楼的铁梯下面时,一个女郎吱吱呀呀踩着铁梯大步跑下。两人赶紧闪身躲开,差点撞个满怀。女郎如一股黄色旋风裹着连衣裙一闪而去,猝然间未及看清脸面,仅给两人留下稍纵即逝的丑的幻象。

不是单眼瞎,也不是大麻脸,只是觉得眼前掠过尖刺刺的丑陋。总之与世人视以为美的寻常系列格格不入,犹如肉体至为忧郁的记忆倏然划过心间。不过从常识看来,无非是前来幽会的少女怕人看见而逃之夭夭罢了。

两人登上铁梯，在门前平息一下急促的呼吸。门已半开，本多闪入肩头，似乎没人。他朝门内伸向二楼的窄梯招呼道："有人吗？"每招呼一声，接着就是一串剧烈的咳嗽。"有人吗？"这回听见楼上有人移动椅子的声响。随着一声回应，一个身穿背心的少年从楼上探出头来。

本多吃惊的是，那少年头发上竟向前倾斜着一朵紫花，像是八仙花。少年探脸的一瞬间，花从头上跌落下来，顺楼梯滚到本多脚边。少年见状，现出慌张的神情，大概忘了头上的花。本多拾起，见这八仙花已被虫子咬过，差不多成了茶色，且早已垂头丧气。

而这一切，都给戴着西班牙帽的庆子看个明白。

虽然楼梯光线昏暗看不清楚，但少年显然有一张苍白而漂亮的脸，苍白得甚至给人以不祥之感，即使背对楼上的灯光也仍然白得耀眼，好像本身可以发光。由于能借机还花，本多轻松下来。他手扶墙壁，一步一步地登着陡梯。少年为了接花，下到楼梯中间。

本多同少年四目相对。此刻，本多凭直感觉察出一种与自己完全相同的齿轮正以同样冰冷冷的微动和同样准确无比的速度在少年内部转动。哪怕再细小的零件都与本多的相差无几，甚至整个机关那仿佛被抛往万里虚空的彻底无目的性也如出一辙。相貌和年龄相差如此悬殊，而硬度和透明度却毫厘不爽。这少年内在的精密，同本多唯恐被人损坏而深藏于内的精密毫无二致。这样，本多刹那间以肉眼看到了少年内部那已完全竣工的荒凉的无人工厂。那正是本多自我意识的雏形。这座无限生产而又未被消费者发现以致无限期废弃的工厂，其清洁度几乎令人望而生厌，其温度湿度亦被调整得恰到好处，日复一日发出撕绸裂绢般的细微声响……只是有一点与本多不同：少年对自己所拥有的同样机构可能完全误解，大概是年龄的关系吧。本多的工厂因人的彻底阙如而带有人情味，少年的则不然。不过这也无所谓。总之，本多看穿了少年而少年无以看穿本多，这点使本多感到释然。从年轻时他就往往莫名其妙地感到心神荡漾。那种时候他也曾认为这种内部机构最丑不过。但那肯定是因为青年时代对自己本身的目测的失误将肉体的美丑同内在机构的美丑搅和在了一起。

"最丑的机构"——这个自我戏剧化的称呼带有十足的青年人意味，夸张而又浪漫。这也未尝不可。如今，本多可以冷漠而面带微笑地如此称呼，就像如此称呼自己的腰痛和肋骨痛一样……尽管如此，"最丑的机构"拥有眼前这个少年般漂亮的面孔也并非坏事。

至于这一瞬间的对视发生了什么，少年当然蒙在鼓里。少年下到楼梯中间，接过花，马上像要揉碎羞赧似的揉碎花朵，不指名道姓地辩解道："这个人，简直恶作剧！把花插在人家脑袋上，我倒忘得死死的。"本该羞得满脸通红，然而脸颊近乎透明地苍白，丝毫没显出异样。这点引起了本多的注意。少年随即转而问道：

"有什么事吗？"

"啊，我们只是游客，想看一看这信号站……"

"那，请上楼好了。"

少年敏捷地弯下细腰，为两人摆好拖鞋。上去走进房间，只见三面窗口大敞四开。虽说是阴天，但泻进来的赤裸裸的光线也足以使本多和庆子心胸豁然开朗，如从暗渠突然来到辽阔的原野。南窗五十米开外就是驹越海滩和浊浪翻滚的大海。深知富裕和老龄可以让人解除戒心的本多和庆子顺从地在椅上落座，像回到自家一样无拘无束地放松身体，而口头上则对着走向工作台的少年的脊背客客气气：

"请请，别理会我们，尽管继续工作好了。对了，能不能让我们看一眼这望远镜呢？"

"请便，正闲着。"

少年把花投进废纸篓，哗哗啦啦地洗起手来，然后拉出重新投入工作的架势坐在台前，于是台面报表上浮现出白皙的侧脸。看那脸颊，知其好奇心正如腮内含一颗李子般陡然膨胀起来。

让庆子先看罢，本多接着窥看。镜头里全无船影，唯有层层叠叠的波浪前仆后继，在镜头中看去犹如漫无目的地蠕动着的青黑色微生物。

两人孩子似的很快看够了望远镜。原本也并非想要观海，不过是兴之所至地想介入一会儿别人的职业和生活罢了。现已得到满足,难免无聊起来。两人开始分别巡视房间的每一个角落:从远处寂寞然而忠实地反映海港喧嚣的几件仪器,"清水港在港船舶"的大字标题下排列的各码头名称及用白粉笔填入停泊船只名称的大块黑板,放有《船舶便览》《日本船名录》《国际信号书》《劳氏船主名录一九六八—六九》等书刊的书架,到墙壁上贴着的写有代理公司、拖轮、引水员、海关、船员餐厅等电话号码的纸张。凡此种种,两人全都不无新奇地打量一遍。

这些物件无疑充溢着海潮的气息,反映着四五公里开外的海港动静。其实海港本身不外乎带有金属质感的发光体,无论从多远的地方看去,它都以特有的抑郁性慌乱映入眼帘。同时它又是一架发狂的钢琴,必定横卧海边对着海水搔首弄姿。一旦突发奏鸣,便久久回荡不息,七座码头七根弦一齐发响,在嘈杂中撩起深沉的尾声。

本多潜入少年的内心,幻想着如此情景的海港。

那靠岸的徐缓,那抛锚的从容,那卸货的悠然,一切一切都需要履行海面与陆地相互安抚相互妥协那慢吞吞的手续。海陆之间,既互相欺瞒又互相勾结。船舶摇尾献媚,近而忽远;伴随一声威武而凄怆的长啸,远而忽近。这是何等飘忽不定而又剑拔弩张的机构!

即使从东窗望去,海港也烟笼雾罩、纷然杂陈。海港无不显得浮光耀金，否则即非海港。因为那是一排龇露的白牙——伸向神经质闪闪烁烁的大海的白牙，饱受海浪摧残的白色码头齿列。一切都如牙科医院诊疗室熠熠生辉，到处充满金属、水和消毒液的气味。凶神恶煞样的起重机昂然凌驾头顶，通过全身麻痹将船沉入梦想与泊位的虚无，时而流出少量的血……

信号站小屋通过概括性反映海港而将自己同海港紧紧维系在一起，进而使自身如一条被卷上悬崖的小船面对梦幻世界。小屋与小船的相似并不止于此，还有简约而必不可少的备品的排列，为应付意外灾害而在备品上涂的白色，原色的鲜艳光泽，海风造成的窗框的扭曲变形……而现在，小屋又孑然独立于白色塑料薄膜铺天盖地的草莓园中，也唯独它同大海有着近乎性方面的因缘，日日夜夜受制于海、船与港口，仅以窥看以凝视为己任，且已发展到了纯粹的发疯地步。它的监视职能、它的白色、它的唯命是从、它的风雨飘摇、它的孤立无援——无一不证明它是一条船。长久逗留其上，难免神思恍惚。

少年继续做出埋头工作的样子，但连本多也看得出，无船临近的时间里没有什么要紧的事可做。

"下一班船什么时候进来？"本多问。

"大约晚上九点。今天船少。"少年回答。这种明显带有不耐烦情绪的、故作老成的事务性答话本身，使得本多如同透过塑料薄膜看红透的草莓一样洞悉了少年的无聊和好奇。

大概是存心不想对来客表示敬意吧，少年依然只穿一件背心。不过倒也没什么不自然，毕竟溽暑蒸人，大敞四开的窗口也无一丝风进来。背心是白色的，干干净净，松松垮垮地罩着他不足以将背心撑满的植物性瘦削的白刷刷的身体，肩部吊带如两条白套圈弯弯地垂在他前倾的胸部。身体给人冰冷冷硬邦邦的感觉，但并不意味孱弱。侧脸如稍微磨损了的银币肖像，无论武士眉、鼻梁还是鼻端至嘴唇的线条都很端庄齐整。长睫毛下的眼睛也颇动人。

对于少年此时所思所想，本多可谓了如指掌。

笃定还在为刚才头上的插花感到羞愧。羞愧使他干干脆脆地将客人迎进门来，又因而使内心陷入狼狈境地，仍不得不像红丝绳一样围着羞愧绕行不止。况且，既然当时飞跑下楼的少女那张丑脸被来客看在眼里，自己势必忍受来客的误解和欲藏还露的悯笑。说起来，这误解本是少年的宽容所使然，而又反过来伤了他的自尊心，留下难以挽回的创伤——少年肯定如此思来想去。

不错，的确如此。本多也不相信少女果真是少年的恋人。两人极不相称。说到底，少年根本就不可能爱上某人，这点无论从他像水晶工艺品一样玲珑剔透的耳轮还是从其青白细弱的脖颈来看都不难得知。他绝对不会对他人爱之以情，加之爱洁成癖，不是搓洗揉过花的手，就是拿台面上的毛巾往脖子腋下擦个不停。那摊开在台面报表上刚洗过的手，活像洗净的菜蔬，干净得无与伦比，简直同伸向湖面的嫩树枝无异。手已意识到手的高贵，所以指尖也萎靡不振却又桀骜不驯；手已自觉此手只能染指于超尘绝俗的对象，所以绝不抓取人世俗物，做出虚而待用的样态。越是心存异想，手越是玩世不恭，越是企图抚虚无于掌下。假如有一双专门用于爱抚宇宙的手，那便是手淫者的手。本多心中暗叫："一切休想逃过我的眼睛！"

本多很想见一见少年的雇主，看看敢于雇用长有这双只想触摸海月星辰而疏于日用的漂亮的手的人是什么模样。他们在用人之时，从其家庭关系、社会关系、思想品德、学习成绩和健康状况等枯燥的调查结果中得到的到底是什么呢？他们浑浑噩噩地采用的这名少年，才恰恰是纯粹的恶！

看吧，这少年正是纯粹的恶！道理很简单：少年的内部世界同本多如出一辙。

本多久久地佯装观海，一只臂肘拄在窗边固定的桌子上，在老人特有的抑郁这副自然伪装的掩护下，不时偷觑少年的侧脸，沉浸在仿佛纵观自己一生的心底波澜之中。

贯穿一生的自我意识无疑是本多的恶之所在。这种自我意识不晓得爱为何物，只知道假手他人杀戮众生，只知道撰写娓娓动听的悼词，而以他人之死为乐，将世界引向毁灭，唯求自己永生。当然，这期间也曾有一缕光明从窗口泻入。那便是印度。是印度使他一度从恶中挣脱,尽管时间那么短促。是印度将自己深恶痛绝的世界用迷离的光明和缥缈的薰香包拢起来,教导人们通过道德约束使是非同居共处,而这都是自己永远无法抵达的世界。

但自己这一邪恶的倾向,终究持续到老年。一生所为,只是力图不断让世界转化为虚,将人引向无,引向彻底毁灭与消亡。如今这一目的已经落空,倒是自己一人正步步走向墓地。正当此时,遇上了长有同自己一模一样的恶之芽的少年。

一切或许是本多的幻想。不过在一眼洞穿这一认识能力方面,屡遭失败和挫折的本多还是心中有数的:只要不怀私欲,双目便是火眼金睛,不致有失,更何况观察的是意外对象。

恶,有时呈植物性静态。结晶之恶,美如白色药丸。少年很美。当时本多说不定就曾为自我意识之美所催醒所神迷,而那原本是人与己都不愿承认的……

庆子逐渐无聊起来,重新涂罢口红,对本多道:

"还不告辞?"

老人含糊其词。她便像衣服上的热带大懒蛇一样,大摇大摆地在房间移行开来。于是她发现,顶着天花板的搁物架分成四十格,每一格都放有落满灰尘的小旗。

庆子对这些马马虎虎卷起的小旗闪露的红、黄、蓝三色的鲜艳大为倾心。她袖手仰视良久,最后突然把手搭在少年那象牙般棱角分明的青光光的肩头，问：

"那是干什么用的？那些旗。"

少年惊愕地抽开身说：

"那，现在没什么用。是手旗，信号旗。因为夜间只用发光信号。"

少年机械性地指着房间一角的投光仪答道，然后赶紧把目光收回到报表上。庆子从少年肩后弯腰觑了一眼少年看得出神的轮船烟囱标识图，兀自穷追不舍：

"能给我看一下？还没看过手旗呢。"

"好的。"

少年一改刚才低得不能再低的姿势，像从闷热的丛林中拨开灌木丛一样抖开庆子的手，起身来到本多面前。他踮起脚尖，从搁物架中拿起一支小旗。

本多原本正在发呆，及至少年在眼前伸长身子，不由往上看了一眼。此时，少年的腋窝从肥大的背心下闪露出来，随着鼻端擦过一缕甜丝丝的轻微体臭，本多发现一直掩而未见的格外白皙的左侧腋下，清清楚楚排列着三颗黑痣。

"好一个左撇子！"取旗递给庆子的少年听得庆子说话如此不客气，眼神中分明含有一股怒气。

本多无论如何要看个明明白白，便凑到少年旁边再看了一眼，由于胳膊已像白翅膀一样收回，视线大为受阻，好在少年稍一动手，两颗黑痣便在背心腋部边缘的下面隐隐闪现，另一颗则历历在目。本多怦然心动。

"嗬，式样不错嘛！这是什么？"庆子在手上展开黑黄条纹相间的小旗，细细端详，"真想用来做件衣服。质地怕是亚麻吧？"

"那可就不晓得喽。"少年冷冷地回答，"信号是L。"

"这就是L？LOVE之略？"

少年早已动气，再不搭理，折回工作台，用沙哑的声音自言自语似的说道：

"请慢慢欣赏去好了。"

"这是L？为什么是L呢？没有任何一点能叫人想到L嘛！要说L，应当是蓝色那种半透明的清清爽爽的感觉，对吧？总之绝不是什么黑黄条纹，倒不如说是G什么的，看上去蛮有中世纪赛马那种庄重的味道。"

"G是黄白条纹。"少年已有了哭腔，怕是要发神经了。

"黄白条纹？噢，那也驴唇不对马嘴嘛！G绝对不是条纹！"

本多见庆子愈发亢奋，不失时机地起身道："太谢谢了，打扰这么久，实在让您费神了。今天也没带什么礼品，失礼、失礼，从东京寄点糕点好了……可以得到您一张名片吗？"

听得本多对少年如此毕恭毕敬，庆子目瞪口呆，随手把小旗放回少年的工作台，走到东窗稍小些的望远镜跟前，摘下挂在上面的西班牙帽。

本多把写有头衔的名片恭恭敬敬放在少年面前。少年拿出上面写着"安永透"和信号站地址的名片。显而易见，本多律师事务所这块招牌赢得了少年的信赖和敬意。

"您的工作够辛苦的，一个人做很不简单。年龄多大了？"

"十六了。"少年有意把庆子冷落一旁，笔直站定，像面对上司那样爽快地回答。

"这工作对社会很有贡献，好好努力吧！"本多抑扬有致、一字一板地说罢，微笑着催促庆子穿鞋。少年送下楼梯。

上了车，本多连抬头的力气都没有了，一下子靠在椅背上，叫司机开往日本平宾馆。两人今晚住在那里。

"可得快些洗个澡，做做按摩。"随即，本多淡淡地道出一句令庆子瞠目结舌的话来，"我准备收那个少年做养子。"

第十一章

两个来客走后，阿透心里乱作一团，不知如何是好。

以前也有心血来潮的游客上来参观，这并非什么稀罕事，毕竟这座建筑容易引起人们的好奇心。大多是带孩子的人，在孩子的央求下进来的。自己只要抱起孩子让他看一下望远镜也就应付过去了，然而今天的来客不同，来的目的是为了看穿什么，走时又不客气地将某种东西劫掠一空，而且是连阿透本人迄今都不知其所在的东西。

午后五时。带有雨意的天空很快暗了下来。

海面上绵长的深绿色寒暖潮分界线，如巨大的丧幛，给海以沉静的情感。除了右前方远处的一艘货轮，别无船影。

横滨总公司打来一个通知船已起航的电话，之后连电话也没了声息。

若是平时，也该准备晚饭了，但现在胸口闷得难受，谈不上有那份心绪。于是，他打开台灯，继续翻看烟囱标识图。无所事事的时候，他便以此解闷。

每一种标识都有他的好恶，有他的梦想。喜欢的标识，有瑞典东亚轮船公司的，黄底蓝圆心，圆心中有三顶金色皇冠。此外还有大阪造船厂的大象标识。

这艘带有大象标识的轮船，平均每月来一次清水港。那黄色下弦月上骑着一头白象的黑底标识，远远就看得一清二楚。每次看到骑着月亮的白象在海湾出现，阿透都感到一阵欣喜。

另外，他还喜欢伦敦的王子远洋公司那饰有三支漂亮羽翎的头盔标识。而加拿大运输那赫然挺起的一株绿色冷杉标识进港之时，整个白色货轮俨然庞大的礼品盒，烟囱上夹的便是时髦的贺卡。

这些全都是同阿透的自我意识毫无关系的东西的徽章。它们只在闪入望远镜视野时才成为识别的对象，才与阿透的世界发生关联，在那之前则如点缀浩瀚大海的华美的扑克牌，被一双阿透无从知晓的巨大的玩牌者之手任意派往任何海域。

他喜爱这种绝非自我反映之物的辽远的光辉。如果说世上还有阿透所喜爱的，舍此别无他物。……刚才那位老人到底怎么回事？两人在场时，被那个我行我素、大红大绿的老太婆委实折腾得心焦意躁；而走后，倒是唯有那位神态安详的老人留在心里。那睿智而疲乏的眼神，那几乎听辨不清的沉静语声，那勉强未使自己产生受辱感的极度客气……此人究竟克制着什么呢？阿透迄今从未见过此等人物，不知晓真正的支配欲呈现的乃是不动声色的外形。老人身上有一种一切了然于心而又坚如磐石、不为阿透认识的尖角所击毁的东西。

那到底是什么呢？

少顷，与生俱来的冷冷的傲慢苏醒过来，止息了他进一步的猜测。于是他转而认为老人不外是百无聊赖的退休律师，无可挑剔的礼貌恐怕也仅是出于职业习惯。阿透羞愧地发现自己对城里人怀有乡下人过度的戒心。

该做晚饭了。他起身把纸屑扔进废纸篓。这当儿，他看见了篓底八仙花的残瓣。

阿透蓦地心想，今天是八仙花日子。绢江临走时往自己头上插了一朵，致使自己大为蒙羞。上次是蓝芙蓉，上上次是栀子花，不知是她发神经的脑袋的一时心血来潮，还是一连往自己头上插花的举措本身有什么含义。首先不妨认为，那未必出于她自身的意志，很可能有人每次往绢江头上插花，而绢江又稀里糊涂地用来传达某种暗示……那家伙总是畅所欲言一番便回去，下次无论如何得抓住她问个水落石出。

说不定，自己身边发生的事并无一点偶然。蓦地，阿透感到不知不觉之间自己周围已罩上了一层精心编织的恶之网。

第十二章

返回宾馆，直到吃晚饭，本多再没提起什么。庆子也对突如其来的养子问题保持沉默。饭后庆子问：

"你过来，还是我过去？"

按两人旅行时的习惯，饭后让侍者把酒送到任何一方的房间里，两人围着酒桌聊天，一直聊到睡觉。当然一方说"累了"拒绝，也毫不计较，这已成为默契。

"疲劳已经消了，三十分钟后我过去。"

说罢，本多抓起庆子手腕仔细看了看她手中钥匙上的房间号。对于本多在人前表现出的这种微妙的虚荣心，庆子觉得滑稽得简直要笑破肚皮。有时还露出往日法官时代阴沉沉的威严，而表现方式都那么唐突。

庆子换好衣服，静等本多进来，原想好好嘲弄他一番，等待时又改变了主意，因为她想起两人之间有个不成文的规定：遇到真情实感务须大加讥讽，而对于玩笑则一律持严肃态度。

本多进来，两人在窗旁隔着茶几落座。随后叫来负责房间服务的侍者，吩咐来一瓶最近流行的顺风牌威士忌。庆子把目光投向雾霭翻涌的窗外，从挎包掏出香烟，夹起一支。

此时，庆子眼中浮出更多的精明。不过那种执拗地等待对方为自己点火的外国式做法，两人早已摈弃。本多不情愿这样。突然，庆子开口了：

"异想天开！居然要收一个不相不识的孩子做养子！只能设想一种解释：你有那方面的嗜好，而且一直瞒着我。我也真是个睁眼瞎，打了十八年交道却蒙在鼓里。我们所以始终相处得这么好，肯定也是因为有一种相近的嗜好使我们从一开始就不知不觉地相互吸引，使我们放心大胆地结成死党。什么金让云云，纯属牵强附会。莫不是你知道我和金让的关系才演出这么一出戏？你这人可真叫人麻痹不得。"

"不是那样。金让和那个少年是同一种人。"本多斩钉截铁。庆子抓住不放，一连问几个"为什么"。本多并未正面迎击，只是说："酒上来后再慢慢聊吧。"酒来了。庆子一心想探个明白，别的事绝口不提，专等本多开腔，平日发号施令的气势早已失去。这么着，本多把一切和盘推出。本多感到惬意的是，庆子听得十分认真，再没像往常那样自以为是地滥发些感慨。

"你是明智的，幸好没有张扬出去。"庆子喝了口酒润了润喉咙，发出圆润而慈爱的语声，"否则社会势必把你当成疯子，以前构筑的所有信用将一下子土崩瓦解。"

"对我来说，社会信用之类却是分文不值。"

"不不，我说的不是这个意思。对我你都能隐瞒十八年，说明你真是明智的,也只有你才会做到。你刚才说的太有机密性了,很像一种可怕的万能剧毒药。与此相比,人人深藏不露的什么奇耻大辱什么绝对忌讳,例如与常人不同的性倾向啦,近亲中有三个精神病啦等一般社会性机密根本不值一提。它是一种宽宏大度的法规,一旦掌握,什么杀人什么自杀什么强奸什么空头支票简直形同儿戏。

而曾身为法官的你竟深知这样的法规,这是多么具有讽刺意味!假如发现自己被远远卷入一个巨大的、比天还大的套环,被宽宏大度的法规包拢起来的话,那么一切一切都全然不在话下。原来你已经看透我们不过任由别人放牧而已,可我们还蒙在鼓里,只管用兽类间姑息性的公约相互约束……"说到这里,庆子喟叹一声,"你的话也使我得到了解脱。在此之前我以为自己一向英勇善战,而现在看来已无须征战。我们每一个人都是落在同一大网中的小鱼,无一例外。"

"不过作为女人,最致命的是一旦知道这个,就再不可能恢复美貌。如果你这把年纪也还想风流风流,就该捂住耳朵不听才是。

"得知此事的人,脸上将出现一种隐形麻风病的症状。如果说神经麻风和结节麻风是'有形麻风病',这种大概可以说是'透明麻风病'。只要知道了此事,任何人最后都将不容分说地成为麻风病人。

自从去了印度（此前潜伏了几十年），我就成了'精神麻风病人'，毫无疑问。

"你身为女人，不管怎么乔装打扮，也还是瞒不过同是知者的眼睛：肌肤异常透明、魂灵戛然止步、肉体美色尽失，仅仅作为肉体本身令人厌恶地堆在那里，声音嘶哑，体毛如落叶纷飞。这就是所谓'见者五衰'。从今天起，你恐怕也将出现这种症状。

"即使你不避人，别人也会渐渐、渐渐地自动避你。得知此事之人，必然释放出自己察觉不出的异乎寻常的恶臭。

"人的美，无论肉体还是精神的，大凡属于美的，只能来自无知与蒙昧。知而犹美这样的现象是不允许存在的。如果同样无知与蒙昧，完全无形可隐的精神同光彩焕然的肉体之间是不可能一决雌雄的。对人来说，真正的美只存在于肉体。"

"怪不得金让也是那样的。"庆子将略带追慕的目光移往雾气迷漫的窗外，"所以你才始终没有向第二个叫阿勋的人和第三个金让谈起这件事，是吧？"

"也许是一种残忍的顾虑——担心说出来会影响命运完成的顾虑在我每次想说时封住了我的口……不过清显那时候另当别论，当时我也不知道。"

"你是想说自己也曾是美的吧？"庆子嘲讽的目光将本多从头到脚扫视一遍。

"不是那个意思。我已经在不断磨砺武器以准备知晓。"

"明白了。你是说应该对今天见到的那个少年绝对保密吧？直到他二十岁死去。"

"是的。无非再忍耐四年。"

"在那之前你不会死吗？"

"哈哈，那倒没想过。"

"两人再去癌症研究所好了！"

庆子看了下表，取出一个装有各色药粒的药盒，用指尖从中迅速分出三粒，以兑水的苏格兰威士忌咽了下去。本多有一点没有告诉庆子，就是今天所见的少年同以往三人有着截然不同之处：少年自我意识的机械结构如隔着玻璃透视一样历历在目，而这点本多无论从清显还是阿勋、金让身上都未发现过。少年的内部同本多的内部居然若合符契。果真如此，少年莫非属于知而犹美的特异存在？不可能，不可能有这回事。而若不可能，少年难道是——尽管年龄与黑痣显示出确凿的证据——第一个出现在本多面前的精巧赝品不成？

睡意渐渐袭来，话题于是转到做梦上面。

"我很少做梦。"庆子说，"现在有时做的仍是关于考试的梦。"

"都说考试在梦中考一辈子，可过去几十年我一次都没梦见过。"

"学习成绩好的关系吧？肯定。"

不过，同庆子说梦很有些风马牛不相及，就像同银行家谈什么针织品之类。

不一会儿，两人回各自房间睡了。这天夜里，本多梦见了考试，虽然刚刚声称从未梦过。

在大风一吹便如挂在树梢的小屋般摇摇晃晃的木结构校舍的二楼，十几岁的本多接过扑簌簌发到桌面的答卷纸。清显分明坐在隔着两三排的后面。本多对照看着黑板上的试题和答卷纸，以极为沉着冷静的心情把一支支铅笔削得锥子一般尖。试题全部迎刃而解，完全不用着急。窗外，白杨树在风中不停地挣扎……

夜深睁眼醒来，他巨细无遗地回想刚才的梦境。

这类梦本不可少的焦躁感虽然一点也没有，但梦中出现的确确实实是考场光景。是什么人使他做这样的梦呢？

知道与庆子谈话内容的，唯独庆子与本多两人，那"什么人"不是庆子即是本多。但本多自己绝不期望做这样的梦。使本多梦见丝毫与己无关的不着边际的场景的，不应该是本多本身。

诚然，本多读了很多维也纳精神分析家的著作，但对其中背叛自己的其实是自己的愿望这一说法，他则不能完全苟同。他认为，是自己以外的什么人总是监视自己、强迫自己的想法更为顺理成章。

醒来时的自己保有意志，生存在历史的流程中，无论自己情愿与否，然而在梦中违背自己意志强加于己的、超历史或无历史的东西又的确存在于黑暗的深处。

外面似乎雾散月出，窗帘稍短而没有遮严的窗户底端隐约透出青白的光，恍若夜海远方横陈的巨大的半岛姿影。本多心想，夜间在从印度洋开来的轮船上所见到的印度，必是这番光景。如此想着，又睡了过去。

第十三章

八月十日。

早上九点，阿透来信号站接班。只剩下他一人后，便一如往常地摊开报纸慢慢阅读。上午没有船来。

今天的早报，通篇累牍报道的是有关田子浦淤泥公害的消息。一个田子浦就有一百五十家造纸厂，清水湾却仅有一家小型的。且由于潮水一味向东，对清水港几乎秋毫无犯。

田子浦港的游行队伍中，大概全学联有不少人参加。那场骚动，即使用三十倍望远镜看，也远在视野之外。凡是未被望远镜捕捉到的东西，统统与阿透的世界不相干。

一个凉爽宜人的夏季。

伊豆半岛清晰可见、碧空流光、云朵竦立的天气，今夏极少出现。今天也是雾锁半岛，日光黯然。他最近看过气象卫星拍摄的气象图，骏河湾似乎有一半经常烟雾蒸腾。

稀奇的是绢江上午就来了。她在门口问是否可以进来。

"今天所长去横滨总部了，没人来的。"

绢江这才上来。两眼咄咄逼人。

梅雨时节，阿透缠住绢江，从根到梢盘问为何每次插的花各不相同。那以后绢江很少登门，近来又渐渐频繁起来。往头上插花自是免了，而作为来访借口的惊恐和不安，却愈发神乎其神。

"第二次，已经是第二次了，而且不是同一个人！"她刚在椅子上坐下，便气喘吁吁地开口道。

"怎么回事？"

"你被人盯梢了。我每次来这里都四下打量，绝对不让人看见。要不然很可能给你造成麻烦。万一你被杀了，那全是我的责任，只能以死赎罪。"

"到底怎么回事呀？"

"第二次，是第二次了！所以我才觉得非同小可。上次也很快跟你说了吧？……这次也差不多，只有一点点不同。今早我到驹越海滩散步来着，摘了一朵滨旋花，走到水边，呆呆地看海。

"驹越海滩人又不多，我不是顶讨厌给人看来看去的嘛！我一面对大海，心就一下子坦然下来。或许我的美貌压在天平的这一端，而大海压在另一端，正好能保持平衡。这么着，我觉得好像把自己美貌的重负托付给了大海，心情十分轻松。

"海滩上只有两三个钓鱼的人。一个好像什么也没上钩，有些厌了，一个劲儿地朝我这边张望。我当然装作不知道，只管看海，可那个人的视线就像苍蝇似的贴在我脸上。

"啊，当时我心里烦极了。对方偏偏看不出来，还是盯住不放。我觉得自己的美貌又擅自挣脱我的意志，开始束缚我的自由了。也许，我的美貌正如我不甚如意的魂灵，或许我本来老老实实地没招惹任何人，但魂灵硬是跟我过不去，招灾惹祸。假如魂灵跑到我身体外面，我想它才是真正的美女。不过再没有比体外的魂灵更棘手更任意而行的了。

"男人的欲望又给我引发出来了。啊，糟了——就在这一闪念之间，我的魅力就干脆利落地把那男人俘虏起来。结果原来两不相干的路人眼看着变成叫人作呕的野兽。

"近来我不再往你这儿拿花了，喜欢一个人插在头上，一个人把粉红色的滨旋花插在头上唱歌。

"唱什么歌已经忘了，刚刚唱过就忘了，也真是怪了。大概是适合我婉转歌喉的、能引起遐思的怅惘的歌吧。哪怕再俗不可耐的歌，一旦从我口里发出，也都变得那么悦耳动听，真没办法！

"终于，那男的凑上来了。年纪轻轻，还文绉绉的哩。可眼睛却燃烧着按捺不住的欲火，目不转睛地盯视我裙子的下摆，眼珠简直要粘在上面似的。这个那个是说了不少，好在我在紧要关头摆脱了危险。放心，没伤一根毫毛！放心不下的倒是你。

"那男的旁敲侧击地打听了很多情况。什么道德品质呀工作表现呀待人接物呀……我自然有问必答，说再没有比你更亲切热情更勤奋工作的好人。当然啰，有一个回答使他现出半信半疑的神色——可能是我说你绝不是普通人的时候。

"不过，凭直觉我一下子明白了对方的用心。这已经是第二次了，是吧？十天前不也碰到差不多同样的事了嘛！我想肯定是怀疑我和你的关系。肯定在什么地方有个不露面的可怕人物从远处监视我的动静，或打听我的行踪，对我如醉如痴，让手下的人刺探我的外围情况，要把估计是我恋人的人来个斩草除根！一种失去理性的爱正在从不清楚的地方朝我一步步逼近。我很害怕。如果清白无辜的你因我的美貌遭到暗算，那可怎么办好呢？这里边肯定有阴谋，一个绝望的爱造成的疯狂的阴谋。一个癞蛤蟆样残忍无比而又力大无穷的大富豪正从看不见的远处处心积虑想要把我搞到手，把你置于死地！"

绢江一口气说到这里，浑身簌簌发抖。

阿透架起牛仔裤裹着的腿，喷云吐雾地听着。症结在哪里呢？他想，绢江的想入非非倒可以不去理会，但的确好像有一双手暗中调查自己。是谁？目的何在？不可能是警察。因为他除了未成年吸烟这点之外没违犯任何法律。

这点由自己慢慢考虑吧。少顷，为了使绢江的幻想更加充实并赋之以理论框架，阿透以深思熟虑的语气开口道：

"事情或许如此。不过，如果我为了你这样的美人而遭杀害，那是丝毫也不后悔的。这个世界上的某个地方确实存在着有钱有势的丑家伙，虎视眈眈地企图将纯粹的美消灭一空。于是物色到了我们两人，如此而已，是吧？

"没有破釜沉舟的决心是对付不了这种家伙的,因为他们已布下天罗地网。一开始我们要装出俯首帖耳的样子,一切唯命是从,然后慢慢花时间寻找他们的薄弱环节。我们必须蓄精养锐,彻底做到知己知彼,以便一举击中要害。

"不能忘记:单纯的美原本就是世人的公敌。他们的攻击之所以容易得手,是因为世人统统和他们一个鼻孔出气。除非我们真正屈膝投降,和他们同流合污,否则他们是绝对不会手下留情的。所以,一旦我们决心投入战斗,就必须主动践踏圣像[1],肆无忌惮地践踏,不然脑袋就要落地。只有我们这样做了,那伙人才会放下心来,从而暴露弱点。在此之前,我们需要的是忍耐,当然也必须坚定保持不可征服的自尊!"

"明白了,阿透。我什么都听你的,反过来你也要牢牢地支撑我。美这个怪物弄得我总是摇摇晃晃的。你我携起手来,就能根除世间所有邪恶的欲望。弄得好,说不定可以将整个人类漂白翻晒一遍。那时,这尘世就成了天堂,我也可以无忧无虑地生活下去。"

"当然当然,所以别提心吊胆的。"

"太好了!……我嘛,"绢江一边后退出门一边迅速说道,"我,世界上最喜欢你!"

绢江离去后,阿透一如往常地玩味她的不在。

---

[1] 日本近代为了禁天主教,曾强令其信徒践踏圣母像,以证明自己并非信徒。

一旦消失不在，那般奇绝的丑又同美有何区别呢？一切以绢江的美为前提展开的对话，由于美本身是虚构之物，所以在绢江离去的现在也依然香风馥馥。

美在辽远的地方哭泣，阿透有时想道。大概在水平线的背后。

美如仙鹤一般厉声长啼，一时天鸣地应，倏然消失不闻。它可以驻留人的肉体，但不过转瞬之间。唯独绢江以丑之网成功地捕获了仙鹤，且不断地喂之以自我意识之饵，使其成为永远的驯物。

光洋号于午后三时十八分入港。此后直到傍晚七时才有一艘船预定进来。

包括在锚地等待靠岸的九艘，清水港现在共有二十艘船。

三区抛锚的有：第二日轻号、三笠号、茶花号、隆和号、利昂阿号、海山号、祥海号、丁抹号、光洋号。日出码头有：上岛号、唐和须号。富士见码头有：太荣号、丰和号、山隆号、阿里斯特尼克斯号。此外，木材运输船专用的折户湾系于浮标的有：三天号、罗萨纳夫人号、东方玛丽号。另有一艘兴玉号，因危险未被允许靠岸，在仅供油轮抛锚的海豚水域通过管道卸罢石油，正准备起航。

波斯湾开来的运载原油的大型油轮须停在海豚水域，而运载精炼油的小型油轮则可以靠在袖师码头。现在停靠在那里的是日昌号。

自东海道线清水站伸出的铁路，从大码头几座栈桥旁边穿过之后，进入夏季的日影呈对角线投映在地面的仓库之间，再往前就渐渐隐没在茂密的草丛中。从仓库群空隙中探头探脑的波光浪影嘲笑似的宣告陆路的终结。然而那仿佛用来将旧油罐车厢投入大海的红锈斑驳的孤独而狭窄的单线铁路，依然不屈不挠地奔向大海，终于在突然闪闪耀眼的海水面前陡然止步——其止处便被称为铁路码头。今天这里无船停泊。

阿透在分别标出这些码头的黑板上的"三区"位置，刚刚用粉笔写上"光洋号"三个字。在海湾待泊的船舶要明天才能卸货，所以没人急着打电话询问光洋号入港的有关事项。如此拖拖拉拉直到四点才有电话打来，问光洋号是否确已进港。

四点整引水员打来电话。引水员是八人轮流值班，电话通知负责明天进港船舶的值班员。

直到黄昏阿透都没有什么事做，便伏在望远镜上看海。

不料与此同时，刚才绢江带来的不安和恶的幻影又浮现出来，镜头仿佛罩上了一层暗淡的滤光片。

细想之下，今夏本身就好像被整个罩上了恶的滤光片。恶之影无孔不入地侵入光的园地，使得光彩涣散，夏日特有的浓阴也变得模模糊糊。云絮失去分明的轮廓，铁青色的水平线上也不见伊豆半岛的姿影，海湾只是一片空白。海面呈现出呆板而苦涩的绿，现在正一点点涨潮。

阿透向下斜了斜镜头，凝视岸边的波浪。

浪头破碎之际，仿佛沉渣的水花掉头向后滑落，原本暗绿色的三角形块体纷纷摇身一变，惊恐万丈，银光闪闪，腾空而起，汹涌澎湃。海于是失去了理智。

腾空之时，底端早已破碎的低浪一览无余，而大浪的腹部刹那间则仿佛满腔悲愤而又投诉无门，气急败坏地将白花花的飞沫筑成一面光滑滑厚墩墩寒光逼人的玻璃墙幕，墙幕上充满无数气孔带有无数裂痕。它巍巍然扶摇直上，及至达到极限，浪头前面的白发便流光溢彩地葳蕤下垂、下垂，露出井然有序的黛蓝色颈项。颈项密密麻麻的白筋转眼浑融无间，如被斩落一般四下落向地面。

浪花的扩张与退却，无数细碎的泡沫如海蛆一样列队沿着黑色沙地一齐飞快地撤回大海。

无数白色的泡沫如竞技选手背部连连滑落的汗珠在黑色的沙地间鸣金收兵。

俨然一块无限大的青石板的海面，在惊涛拍岸之际是何等变化多端啊！层层叠叠的细腻波纹和倾珠泻玉的雪白浪花显示出大海那蚕一样的性格：它极不情愿地吐出数不胜数的银丝。内在性格如此纯洁纤弱，却又以武力降伏一切。这是何等绝妙的恶！

四时四十分。

碧空万里。矫揉造作的吝啬的碧空,一次在图书馆的美术全集中看到的枫丹白露派天井画便是这种韵致。拖曳着卖弄风骚的云絮和附庸风雅的碧空绝非夏日的天穹。天穹布满了廉价的伪善。

望远镜镜头已离开岸边,转向穹隆,转向水平线,转向浩渺的海面。

此时,镜头中溅起一朵几乎触及天顶的银白浪花。飞得如此之高的一朵——只有一朵——浪花到底想干什么呢?这至高无上的海天片羽是担负某种使命而被挑选出来的吗?何以非它莫属?

由整体而断片,由断片而整体——自然永远如此周而复始。较之断片的恬淡和清纯,作为整体的自然则总是显得愁眉不展、郁郁寡欢。

恶难道属于作为整体的自然?

抑或属于断片?

四时四十五分。

目力所及,杳无船影。

海滩冷冷清清。无人游泳,只有两三个垂钓客。空无船影的大海也没有表现出一丝一毫的奉献精神。此时此刻,它既无爱恋之情又无陶醉之意,兀自仰卧在冷若冰霜的时间中。不久将有船驶来——如白光闪烁的剃刀片一样滑行开来,从而切开这不思进取而又完美无缺的整体性。船是对付这种整体性的毫无温情可言的侮辱性凶器。它在大海紧绷绷的薄皮肤上行走的目的，仅仅是为了给海以创伤，但重创却无能为力。

五时。

支离破碎的白浪刹那间染上了玫瑰黄：太阳开始西斜。左侧，大小两艘黑色油轮相继朝海湾驶去，一艘是四时二十分出港的一千五百吨兴玉号，一艘是四时二十分出港的三百吨日昌号。但今天的船影如云影般在雾霭中时隐时现，航线也摇摆不定。阿透又将镜头拉回海岸。波浪挟一缕夕晖，成了冷冰冰的硬质物。夕晖愈发不怀好意，波浪愈发透出凶相。是的，阿透心想，破碎时的波浪无疑是死的直接表现。越想越像。那是苟延残喘张开的大嘴，白惨惨龇露的牙齿流出无数条白花花的口水，大敞四开的痛苦的嘴开始用下颌呼吸。染上夕晖的紫色土，即是发紫的嘴唇。

死正快速扑入海临终之际那大大张开的口中。海一边反复推出这无数穷形尽相的死，一边像警察一样急急忙忙收起死尸，以防有人目睹。

这时，阿透从望远镜中看到了不该看的东西。他恍惚觉得海浪那痛苦地张开下巴的巨型口腔里摇曳着另一个世界。阿透的眼睛不可能看到幻影，所见必是实在之物。至于是什么则无从确认。是海中微生物偶尔描绘的图案也未可知。幽暗的深处闪耀的光彩打开的是另一世界的大门。然而自己的确似曾相识。所以如此，很可能同遥远得无可估测的记忆有关。假如存在所谓前世，或许是前世使然。总之，不知它同阿透总是力图越过明快的水平线往前一步寻觅的东西有着怎样的关联。假如是一条条海草缠绕在海浪的腹部盘旋起舞，那么它在一瞬间描绘的世界，便可能是海底之人作呕般猥琐的黏乎乎的紫色或桃红色壁面和凹凸面的工笔画幅。只是，那稍纵即逝的闪光，莫非是横贯大海的闪电？

不，闪电不可能出现在夕阳西坠的安详的海滨。首先，彼岸世界不可能同此岸世界同时存在于同地。那里隐约闪现的，恐是别的时间，恐是有别于阿透的手表现在所显示的时间的其他什么。

阿透摇摇头，挣脱这不快的视觉。最后竟觉得这望远镜也很可憎，便换到房间另一角的十五倍率望远镜前，追索刚刚离港的巨轮。

山下航海公司的九万八百三十吨位的山隆号，正离港开赴横滨。

"山下的船往横滨开去了。山隆，山隆号。十七时二十分。"给横滨总公司打完电话，他又折回十五倍率望远镜继续跟踪山隆号，只见桅杆已在雾霭中时隐时现。

上缘横一条黑线的柿黄色烟囱标识。黑色船舷大书特书的"山下航海"字样。白色船楼。红色架式起重机。轮船昂首挺胸，朝海湾口破浪前进，急欲逃出望远镜的圆形视野。

船远去了。阿透离开望远镜朝窗下看去。草莓园升起了篝火。直到梅雨结束时还铺天盖地的塑料棚早已荡然无存：草莓时节过去了。培育好的草莓已被运往富士山山腰，在那里度过人造冬季，十月末再返回这里，赶在圣诞节收获上市。于是只剩下塑料棚支架，甚至支架有的也已拆除，露出黑油油的泥土，人们在上面往来劳作。阿透走到洗物槽前，开始准备晚饭。他一边吃着简单的晚饭一边朝窗外观赏。暮色已初露端倪。

五时四十分。

南面长空寥廓，云间吐出弯月。那犹如象牙梳遗落在淡淡镀上一层玫瑰色的云层中的半轮弯月，顷刻间便同一枚云絮混在一起，彼此莫辨了。海边松林一片暗绿。准备往那里停车的钓鱼人车上的红色尾灯，成了醒目的时间标记。草莓园路边出现几个小孩的身影。薄暮时分不可思议的小孩。

神秘的小孩，不知从哪里窜出，发疯似的往来嬉闹。草莓园点点处处生起篝火，火舌愈发光亮。

五时五十分。

阿透蓦地睁开眼睛，发现海湾西南方远处出现一艘轮船通常用肉眼绝对看不出的微乎其微的迹象。一种充分的自信使他未等确认清楚便向电话机伸出手去。他拿起听筒打给代理公司："喂喂，我是帝国信号站。大忠号开始出现。"

西南方蒸腾着浅红色雾霭的水平线上，现出如被脏污的指头轻轻一按的痕迹。阿透的眼睛像识别玻璃板上隐约留下的指纹一样迅速做出判断。

根据《船舶便览》可知，大忠号是三千八百五十吨位的柳桉木货轮，全长一百一十米，时速十二点四海里。二十海里以上的仅限于远洋商船，而运木船较慢。

大忠号使人感到分外亲切。它是这清水湾的金指造船厂建造的，去年春天刚刚下水。

六时。

大忠号已同驶出那里的兴玉号相遇，以失之交臂的姿影朦胧浮现在玫瑰色的海湾。不妨说，那是奇异的瞬间：日常跚跚的游离梦境，现实慢慢挣脱观念，诗情可摸可触，心象可赏可观……那看上去既无价值可言又有凶险之兆的物象一旦因某种机缘驻留于心，心便立即被其俘获，产生一种必使世间为之震颤的魔力并且存续下来——果真如此，大忠号是自己心的产物也未可知。起始如羽毛掠过心际的船影，逐渐变成庞然大物。这也是世界其他地方频频发生的现象。

六时十分。

船朝这边驶近。由于角度关系，显得敦敦实实。两根吊杆如黑色的独角仙直挺挺地由远而近。

六时十五分。

用肉眼也能看得真切的轮船却依然黑魆魆地趴在水平线上，恰似遗忘在货架上的物品。由于距离是纵向的，看上去总好像是搁在水平吊桥上的黑酒坛。

六时半。

白地红圈中写有"N"的烟囱标识倾斜地出现在望远镜中。甲板上堆积如山的柳桉木也已看得出来。

六时五十分。

进入眼前水路的大忠号横过躯体,红色的桅灯开始在阴云遮月的暮色里闪闪眨眼。它同海市蜃楼般驶向远方的船擦肩而过。其实两船之间尚有相当距离,但由于分不出远近,相交的两盏红色桅灯看上去宛如两支香烟在夜海中对火。

大忠号是直通船。为了防止甲板上的木材滑入海中,前后两道牢固的白色栅栏从船舷高高耸起,撑住货物。木材装到了极限,吃水线都已淹没。那在热带日光的烤灼下长成的焦茶色粗大树干,被好几道绳索拦腰捆住躺在那里,活像身强力壮的褐色皮肤的奴隶,被死死横捆在船上运来。

阿透想起"满载吃水线规则"那繁琐得不亚于密林的新海事法。木材满载吃水线分为夏季以及冬季、冬季北大西洋、热带、夏季淡水、热带淡水六种。热带木材吃水线又分为热带区域和季节热带区域两种。大忠号与前者有关,即适用"关于甲板载运木材船舶的特别规定"。阿透饶有兴味地读过具体界定此类规则中"热带区域"的纬度线、子午线、南回归线等细则,现在仍然记得。

所谓热带区域是:非洲大陆南海岸至西经六十度的北纬十三度纬度线,由此至北纬十度西经五十八度点的航程线,由此至西经二十度的北纬十度纬度线,由此至北纬三十度的西经二十度子午线,由此至非洲西岸的北纬三十度……由此至印度西岸的……由此至印度东岸的……由此至马来西亚西岸的……由此至位于北纬三十度的亚洲大陆东南海岸……由巴西圣多斯港……由非洲东岸至马达加斯加西岸的……由苏伊士运河、红海、亚丁湾、波斯湾……

由大陆至大陆、由大洋至大洋纵横拉一条看不见的线,被称为"热带"的"热带"就会从中跃身而起,一切纷至沓来:椰子、珊瑚礁、碧蓝的大海、连绵的积雨云、特有的风暴、歌喉婉转的各色鹦鹉……

每一根柳桉木上都浓墨重彩地贴有黄、红、绿三色"热带"标签。甲板上堆积的柳桉木自热带启程以来,航海途中曾几度被热带性骤雨淋湿,淋湿的树干又几度辉映过闷热的星空,时而惊涛袭身,时而被深深潜伏的艳丽甲虫咬破肌肤。恐怕它们做梦也没想到在终点等待自己的,却是对人们日常无聊生活的奉献。

七时。

大忠号驶过第二座铁塔。即将驶入的清水港一片灯火灿然。由于未按预定时间进港,检疫和卸货都要等明晨进行。但阿透还是一个接一个打起电话来:接船部门、引水员、警察、港区管理站、代理公司、海员餐厅、洗衣店。

"大忠号进入 3G 水域。"

"喂喂，我是帝国信号站。大忠进入3G。卸货吗？简直堆积如山。"

"清水海员餐厅吗？我是帝国信号。辛苦辛苦。大忠进入3G，请准备。"

"大忠，是的，是大忠号。已进入3G，请准备。"

"我是帝国信号。不客气。大忠进入3G。现在位于三保灯塔海湾。"

"是警察署吗？大忠进来了。明天七点吧？明白了。拜托。"

"大忠……是大忠号。已进入3G，请准备。"

第十四章

八月下旬的一个晚上，不值班的阿透一个人在公寓里吃罢晚饭，洗过澡，打算在南来的夜风中纳纳凉，便开门走到走廊。蓝色的遮雨棚下仍有白天的余热。他爬上铁板楼梯，来到粗糙的走廊，只见各房间的门扇排列得倒也整齐。

南端不远处有个面积达四千坪[1]的堆木场，昏暗的灯光下可见到木堆的巨幅断面。阿透暗想，木材看上去有时竟如沉默的巨兽。

远处树林里应该有个火葬场。阿透很想看一眼高高耸立的烟囱连烟喷出的火星，却从没看到。

南面黑漆漆划去天空一角的山体的顶端便是日本平。经常可以看到盘山公路上流动的车前灯。山顶宾馆的灯火孤单单聚在一起，电视塔红色的航空标识闪闪烁烁。

阿透没有去过那间宾馆。对有钱人挥金如土的生活一无所知。逻辑与财富相矛盾这点他当然也是晓得的，但对于力图将这世道逻辑化的尝试却兴味索然。革命是他人的事。对

---

1 日本土地面积单位，一坪约合三点三平方米。

阿透来说,"平等"是最为忍无可忍的观念。

他消了汗,刚要回房间时,发现楼梯前停了一辆卡罗拉[1]。

夜晚看不真切,只是觉得有些眼熟。及至所长从车上下来,阿透不由一惊。所长紧紧抓着一个大纸袋,冲锋陷阵似的大声踏着楼梯快步上来,同平常去信号站时一样威风凛凛。

"噢,安永,你好啊,幸亏你没出去。酒都带来了,去你房间边喝边聊吧!"所长并不顾忌四周,只管粗声大气地说道。

阿透为对方第一次破格来访颇有些惶恐,几乎是背着手开的门。

"嚹,蛮讲究的嘛,收拾得利利索索!"所长一屁股坐在递过来的坐垫上,一面擦汗,一面四下打量。

这座公寓楼是去年建的,加之他经常拾掇,确给人以一尘不染之感。铝合金窗框,镶着饰有红叶图案的磨砂玻璃,内侧还加了一层纸拉窗。墙壁用的是淡紫色的新建材。天花板的几何花纹简直漂亮得有些过分。门是高腰格子门,镶有带细竹图案的磨砂玻璃。隔扇的图案也很别致。公寓经营者出于爱好,采用了大凡能搞到手的新型建材。

房租每月一万两千五百元,公益费二百五十元,一半由公司负担。阿透再次就此表示感谢。

---

[1] Corolla,丰田汽车公司生产的汽车。

"不过，一个人不觉得孤单？"

"无所谓，习惯了。站里也是一个人。"

"那倒也是。"

所长说罢，从纸袋里拿出方瓶三得利威士忌，以及干鱿鱼丝、虾酥饼等下酒物，说没有酒杯就用茶杯喝算了。

所长提酒突然造访普通信号员的宿舍，显然无事不登三宝殿。

不可能有什么好事。阿透思忖，自己与会计事务无关，钱财上不至于出差错，只能认为工作上发生了自己觉察不到的重大疏漏。何况历来严肃的所长居然向未成年的自己劝起酒来。

阿透做了被解雇的精神准备。他不属于任何工会组织。不过他心里清楚，自己虽然不过是三级无线通讯士，但工作认真负责，这样的少年如今并非唾手可得。只要忍耐几天，工作任凭多少都不难找到。阿透冷静下来，反倒不无怜悯地望着所长。即使对方果然勒令停职，他也自信能安之若素。对方怎么想另当别论，反正自己属于"不可失而复得的钻石型少年"。所长再三劝酒，阿透拒绝了，兀自坐在不通风的角落里，两眼好看地忽闪着。

少年在这无依无靠的世上构筑了一座小小的冰城。大凡使人失足受挫的——竞争欲也罢，当官欲也罢，金钱欲也罢，情爱欲也罢——全都与小城无关。他原本就讨厌与人比较，因此嫉妒和羡慕都无从谈起。既然一开始就斩断了与世俯仰之路，也就与人无争。任凭别人把自己视为一只可爱的、温和的、无害的小白兔。至于失去工作等等，实在微不足道。

"两三天前横滨总公司把我叫去了一次。"所长自我鼓劲似的呷了口威士忌，"我以为出什么事了，毕竟总经理亲自召见嘛，心里慌得不行。说句让你见笑的话，走进总经理室腿都直发抖。结果一看，总经理笑容满面，叫我快坐快坐。我心想这怕是凶多吉少。可一听，原来对我无所谓吉也无所谓凶。你猜是什么？竟是为你的事。"

阿透睁大眼睛。事情完全出乎自己意料。如此听来，自然不是什么解雇。

"而且实在令人吃惊。事情是通过有恩于总经理的老前辈提起的，说是有个人无论如何都想收你做养子，要我直接牵线，务必让你答应下来。因是总经理之托，当然是头号任务。你算是给人高看一眼，或者说看你的人眼光独到怕也是的。"

听到这里，阿透心头一颤：对方必是上次给名片的老律师无疑。

"那位要收我为养子的人，莫不是一位姓本多的？"

"不错。你怎么知道？"这回轮到所长睁大眼睛。

"他到信号站参观过一次。一面之交就立即提起什么养子，有点蹊跷。"

"对方好像托信用调查所详细查访过两三次。"于是阿透想起绢江的话，皱起眉头：

"手法可不大地道！"

所长慌忙接下去说：

"不过结果得知你是无可挑剔的模范少年，又有什么不好？！"

较之老律师，阿透更多记起的是那个同自己所居世界水火不相容的我行我素的洋式老太婆，她简直就像扑棱着鳞粉的色彩妖冶的飞蛾一样在脑海里飞来飞去。

这天晚上，所长死缠活磨地一直啰唆到十一点半。阿透早已困了，不停抱着双膝打瞌睡。醉醺醺的所长摇着他的膝部依旧絮絮不止：

对方是一个丧妻的老年男人，家底富裕，且为一方名士；所以选中阿透，原因是老人认为较之名门望族的纨绔子弟，还是领养真正好学上进的优秀少年更有利于本多家，并对日本国的将来有所裨益；收为养子后准备马上送去高中读书，还打算请家庭教师使其争取考上名牌大学；作为养父，对方希望学法律或经济，将来职业的选择则尊重本人志愿，养父愿当后盾全力支持；养父已来日无多，死后亦无说长道短的亲戚，本多家财产悉归阿透所有……

所长如此说罢，断言世上再无这等美事。

然而，为什么呢？这个谜撩拨着阿透的自尊心。

对方有一种已经越过某道关口的东西，而它同自己越过关口的东西不谋而合,这无疑悖乎常理。假如对方以为理所当然,阿透同样心照不宣,受骗上当的,只是所长这类居中的普通人。

坦率地说,阿透丝毫没有感到惊愕。同那位安详的老人刚一见面,他就预感到了某种异乎寻常的结局。阿透自信绝不至于被人识破看穿,但对于被误解处之泰然的认识力则给他一种自负,使得他甚至对天大的误解也懒得澄清,而将误解产生的结果囫囵吞枣接受下来。倘若发生荒唐无稽的事,即是美丽误解的结果。如以世间认识的错误作为自明的前提,那么发生任何事都无足为奇。他认为他人对自己抱有的善意和恶意,无一不是误解所使然。这种想法含有怀疑主义者最后必然导致的自我否定和盲目的自尊。

阿透蔑视必然,鄙视意志。他有充分的理由想象自己现在处于很久以前的《错误的喜剧》[1]的旋涡正中。毫无疑问,再没有比无意志之人愤怒抗议自己意志惨遭蹂躏更好笑的了。假如灭却心火而采取理性行动,那么对阿透来说,"没有当养子的意志"同"同意当养子"便是同一回事。

在这种望风扑影的建议面前,一般人想必顿生疑心。但那大多属于对方的看法同自我感觉之间权衡比较的问题,而阿透则全然另当别论。因为他根本不同任何人比较。莫如说一

---

[1] The Comedy of Errors,莎士比亚早期创作的喜剧。

切越是形同儿戏越是突如其来越是近乎有钱人的心血来潮，就越是淡化了这一请求中的必然性，从而越是使自己容易接受。不背负宿命的他，当然没有受缚于必然性的道理。

一言以蔽之，这项建议纯属打着育英招牌的施舍。阿透本来也可以像普通血气方刚的少年那样冲口叫道："我不是乞丐！"但那终究是少年刊物上描绘的反抗方式，阿透拥有的则是远为高深莫测的武器——以接受之名行拒绝之实。

实际上阿透不时对着镜子仔仔细细审视自己飘忽的微笑，发现由于镜中光线的不同，那微笑有时竟很有少女风韵。或许遥远国度里一个语言不通的少女将这样的微笑作为与他人沟通的唯一渠道。并非自己的微笑女人味十足。但这种既非媚态又非羞涩，如在犹豫与果断之间那最微妙的巢中等待的小鸟般的微笑不能说是堂堂正正的男子汉式微笑。它给对方制造险境，就像在夜与晨之间的黎明时分设下一条俨然泛白路面的河流。对方只要跨前一步便会溺水而死。阿透有时觉得这种微笑既非父亲所授亦非母亲所传，而是幼时从一个不知在何处见到的女性那里承袭下来的。

另一方面，阿透接受这项建议，显然并非出自颠三倒四的自以为是。别人的眼睛即使再明察秋毫，也不可能像自己眼睛这样将全身每个角落都一览无余。这是他自尊心的根源所在。因而，那项施舍钱财给阿透——无论在别人眼里呈何形象的阿透——的建议，其施舍的对象可以说不过是阿透的影子，而全然不会给自尊心以任何创伤。阿透万无一失。

不过，对方的动机还是相当费解的吧？不，这里也没有任何费解之处。阿透深知：无聊之人纵使将地球卖给垃圾站也在所不惜。

阿透抱膝坐着打盹，心里却已打定主意，只是嘴上尚未道出"可以"二字。那要等到所长更加焦急时道出才合乎礼节。因为那样所长便可以向人炫耀费尽唇舌之功。

阿透现在很为自己的从不做梦感到庆幸，以往倒不以为然。他为所长点燃蚊香，蚊子只管咬他的脚。睡意蒙眬中，那痒感直如初升新月皎皎生辉。他怔怔地想，这搔过脚的手非得好好洗洗才行。

"看样子你也困了。难怪，都快天亮了。嗜，十一点半！今天可是彻底打扰了。怎么样？安永，这件事没问题吧？你答应了吧。"所长起身时使劲按了一下阿透的肩膀。

阿透这时才做出如梦初醒的样子，说：

"可以，没问题。"

"答应了？"

"嗯，答应了。"

"呃，谢谢谢谢。往下我就算你至亲，由我替你打交道，好吗？"

"好，拜托了！"

"其实我也非常遗憾，毕竟所里失去了你这样的优秀人才。"所长道。

阿透见所长醉得无法开车,便去附近叫了辆出租车,送所长回家。

第十五章

第二天歇班，阿透看了场电影，去港口看了船，如此度过一天。翌日九点开始，又轮到他值班。

几次台风过后，残夏的天空终于推出夏日特有的云絮，想到这大约是从信号站看到的最后一个夏天，阿透对往来的流云更加看得津津有味。

晚空甚是美丽。海湾几道横云的远方，积雨云如一尊天神凝然不动。

然而，这片透出浅橙色的气宇轩昂的云，很快便被横云削去了头颅，积雨云伟岸的躯体于是点点处处沁出羞愧的绯红。云后青空随即被涂上一层高贵的水色。横云或光彩黯然，或如一张闪亮的弯弓。

最前面一道看上去最高的积雨云同排成一列向海湾远处绵延伸展的重叠的云层，以夸张的透视画法在澄澈的天空中呈阶梯状低俯下去。阿透想，如此看来，这很可能是云在玩弄骗术，说不定是渐渐由高而低的云的横队在效仿透视画法欺骗自己的眼睛。

俨然白陶兵马俑阵列井然有序的云海中，有一道黑头云突兀而起，如龙卷风般直刺天庭，也有的形体开始崩溃，披一层玫瑰色光泽。这时间里，积雨云逐一分成浅红色、黄色和紫色，原有色调随之失去了威严。阿透注意到时，刚才还那般白灿灿的天神的脸，现已一团死灰。

第十六章

查访结果，本多得知阿透的生日是昭和二十九年三月二十日。而金让的忌日在此之后，二者的关系便无以成立。因此他通过种种渠道进行调查，但时间很快过去，未待澄清就办理了收阿透为养子的手续。

按月光姬双胞胎姐姐的说法，只知道金让死于"春季"。他后悔没有弄清具体日期。后来通过美国大使馆得知她在美国的地址，发了好几封信，但都石沉大海。百般无奈，只好求外务省一位朋友帮忙请曼谷大使馆查询，也仅仅接得"查询中"的回音，此后再无下文。

如果不心疼花钱，办法倒是有几个。但本多爱财如命，加之老来的焦躁，只是急于把阿透收为养子，金让忌日的查证也就不了了之。他总有点嫌麻烦。

昭和二十七年，本多曾对财产的古典三分法感到不安。那时候他的神经恐怕还是年轻而富于弹性的，而在古典性常识早已过时的今天，本多反倒对此耿耿于怀起来，同比自己小十五岁的年轻财务顾问闹得不欢而散。

尽管如此，过去二十三年的时间里，财产当然至少增值五倍，达十七八亿元。他把昭和二十三年到手的三亿六千万元一分为三，每份一亿两千万元，分别买了土地、股票和存入银行。土地增值十倍，股票增值三倍，存款则有减无增。

就像在英式俱乐部里扎着蝴蝶结打台球的绅士们一样，本多仍然没能放弃对资产股票的偏爱。他分别是东京海上火灾保险、东京电力、东京煤气、关西电力的股东，持有其"坚挺而有品位"的股票。这点又使他难以摆脱绅士时代鄙视投机的习性。虽说如此，单单这些死气沉沉的资产股票二十三年时间就增值三倍。由于红利的百分之十五不必上税，分红收入所缴纳的税款是微不足道的。

股票也同领带嗜好差不多，老人不可能扎时下流行的那种特宽幅印花的时髦领带。这样，诚然不能从中谋利，但也因此避免了风险。

昭和三十五年以来的十年时间里，正像美国出现的那样，人们渐渐以股票来卜算别人的年龄。大红大绿日见其俗，正沦为莫名其妙的货色。制造半导体收音机小零件的厂家创下年销百亿的纪录，五十元的股票变为一千四百元已属家常便饭。

本多虽然对股票的品位如此计较，但对土地的品位则毫不介意。

昭和二十八年在相模原美军基地周围建房出租给美国人是大发其财的买卖。本多在财务顾问的参谋下对建房不屑一顾，而以每坪三百元的价格买下一万坪空地皮。如今每坪已高达七八万元，三百万元买下的土地一举变成七亿五千万。

当然这堪称侥幸。有的地方赚了，有的则不然，但减值的土地是一坪也没有的。如今看来，他后悔没把本金三亿六千万元的山林至少买下一半。

使财产生利是不可思议的体验。他想，如果自己胆子更大一点，让财产增值十几倍恐怕都大有可能。不过从另一方面说，正因为一步一个脚印才得以保全财产。想到这里，他确信自己走过来的路是最佳选择，但也还是有一点点懊悔和失落感。追根溯源，这同自己与生俱来的易悔恨的性格有关，由此产生一种不健全的情绪也是奈何不得的。

起码，本多将落后于时代的财产三分法作为自己的方针——尽管知道并无益处——坚持下来，从而获得心理平衡。这是对于老式资本主义三位一体的推崇。那里边依然有着某种神圣的东西，使自由主义经济的自动协调的理想依然闪射着余光，同时也是本国绅士们对苦于原始而不稳定的单一作物栽培的殖民地所怀有的优哉游哉的理性矜持和平衡感觉的象征。

然而这种东西在日本还能找到吗？只要税法不变，只要企业不重返以自有资本进行经营的时代，只要银行不放弃以土地作为贷款担保的政策，日本国土这一巨大的典当物便根本不可能理睬什么古典规律而持续升值不止，除非经济终止发展或日本共产党上台执政。

本多对此当然一清二楚，但他还是力图忠实于安全坚挺的古老幻影。他加入了生命保险，在日益崩溃的货币价值面前，他竭力充当其近乎迂腐的卫士。他或许还对阿勋所往来拼杀的那个时代的金本位制存有一丝缥缈的金色幻想。

来自自由主义经济学那自动协调的美梦在很早以前便已烟消云散。马克思主义经济学的辩证必然性也早已不足为信。预言灭亡的生生不息，预言发展（尽管的确发展过）却蜕化变质。世界上再不存在纯理念的立足之地。

相信世界走向崩溃是容易的，本多大约二十岁时就已相信，然而世界并不轻易崩溃。对于在其表面像滑冰者一样不断滑行求生而走向灭亡的人类来说，这才是不可等闲视之的问题。一旦明白冰将断裂，有谁肯滑行呢？而若知其绝对保险，则恐怕又失去了有人落水的乐趣。问题只在于自己滑行时会不会断裂。本多滑行的时间是早已被限定了的。

即使在这一时间里，利息等多种收益也在一点点与时俱增。

人们认为财富便是这样聚少成多的。假如能超过物价上涨幅度，财富定然增加。然而这种增加一开始就立足于与生命逆向的原理，只能导致对生命的步步蚕食。利息的增加和时下白蚁的侵蚀是同一回事。某处利息的略微增加，必然伴随白蚁一点点啃噬的齿音。

届时，人们将注意到利息升值时间与自己生存时间性质上的差异……

这些道理本多一直在反复思考——在过早醒来的床上，他边等天光破晓边游戏性地追索思维的轨迹。

利息在一望无边的时间平野上如青苔四下繁衍。我们不可能永远跟踪追击，因为我们的时间正逐渐沿着坡路确凿无误地伸向悬崖峭壁。

认为自我意识只同自我有关时本多还年纪正轻。那时候，自己这一透明的水槽中漂浮着浑身长满黑刺的海胆样的实质。他将仅仅与此相关的意识称为"自我意识"。"恒转如暴流"，他花了三十载光阴才得以在日常生活中体会到在印度得知的这一道理。

到了老年，自我意识终于归结为时间意识。本多的耳朵已可以分辨出白蚁噬骨的齿音。人们是以何等淡薄的生存意识一分分一秒秒地挤过再不复来的时间隧道啊！年老之后才懂得那一滴滴所有的浓度，甚至所有的沉醉。美丽的时间水滴，浓郁得犹如一滴葡萄美酒……并且，时间像失去血液一样逝去，所有老人都将滴血不剩地枯竭而死。这是一种报复。因为他没能在热血不知不觉地沸腾、沉醉不知不觉地袭来的阶段及时关住时间的闸门。

是的，老人懂得时间含有沉醉，懂得之时已经失去了足以使人沉醉的酒浆。为什么没想到应及时关住时间的闸门呢？

出于怠惰和怯懦，本多并不认为自己在应关住时没有关住时间，尽管他也自责。

本多感觉眼睑终于沁入一缕微弱的曙光。他仍把脑袋放在枕上不动，心中自言自语：

"不不，在止住时间上面，自己不曾有过'此其时也'那样的时机。假如我身上多少有类似宿命的东西，那恰恰是所谓"没有能够关住时间"。

"自己未有过堪称'青春顶峰'的时代，也就不存在应该止住时间的时机。那本该在顶峰止住才是，可惜未能识别出来。奇怪的是自己并不为此懊悔。

"不，即使青春稍过去一点也不为迟。倘若顶峰到来，是应当在那时止住的。可是，如果说识别顶峰的眼睛就是认识的眼睛，我是略有异议的。因为像我这样一刻不停地眨闪认识的眼睛、像我这样不肯给意识以片刻睡眠的人，世上找不出第二个。识别顶峰的眼睛仅凭认识的眼睛是勉为其难的，这需要宿命的援助，但我被赋予的只是稀薄得不能再稀薄的宿命，这点我本身最为清楚。

"断言那是因为我坚强的意志阻碍了宿命当然很容易，但果真如此吗？所谓意志，难道不是宿命的残渣吗？自由意志与决定论之间不是存在类似印度种姓制度那种天生贵贱之分吗？当然，低贱的乃是人的意志。

"年轻时我并不这样认为，而认为所有人的意志都是力图参与历史的意志，但历史——那个踉踉跄跄的讨饭老太婆——跑去哪里了呢？

"不过，有一种人则具有在生之顶峰止住时间的天赋。我已经目睹，只能相信。"

在登临绝顶看到皑皑白雪的一瞬间使时间停顿下来——这是何等伟大何等浪漫何等幸福啊！其实，顶峰那使其内心泛起微妙涟漪的倾斜、那高山植物的分布都已给他以预感，因而他可以清楚把握时间的分水岭。

他知道，若再前行一步，时间就会停止上升而代之以急转直下。下降途中，很多人正在悠然自得地收获。但收获又有什么用呢？且看对面，水飞流直下，路一落千丈。

啊，肉体的永恒之美！那才正是能够止住时间的人的特权。在即将止住时间的绝顶，肉体之美也达到了登峰造极的境地。

处于白雪峰顶正确预感中的人的肉体的玉洁冰清之美。不祥的纯粹。侮蔑的爽凉。其实人之美与羚羊之美的妙合无垠。高贵地扬起头角，透出超尘绝俗而柔润平和的眼神。略微抬起线条流畅的白斑点点的前肢，头戴峰顶炫目耀眼的白云，满怀诀别的豪迈与悲凉……

即使向留在地面依旧置身于时间滚滚洪流中的人们挥手告别，我也根本无法响应。倘若我在街头突然扬手告别，招来的恐怕是出租车的停驶。

或许我不可能止住时间，而一直在阻挠出租车的奔驰。

我只是以毅然决然的意志命令出租车将自己拉往别的地点——明知时间同样涌流不息的其他场所，如此而已。没有浪漫，没有幸福。

没有浪漫，没有幸福！这点至关重要。生存的秘诀非此莫有，我深知。

止住时间也要等待轮回，这点我也早已知晓。

对阿透，也要使他和我一样决不允许虚张声势，不允许有浪漫和幸福。这就是我对那个少年的教育方针！

想到这里，本多彻底醒来。身体各处隐隐的痛感和喉头的痰球使他清醒地意识到一天的开始，自己有义务把卧床时七零八乱的部件重新组装起来。他像折起旧折叠椅一般将身体从床上撑起。房间已经大亮。按惯例应该用枕旁的家用内线电话告知起床，但他转念作罢，而去博古架那里取下饰有描金画的小匣，拿出关于阿透的调查报告，重新细读了一遍有关部分。

养子调查报告书

受理编号　M第2582号

委托方代号　第1493号

姓　名　安永透　昭和二十九年三月二十日生（十六岁）

原　籍　静冈县庵原郡由比町6-152号

现住址　静冈县清水市原町2-10号明和庄

一、本人情况

1. 履历与现状（略）

2. 体质与相貌（略）

3. 性格品行

头脑聪明，智商高达一百五十九，堪称出类拔萃。智商一百的出现率为百分之四十七，一百四十以上仅为百分之零点六，至为罕见。如此英才因幼年丧父失母，由贫穷的伯父收养。不幸的境遇使其初中毕业后即中断学业，殊可惋惜。但本人并不自恃聪明而扬扬得意，深受上司和同事喜爱。其为人由此可见。年方十六，生活作风亦无任何风言风语。固然有人议论其同附近一遭人愚弄取笑的疯女绢江有所交往并认真予以庇护，但绝非出于两性关系，莫如说因而证明他本人的心地善良和人道主义。绢江亦将年纪小于自己的阿透奉若神明。

4. 兴趣爱好

并无特殊兴趣。休息日或去图书馆，或去电影院，或去清水港看船。多少性喜孤独，外出大多独往独来。只是，虽尚未成年，却已染上吸烟习惯，大约是枯燥孤单的工作性质使然。健康则未因此受到影响。

5. 婚姻状况

当然未婚。

6. 思想与社会关系

亦是因其年少，无意参与任何激进政治活动。目前公司尚无工会，处于发起阶段。未发现本人与其有染。读书方面，虽小小年纪已广览群书。阅读倾向亦不止一端。藏书几乎为零，似乎仅靠频频出入图书馆和非凡的记忆力积累知识。未发现耽读左右过激思想书刊的迹象，毋宁有意博采众家。交友方面，与两三名初中同学时有往来，无特别亲密者。

7. 宗教信仰

已故父母信奉佛教。本人则对宗教不甚热心，未加入任何新兴宗教团体，对信徒的一再劝诱始终持拒绝态度直至今日。

二、家庭情况（略）

三、门第血统、亲属关系

就父母双方和曾祖父一辈进行调查的结果，未发现精神病遗传基因。（下略）

第十七章

十月末的一天，本多决定将这天作为向阿透讲授西餐礼仪的第一天。他在小客厅摆好餐台，订了法式西餐，把餐厅男侍叫到家里，一如晚间正餐样式，并让阿透穿上新做的藏青色西服。先从餐椅坐法一一教起：坐须深坐，尽量缩小餐椅与餐台的距离，臂肘切不可拄于台面；不可低俯于碟盘之上；两肘须紧贴侧腹；等等。继而提出诸般注意事项：餐巾摊放方式、喝汤方式，汤匙入口不得弄出声响，如此不一而足。阿透言听计从，不规范处一连反复数次。

"西餐礼仪似乎繁琐无聊，"本多边教边说，"但如果举止得体，大方自然，别人只消看上一眼就会放下心来。而只要给人一点有教养的印象，社会信用就会成倍增加。毕竟日本所说的有教养，仅仅意味熟悉西方生活方式。至于所谓地道的日本人，不是社会底层小民就是危险分子。今后的日本，二者估计都会减少。日本这一纯粹的毒素越来越少，而蜕化为适合世界各国所有人口味的嗜好品。"

说话时间里本多脑海浮现出的自然是阿勋。阿勋大概不晓得什么西餐礼仪。阿勋的高贵全然与此无关。唯其如此，阿透才应该从十六岁就开始谙熟西餐规矩。

菜肴须从左取，饮料须从右入口，刀叉须从外侧拿起……凡此种种，本多一边令人眼花缭乱地指点，一边注视阿透如潜水员抓取水中物那样试探着伸出的手。他继续侃侃而谈：

"边吃边适当谈话，要通过交谈使人的心情放松下来。边嚼边谈，嘴里的东西会飞溅出去，因此要趁别人谈话之机处理好自己咀嚼的节拍。父亲这就跟你说话，试着好好回答……对了，今晚你就别以父亲为父亲，而看作社会上某大人物，如赢得此人欢心，会得到很多很多便宜。你就这样设想好了。两人逢场作戏。好了，开始：你这个人学习用功，三个家庭教师都十分满意，可你为什么一点都不想交朋友呢？"

"因为不是很想得到朋友。"

"啧啧，这个回答不灵。光是这一点，你就可能被看成厌世的怪人。那么，如何回答才好？"

"……"

"不合格啊。光学习不行，还得有常识。应该尽可能这样开朗地回答：眼下学习要紧，还没时间交朋友；不过我想上了高中，自然而然会有朋友的。"

"眼下学习要紧，还没时间交朋友。不过我想上了高中，自然而然会有朋友的。"

"好好，就是这样……呃……"接着突然提起美术，"意大利美术你喜欢什么呢？"

"……"

"意大利美术你喜欢什么呢?"

"喜欢曼特尼亚[1]。"

"小孩子喜欢曼特尼亚成什么话!再说对方很可能连这个名字都不晓得。只这一个回答就会使人不快,以为你是个卖弄才智的小聪明。不妨这样回答:文艺复兴很不错。说说看!"

"文艺复兴很不错。"

"这就对了。这样的回答会给对方以优越感,使他觉得你很可爱,还会给他机会向你展开一知半解的长篇大论。即使那内容全是胡说八道,或者即使不是胡说八道的部分你也知晓,你也必须忽闪着好奇和尊敬的眼睛洗耳恭听。社会赋予年轻人的任务,仅仅是充当老实可欺的听众,此外别无其他。如果能让对方信口雌黄一吐为快,你就算大获全胜。这一点时刻疏忽不得。

"社会诚然不要求年轻人才华横溢,但如果你过于平庸无奇,又马上招致对方怀疑。你应该具有足以使长辈感兴趣的某种无关痛痒的偏执,如摆弄机器啦,打棒球啦,吹小号啦……就是说这种爱好要尽可能平均、尽可能抽象,要与精神毫不相干,与政治彻底绝缘,还要不怎么花钱。长辈们一

---

[1] 安德烈亚·曼特尼亚(Andrea Mantegna, 1431—1506),文艺复兴时期意大利画家,代表作有《哀悼基督》等。

旦发现，也就确认了你剩余能量的发泄口，从而高枕无忧。这方面即使多少显示出自负也无伤大雅。

"上了高中，在不影响学习的情况下可以参加一下体育活动，并且要选择能显而易见产生健康效果的项目。提起体育运动员来，人们大多以为大脑缺根弦，其实体育活动对本人倒有益无害。当今日本寻求的最大美德就是：对政治盲从，对长辈忠实。

"你嘛，一方面要以最佳成绩从学校毕业，一方面又必须像鼓满长风的漂亮船帆那样掌握令人对你解除戒心的愚的美德。

"至于钱，等你上高中再教不迟。当前你尽可优哉游哉，完全不必在钱上劳心费神。"

面对老老实实的阿透，本多如此不厌烦地说个不休。说着说着，他恍惚觉得是当着清显、阿勋和月光姬絮絮不止。

假如他们也这样该有多好！倘若他们不急于直接完成自己的宿命，而与世人迈同一步子，有足够的智慧将飞翔本领秘不示人的话该有多好！社会不能容许飞人的存在。翅膀是危险的器官，未待起飞便招致自我毁灭。只要同那些混账人物相安无事，就可以使其做出对翅膀视而不见的样子。不仅如此，他们还会到处代为宣传：

"那个人的翅膀无非是装饰品罢了，不必放在心上。交往起来，倒是非常循规蹈矩大可信赖的普通人咧！"

这种口头担保的作用万万不可低估。

清显也罢，阿勋也罢，月光姬也罢，都未费此辛苦。这是他们对人类社会表示的鄙薄和傲慢，早晚必受惩罚。他们甚至在苦恼方面也未免表现得过于自以为是了。

第十八章

三名家庭教师都是东京大学的高才生。一名教社会和语文，一名教数理化，一名教英语。据说昭和四十六年的高中升学考试，记述式试题将更多地取代以往的判断式，英语听写和语文作文也将增加。于是阿透当即开始听英语广播练习听力，耳朵贴着录音磁带一听就是几十次。

物理方面有这样一道关于地球和天体运动的试题：

（1）金星处于哪个位置时可以在黎明对其进行时间最长的观察？用图中的符号回答。

（2）用天体望远镜观察处于问题（1）位置的金星时，它看上去呈何形状？从A—D中选择你认为最正确的，用符号回答。

A.西半部分明亮；

B.东半部分明亮；

C.如一弯新月般明亮；

D.呈圆球形明亮。

（3）日落时分火星处于哪一位置时其在正南面天空闪

亮？用图中符号回答。

（4）零点时分火星处于哪一位置时其在正南面天空闪亮？用图中符号回答。

阿透立刻手指图中 B 点正确回答了问题（1），选 C 回答了问题（2），对问题（3）排除了 L 点，对问题（4）迅速找出太阳—地球—火星连成一线的 G 点。四道题答案全部正确。家庭教师惊讶地问：

"这题你以前做过？"

"没有。"

"那为什么答得这么快？"

"火星金星每天都看，当然一清二楚。"阿透像小孩被问到自己饲养的小动物习性时对答如流一样，露出理所当然的神色。

事实上，在信号站望远镜那小小的圆筒里，星星就像从早到晚扳着风车旋转的鼹鼠。他只是通过凝视为其投以意志的饵食。

阿透或许对大自然感到亲切，但对望远镜世界的失去则不感悲伤。诚然，那单纯得不可思议的工作本身有他所爱的"工作"感，纵目远眺水平线是他幸福的源泉，但无论爱还是幸福，都不是失之惋惜的东西。至少在二十岁成人之前，他要自觉地在老人膝下学会在山洞中摸索着走路。

家庭教师都是由本多面试，尽可能作为阿透效仿的楷模而选定的性格开朗的世俗型秀才。然而智者千虑必有一失。那个教语文的姓古泽的学生对阿透的头脑和性格怀有特殊兴趣，说是要慰劳一下学累了的阿透，把阿透领去附近的酒吧，有时还一起郊游。本多为其开朗大方的外表所欺，反而表示感谢。

阿透也喜欢敢于随便说本多坏话的古泽，当然自己决不轻易随声附和。

一次，两人晃晃悠悠走下本乡真砂坡路，从区政府门前左拐，往水道桥方向走去。六号线地铁工程把路面弄得面目全非，到处围着高高的栅栏，无法看后乐园那边的景致。过山车刚用纤细的钢筋编完，活像漏洞百出的空笼子悬在十一月下旬早来的暮空中。

两人走过奖杯店、运动用品店、荞面店门前，来到可以看到对岸后乐园游乐场入口的地方。只见那入口装饰着霓虹色拱门，两排电灯泡从右至左不断闪闪烁烁。一块立着的广告板上写道：十一月二十三日起，营业时间至晚上八时止。如此说来，这一带光辉灿烂的亮同白昼的夜景，再有三天就不复再现了。

"怎么样？要不要去那边坐空中转车搅拌一下脑袋？"古泽问。

"噢。"

阿透不置可否。他想象在别人怂恿下违心允诺后的情景：

在彩色灯泡交相闪烁当中，自己同寥寥无几的游客坐上空中转车那脏兮兮的粉红色小车厢，在光亮与铁栏阴影的交替中观看周围风景。

"嗯？如何？离高中升学考试还有九十二天呢，用不着担心，肯定能考上。"

"还是去咖啡馆吧。"

"你这人真是老实得可以。"

古泽漫不经心地走下一间名叫"勒努瓦"的咖啡馆的楼梯。楼梯正对着棒球场三垒一侧的巨大看台，看台高高耸立着巨大圣杯样的浓重的阴影，夕晖仿佛从中喷薄而出。

阿透跟着古泽往下走去，发现下面的咖啡馆意外宽敞，喷泉四周摆着宽大的椅子，椅子的间隔显然绰绰有余，浅茶色地毯悠然地吮吸着柔和的灯光。顾客则疏疏落落。

"没想到附近竟有这样的地方。"

"你是整天闭门读书嘛！"

古泽要来两杯咖啡，从衣袋掏出香烟递给阿透。阿透喜不自胜：

"在家里偷吸真不是滋味。"

"本多先生也太过分了，毕竟你不同于一般中学生嘛。一度踏上社会的人又要戒烟回到小孩子时代去！不过熬到二十岁就好了。考进东大，在那里好好施展拳脚，叫老头子刮目相看。"

"是啊，我也那样想。可要保密哟！"

古泽略微蹙起眉头，不无怜悯地淡淡一笑。阿透知道那只不过是二十一岁的古泽故作老成的表情。

古泽架一副眼镜，一张无忧无虑的圆脸，笑起来小鼻梁两侧聚起皱纹，格外惹人喜爱。眼镜腿松垂下来，每每用食指尖从正中往眉间一捅，仿佛在不断申斥自己。手大脚大，身架比阿透大出一轮。但这位出身于铁路职员贫穷家庭的高才生，总是把灵魂那深红色巨虾般的蠕动藏在不为人见的深处。

阿透与自己同生在贫穷寒舍，却将侥幸得到养父的家财，小小年纪便正在为此百般忍耐——这是古泽心目中的阿透肖像。阿透无意马上摧毁。

别人对自己怀有怎样的印象悉听尊便。他人的自由本来就是他人的。确切属于自己的，唯轻蔑而已。

"本多先生的一片真心自然可以理解，大概是要把你弄成英才教育的试验品吧。不过你也不错，将来继承的财产堆积如山，省去了大量麻烦，不必像一般人那样在社会这座大垃圾堆里不顾弄脏手脚一点一点拼死拼活地往上爬。可是自尊心却是万万丢失不得的，生死攸关的自尊！"

阿透本来想说"并未丢失"，但没出口，只是应道：

"嗯。"

他已养成习惯，无论回答什么，都要在嘴里舔尝一次。如果觉得太甜，就咽下肚去。

父亲本多今晚不在家，出去参加律师同行一个晚宴。因为不用着急，可以和古泽找地方简单吃顿饭。若父亲在家，无论如何必须七点钟赶回去一起吃晚饭。有时也和客人一同上桌。阿透最难受的就是庆子来做客的晚上。

喝罢咖啡，眼睛又精神起来，可惜值得看的东西一样也没有。杯底有半圆形的咖啡沉渣，形同望远镜凹透镜的圆形杯底是厚厚的不透明瓷体，挡住阿透的视线，这其实也是社会底层的一种反映。

古泽兀自侧脸坐着。突然，他像往烟灰缸扔烟头一样抛出一句话来：

"你可想过自杀？"

"没有。"阿透瞠目结舌。

"别那么看我。我也没有一本正经地想过。从根本来说，我不欣赏自杀者的衰颓和软弱。不过有一种自杀是可以允许的，那就是自我正当化的自杀。"

"具体说来？"

"感兴趣？"

"嗯，多少。"

"那，说给你听……比方说，有一只鼠以为自己是猫。什么原因倒不晓得，总之这只鼠通过对自己本质的彻底剖析，确信自己非猫莫属。这么着，它看自己同类的眼光就有了不同：所有鼠都成了自己的口中物。自己之所以一直没有吃鼠，不过因为担心自己是猫的真相被看破罢了。"

"那只鼠相当大吧？"

"肉体的大小不算问题。问题在于信念。这只鼠认为自己呈现的老鼠形体，无非是猫这一观念赋予的伪装。鼠相信思想，对肉体嗤之以鼻，只要具有自己是猫这一思想即足矣，无须非得把思想体现出来。因为这样会大大领略轻蔑带来的快感。

"可是有一天，"古泽用指尖往上捅了捅眼镜，小鼻子两侧刻出极富有说服力的皱纹，"可是有一天，这只鼠撞上了真正的猫。

"'我要吃掉你。'猫说。

"'不不，你不能吃我。'鼠答。

"'为什么？'

"'猫怎么可以吃猫呢？对吧？无论从道理上还是本性上都不可能嘛。别看我这副嘴脸，我可是只猫咧！'

"猫听了，笑得前仰后合，直笑得胡须摇颤，前肢朝天，白毛肚皮起伏不停。随即一跃而起，飞也似的朝鼠扑去。

"鼠叫道：'为什么吃我？'

"'因为你是老鼠。'

"'不不不，我是猫。猫不能吃猫！'

"'不，你是鼠！'

"'我是猫！'

"'何以为证?'

"鼠当即跳入旁边泛着洗衣粉白沫的盥洗盆,自杀而死。猫拿前爪往盆里蘸水舔了舔,洗衣粉味道最糟不过,只好扔下鼠浮起的死尸离去。猫离去的理由很简单:那是吃不得的。

"这只鼠的自杀,就是我说的自我正当化自杀。光是自杀并不能成功地使猫承认自己是猫,自杀时的鼠对这点肯定也是明白的。但鼠勇敢而明智,且内心充满自尊。它清楚地看出鼠所具有的两个属性,其根本属性是肉体上彻头彻尾属于鼠,因此之故,第二位属性就是应该被猫吃掉。对于根本属性它很快放弃了努力。这是思想轻视肉体的报应。可是在第二位属性上则有文章可做。首先,自己在猫面前是未被吃掉而死的;其次,自己使自身成为'百般吃不得'的存在。这两点起码可以证明自己'不是鼠'。既然'不是鼠',那么就是'猫',这种证明倒容易得多。因为以鼠之形体出现的如果不是鼠,便可以获得其他任何资格。于是,鼠自杀成功,达到了自我正当化的目的……你怎么看待?"

阿透边听边在心里反复权衡出自青年之口的这个寓言的分量。可以肯定,古泽不知向自己的心倾诉了多少次,故事已经相当完美。实际上阿透也早已察觉到了古泽外表与内心的龃龉。

假如古泽是借此谈其自身矛盾倒无所谓,但若已发现阿透内部的某种机微而以此相讽,就必须提高警惕。阿透伸出无形的精神触角刺探了一下，似乎无此危险。古泽说得越多，灵魂越是缩进他本身的深海，在任何人都看不到的底处蜷缩起来。

"不过话又说回来，鼠的死会震撼世界吗？"他早已忘却阿透这名听众的存在，用仿佛无法自拔的语气说道。阿透觉得只当他自言自语来听即可。声音流露出长满青苔般的无可奈何的苦恼，阿透还是第一次听到古泽的这种语调。

"世人能够因此而或多或少改变对鼠的看法吗？身为鼠形而实非鼠这种正确的消息能在社会上传播开来吗？猫的自信能多少有所动摇吗？抑或猫早已变得神经兮兮而有意阻碍信息的传播不成？

"其实不用担惊受怕，猫什么也没做。转眼忘个精光，洗罢脸，歪身睡过去了，它们对自己是猫这点心满意足，甚至也意识到这点。就在这一塌糊涂的午睡当中，猫不费吹灰之力地成了鼠那般热烈向往的存在。猫可以无所不是。就是说，可以通过苟且偷生，通过自我满足，通过无意识实现一切。酣睡的猫的上方，蓝天万里，流云多娇，风把猫的馨香带给世界，世俗的鼾声如音乐轻舒曼卷……"

"你指的是权力吧？"阿透感到有义务附和一声。

对方马上不无憨厚地满脸堆笑：

"正是。理解力真好！"

阿透则对这回答感到失望。

于是，一切都归结为这名青年偏爱的可悲的政治暗喻了。

"你早晚也会意识到的。"本来没必要顾忌四周，古泽却把脸凑到桌面上压低嗓音说道。阿透蓦地嗅到原已忘却的古泽的口臭。

为什么这以前忘记了呢？语文复习考试期间古泽脸贴近时好几次嗅到他发出的口臭，但未因此导致对他的反感。而现在显然成了讨厌的起因。

猫与鼠的整个故事中，即使讲故事的古泽没有一丝一毫的恶意，也还是存在某种使阿透恼火的东西，只是他不情愿以此作为憎恶古泽的缘由。如果那样，似乎愈发贬低了自己。厌恶，甚至憎恶古泽需要另有一个自己心悦诚服的理由，于是口臭陡然成了不堪忍受的存在物。

对此麻木不仁的古泽仍旧喋喋不休：

"你早晚也会意识到的。脱胎于欺骗的权力，只能通过像繁殖细菌一样繁殖欺骗才能得以维持。我们越是发起攻击，欺骗的耐力和繁殖力越是变本加厉，最后竟连我们的灵魂也在不觉之间发霉生菌。"

过了一会儿，两人走出"勒努瓦"，在附近吃了中国风味的荞面条。阿透吃得很开心，比和父亲吃的只见碟盘一大堆的晚餐好吃得多。

阿透一边对着荞面条腾腾的热气眯缝着眼睛啜着，一边忖度这个大学生与自己同感的危险度。的确有某种相同的心境，但琴弦的共鸣则受到了控制。说不定是父亲挑选出来刺探自己的特务也未可知。阿透知道，他领自己出来后要向父亲报告去处（当然是父亲要求的），讨回垫付的开销。

回去时走的是后乐园旁边的路，古泽又劝阿透去坐空中转车。阿透看出是古泽本身想坐，便答应了。买了门票，一进大门便是那转车。左等右等也再不见其他乘客，操作员不大高兴地按电钮启动。

阿透选坐绿色，古泽故意挑了一个相距很远的红色的坐了上去。小车壳的外侧满满印着可怜巴巴的花纹，使人联想起郊外偏僻路旁有意炫耀通明灯火的日用陶瓷店那廉价倾销的喝红茶用的茶杯。

小车转动起来，以为离得很远的古泽近近地擦过，但很快，那边笑边用一只手按住眼镜的样子就转到另一边去了。刚坐上时阿透就觉得有一股冰凉感隔着裤子渗入腰间，现在旋转起来又置身于凛冽的寒风中。阿透一个劲儿往加速方向转动方向盘，他喜欢一无所见一无所感的状态。世界于是成了气流状的土星环。

空中转车终于放慢了速度。当惯性使小车如水上浮标缓缓摆动时阿透立起身，不料一阵眩晕又使他坐下。古泽踏着恍惚仍在旋转的地面走过来，笑道：

"怎么样？"

阿透也笑了，却仍不站起。他很不服气：刚才飞速旋转中失而不见的世界,现在依然故我,将纷然杂陈的小物件同剥落的广告画,以及状如巨大红色电热水器的可口可乐灯光广告牌的背部示威似的迎面铺展开来。

第十九章

第二天吃早饭时阿透说：

"昨晚跟古泽去游乐园来着，坐了空中转车，晚饭一起吃了中国荞面条。"

"那就好。"

本多露出一排整齐的满口假牙道。但愿那是更适于假牙的老来恬淡的无机的笑。事实上本多的笑也真像是发自内心的喜悦。这刺痛了阿透。

来到这家以后，阿透已懂得了每天早上用薄薄的曲柄刀一块块挖食进口葡萄柚的奢侈生活的乐趣。这实在是香到了极点的水果，略带苦味的白嫩嫩光润润的果肉裹挟着充沛得近乎傲慢的果汁。果汁冲刷着清晨热乎乎懒洋洋的牙龈。

"古泽有口臭。做功课时有点受不了。"阿透尽量轻描淡写地说道。

"莫名其妙，怕是胃有问题吧。这么说也是因为你爱洁成癖。不过这点小事要忍耐些才行，找那样的高才生当家庭教师可是不容易的哟。"

"倒也是。"

阿透退让一步，把葡萄柚一扫而光。用料考究的烤面包片在十一月晨光的辉映下发出鞣皮样的光泽，阿透把奶油抹在上面，确认自然渗入之后，按本多教的方式咬了一口，接着又这样说道：

"嗯……古泽人固然是好人，可思想方面调查过吗？"

本多脸上现出世俗的惊愕。阿透一喜。

"可向你说过什么了？"

"没有，倒没有明确说过什么，不过凭印象总觉得这个人搞过或正在搞什么政治活动。"

本多自己信赖古泽，并相信阿透也同样如此，因此对这突如其来的话有些惶恐。

从本多方面看来，是信赖父亲的儿子的提醒；从古泽角度来说，则无疑等于告密。阿透幸灾乐祸地悄然窥视，看本多如何处理这个微妙的道德问题。

本多迄今一直在占卜事物的善恶，意识到此时不可轻率裁断。阿透的心理活动，若以本多梦中人物相对照堪称丑陋；而若以本多一向期盼之人相比照则完全理所当然。一句话，本多处于再进一步就要表白他求之于阿透的乃是那种丑陋的境地。

为了让本多透一口气，为了提供略加申斥自己的理由，阿透故意像顽童似的狠狠从旁边咬了一大口面包片，弄得面包渣纷纷落满膝部，但居然未能引起本多的注意。

本多不能斥责阿透第一次发出的显然信任自己的信号，尽管信号中掺杂不良动机；另一方面，传统的道义心又诱惑本多很想指出基于任何理由的告密都是不地道的。这种诱惑使得自己与阿透似乎其乐融融的早餐遽然变得猥琐起来，本多对此很感困窘。

他向糖罐伸出手，准备拿糖匙取红茶用砂糖，不巧同阿透的手指碰在了一起。

在朝晖下闪烁着小小不然的背叛与告密之光的糖罐，同时向那里伸出手的共振的情感……本来认为这才是阿透上门当养子以来最初萌发的父子感情嫩芽的话语，它意外地刺伤了本多。

父亲的焦躁是那样地显而易见，这使得阿透深感惬意。他注意到父亲的踌躇。父亲未能得以向他展开说教，令他进一步信赖毕竟一度称之为师的家庭教师并对其怀有敬意。父亲内心的矛盾同其教育动机深处潜伏的恶意第一次暴露出来。他品尝到类似小孩子把含在嘴里的西瓜籽一口吐出的那种如释重负的快慰。

"噢……这个问题交给父亲好了。你还要像过去一样乖乖听从古泽的指导。学习以外的事不用分心，反正一切由父亲处理就是。当务之急是考上高中。"本多终于开口了。

"嗯，就按您说的做。"阿透浮起动人的微笑。

本多整整思索了一天。翌日，找到警视厅一位负责治安方面的老相识,求其调查一下古泽。几天后有了答复:古泽参加了一个过激派左翼组织。本多于是很快找到一个无谓的借口把古泽打发走了。

第二十章

阿透经常给绢江写信。绢江的回信写得很长。拆信时须小心翼翼，里边总是装有压干的时花。冬季原野没花了，便交代说"花是在花店买的，对不起"，云云。

包在纸里的花如死了的蝴蝶，沾满代替鳞粉的花粉，尚有活时展翅飞舞的余韵。一旦死了，翅膀与花瓣便成了同一品种：二者同是彩色物的尸骸，一个曾以飞动飘逸装点虚空，一个曾以静止和超脱粉饰大地。

有一枚弯弯的花瓣硬是被压得瘪干，简练的血红色纤维纵横现出无数细小的裂纹，干枯平展得犹如印第安人褐色的皮肤。看信上的说明，方知是温室栽培的红郁金香的一个断片。

信的内容千篇一律，无非是以前来信号站时挂在嘴上的啰啰唆唆的告白，接着絮絮不止的是无法同阿透相见的寂寞，而且每次都附上一句想来东京。阿透也每次都答应有机会一定相邀，叫她只管经年累月安心等待。

不见的时间久了，有时阿透竟产生错觉，以为绢江说不定真的很漂亮，旋即又嘲笑自己。不过在失去绢江之后，他开始一点点觉察到了这个疯女在自己心目中的位置。

他需要别人精神上的失常来抚慰自己过度的冷静和聪明，他需要身旁有一位视力异常的人。在这个人的眼睛里，大凡阿透历历在目的对象——云也罢船也罢，本多家死气沉沉的古老宅院也罢，学习室墙上一直密密麻麻排到高中升学考试当天的功课复习计划表也罢——全然一反本来面目而彻底异化。

阿透不时渴望解放与自由，但其方向别无选择：解放必须指向如此清晰可见的世界的另一侧，指向另一侧一切事项飞流直下的领域，指向世界的不确定性。

绢江则蒙在鼓里，扮演着为被关入牢笼的阿透的自我意识送来自由的热情会面人的角色。

不仅如此。

阿透心中不断作痛的冲动亦因绢江的存在而感到释然，那是一种不断企图偷袭别人的冲动。阿透敏锐的心，恰如出囊尖锥，时刻窥伺一刺为快的时机。既然在古泽身上已一试锋芒，必然为寻找下一个猎物而虎视眈眈。未经磨砺未曾生锈的纯粹，迟早注定摇身变为凶器。阿透第一次觉悟到自身除窥看之外具有的能力。这种能力的自觉由于伴随持续的紧张，绢江的来信于是成其休憩之所。阿透清楚地知道，唯独绢江一人因精神失常而安居于他鞭长莫及的天地。

而且，任何东西都不能加害于己这一自负恐怕也是将两人紧紧连在一起的有力纽带。

古泽的后任很快确定下来，是个现今罕见的安分守己的学生。阿透考中之后，懒得看三个家庭教师自恃有功的面孔，准备将其余两人也在两个月内辞退了事。

但戒心使阿透打消了这个念头。若把这类小角色一个接一个扫地出门，父亲必然对自己产生怀疑，从而不再听取——尽管打了折扣——自己的申斥，不再相信自己所非难之人的不是，反而对自己本身投以不信任的目光。果真那样，也就失去了那份私下咀嚼的快乐……他想，眼下该忍耐的还要忍耐，应静等时机的到来。不能跟什么家庭教师一般见识，而要等待更值得伤害的人出现。如果能神不知鬼不觉地给那等人物以攻击，就可以同样间接地给父亲留下更深的创伤，而且必须采用绝不使父亲事后怨恨自己的办法。倘若怨恨，只能怨恨他本身。那将是阿透特有的万全之策。

往后像船舶出现在水平线上那样崭露头角的将是什么人呢？如果说船舶原本是阿透意念凝成的物象，那么那个人也将像阿透敏锐的心所期望的那样懵懵懂懂地背负注定被其伤害的命运，而首先将一抹既非船形又非幻象的阴影投射在水平线上。阿透觉得自己对未来的希望已具雏形。

第二十一章

阿透跨进理想的高中大门。

二年级时，有人通过介绍人来试探本多的口气，打算将来把女儿嫁给阿透。本多一笑置之。虽说法律上已达婚龄，但对年方十八的阿透毕竟为时太早。可是对方仍不死心，继续通过别的人紧缠不放。因介绍人是法律界头面人物，本多也不便一口回绝。

此刻闪电般掠过本多心头的，是遭遇二十岁阿透之死而长吁短叹的年轻未婚妻的幻觉。但愿那少女面色苍白，一副美人薄命的样子。这样，本多就可以在财产分文无损的情况下再一次面对美的透明结晶。

这样的幻想同本多向阿透实施的教育是相当矛盾的。可是话又说回来，倘若根本不存在这样的幻想，一开始就全然没有这种危机感的话，本多脑海里压根儿就不会浮现出通过教育把阿透一味引向丑陋的永生的念头。也就是说，本多畏惧的正是本多希望的，本多希望的正是本多畏惧的。

眼下的提婚很像以恰到好处的间歇方式偷偷漫上地板的水。本多于是接受了法律界这位大名鼎鼎的人物的来访，饶有兴致地打量着这位刚愎自用的刻板老人。无论怎么说，告知阿透都不合时宜。

老人带来的相片倒使本多大为动心。这十八岁女郎长得很美，鹅蛋儿脸，全无时髦做派，面对镜头微微蹙起眉头的困惑表情也别有韵味。

"小姐长得真是如花似玉。身体方面可健康？"

"这点我十分清楚。本人比相片健康得多，没听说生过什么病。健康当然第一重要。相片是她父母挑选的，怕是守旧了一点。"

"那么说，是很开朗的啰？"

"哦，怎么说好呢？总之轻佻的印象是绝对没有。"老人不得要领地回答。本多随即改变主意：见见这个少女。

不言而喻，这桩送上门的婚事打的是钱财上的主意。此外找不出任何要选十八岁少年为婿的理由，无论他多么才华出众。父母生怕这千载难逢的猎物落入他人之手才这么急不可耐。

一切都瞒不过本多。如果答应这门亲事，也无非是以此作为镇静药来安抚十八岁的少年，毕竟由老人一手抚育不易。不过看情形，阿透尚无此类危机。这样，双方的利害关系便似乎愈发相距辽远，没有任何理由就范。本多略感兴趣的莫如说在于漂亮少女和其父母的比照。他想见识一下自尊心在物欲的诱惑下怎样卑躬屈膝。据说对方是颇有来头的名门望族，本多对此根本不放在心上。

对方希望加进阿透一起吃顿饭。本多拒绝了，而和法律界那位长老两人应邀前往。

这天过后的一两周时间里，七十八岁的本多彻头彻尾成了"诱惑"的俘虏。

少女已在晚餐席间见了，还交谈了三言两语，相片又拿了几张回来……诱惑即由此而来。

并不是说已痛快做了答复，仍在犹豫不决，然而衰老的心却走火入魔，无法仅靠理性做出判断。老人的执拗如癣疥痒得浑身难受。他无论如何都想把相片出示给阿透，窥视其如何反应。

本多自身也难以理解这究竟属于怎样的冲动。诱惑的底层鼓涌着欣喜与矜持，倘有疏忽，势必陷入无以自拔的境地。这点本多心中有数，但执拗终归是执拗。

他想把少女同阿透系在一起，像在台球案面撞击红白圆球那样玩味几种始料未及的结果。少女一见倾心自好，阿透心醉神迷亦妙。或是少女哀叹阿透之死，或是阿透觉察到少女的物欲而洞悉人的本质——对本多来说，哪一种都是向往的结局，那本身即是一种祭奠。

本多早已过了严肃对待、认真思考人生的年龄，步入任何恶作剧都堪可饶恕的人生旅程。不管如何牺牲他人，日益迫近的死都会抵消一切。这个年龄足以使其玩年轻于掌股，视世人如泥偶，将世间习俗为己所用，把一切赤诚化为一夕晚霞的戏谑。他人何足挂齿！一旦下定决心，本多觉得屈服于诱惑竟好像成了使命。

一天很晚时分，本多把阿透叫进书房。书房是英国样式，父辈即依原样使用。梅雨使房间充满霉气。本多讨厌空调，没有安装。坐在对面椅子上的阿透从衬衫稍稍露出的白色前胸闪着汗珠。在本多眼里，这令人憎恶的年轻如正在此处开放的白色八仙花。

"快放暑假了吧？"本多开口道。

"之前还有考试。"阿透拿起一小块薄荷味巧克力，用整齐的门牙咬了一下，然后拿开巧克力回答。

"你这吃法活像松鼠。"本多笑了。

"是吗？"阿透也笑了，笑得很开心，无忧无虑。

本多望着阿透白皙的笑脸，心想今年夏天无论如何得把这脸颊晒黑，不过转念又想他的皮肤可真好，看上去根本不会生出粉刺。他从抽屉里拿出一张相片，以事先设计好的自然手势放在阿透眼前的桌面上。

这场戏关键一幕在于阿透拿起相片的神态。本多巨细无遗地摄入眼里，只见阿透首先以门卫审查入场证的严肃表情注视相片，然后又若有所悟地朝本多抬起的眼睛还回照片。此刻，少年特有的兴奋倏忽间背叛了好奇心，脸一直红到耳根。把相片放在桌面上后，手指塞进耳穴胡乱搔起来，继而用不无愠怒的声音说：

"人长得蛮不错嘛！"

何等完美的反应！本多想。阿透几乎诗一般潇洒地轻轻弹开与其年龄相应的凡庸之心那稍纵即逝的火花（尽管场面如此猝然）。本多险些忘记这不过是阿透按他的期望做出的反应。

这是复杂的综合性作业，就连掩饰羞赧的胡乱而微妙的手势也设计得无懈可击，仿佛本多的自我意识在一瞬间扮演了少年角色。

"怎么样？可想见一面？"本多沉静地询问。窥视少年反应的时间里，他颇有些担心事情的进展能否一如所料，于是引起一阵固执的咳嗽。

阿透飒然起身，绕到本多身后为他捶背。

"嗯。"阿透支吾地回答。由于在父亲背后一下子放松下来，他两眼炯炯生辉，心中自言自语：总算等来了，值得伤害的对象终于出现了！

阿透身后的窗外仍在下雨。在窗口灯光的照射下，雨丝如一道道黑色的汗水顺着胀鼓鼓的树皮涟涟而下……每当入夜时分，地铁通过高架路的声响便在这一带轰鸣开来，俄而钻入地下。阿透在父亲咳嗽不止的时间里想象着钻入地下之前车厢窗口那一排短命的辉煌灯火。但船的声息在这夜幕下是无处可寻的。

第二十二章

"不妨交往一段时间，不中意只管提出，用不着顾虑情面。"本多向阿透交代。

放暑假后的一天傍晚，阿透应邀去少女家吃晚饭。饭后，母亲让女儿带阿透参观闺房，浜中百子于是把阿透领上二楼。这是一间八张草席大的西式房间，每个角落都透出少女气息。阿透有生以来还是第一次迈进如此充满女孩情调的空间，四面纷然杂陈的一切都带有桃红色皱纹般的娇柔。墙纸、挂画、偶人等每一件饰物都蕴含女性特有的细腻，融汇为让人窒息的柔情奏鸣曲。阿透坐在角落一把扶手椅上，厚墩墩的五颜六色的绣花靠背，反而使这椅子坐起来大不好受。

少女看上去一副大人模样，但这些显然出于百子自身的情趣。不无贫血的清秀苍白的面庞，精雕细刻的古典式眉眼，二者相得益彰。唯其如此，其间荡漾的凄凄然的真挚，在这房间无数脉脉温情中使得少女有一点、只有一点不甚可爱——百子的美丽过于一丝不苟，像白色纸鹤一样给人以不祥之感。

母亲放下茶点出去了，房间只剩阿透和百子两人。见面见了很多回，单独相处还是初次，但空气密度并未因此增加。

百子兀自坐在刚才母亲示意坐的位置上，不肯破坏如此状态下的和谐。阿透暗忖：要首先教给她不安。

晚餐席间大家都极客气，阿透颇为不快，当时拼命掩饰的不快来这里后则开始蠢蠢欲动。茶点被爱的小钳子夹起，按色调摆好，俨然精心安排的交配。自己已被放入烤箱，以便制成如此这般的糕点……但对阿透来说，主动进入和被人放入终归是同一回事。自己是不会感到不快的。

剩下两人后，百子首先从五六册脊背写有编号的影集中，抽出一册递给阿透。由此得知，其感受性的平庸。阿透在膝头打开一看，见一个一丝不挂的婴儿大大张开腿正咧着嘴傻笑。被褴褛弄变形了的佛兰德斯骑士样的裤衩，尚未长齐牙齿的口腔中露出的软乎乎的粉红色泥巴。阿透问这是谁。

百子惊愕，非同小可，一眼瞥见，当即一只手压住影集夺下，抱在怀里跑去墙根，肩膀大起大伏地喘息。

"讨厌死了！编号和相片怎么弄混了！竟把这样的东西拿给你看。我……这可怎么是好！"

阿透冷静地应道：

"我原也是婴儿，还有什么可保密的不成？"

"你倒还真够冷静，活像医生。"百子也终于镇定下来，边说边把影集放回原来书架上。想到百子刚才的疏忽，阿透猜想接着递过来的定然出现百子七十岁的龙钟老态。

但这册影集相片清一色是最近旅行时照的，平常到了极点。从任何一张都可看出百子深受宠爱，统统是百无聊赖的幸福记录，较之百子有意让看的去年夏天去夏威夷旅行的光景，吸引阿透的倒是一张某个秋日黄昏在院子里生篝火的少女形象。彩色相片上的火焰呈欲火之色，把蹲着的百子的脸映照得如巫女[1]般庄严。

"喜欢火？"阿透问。

百子那在眼前眨闪的眸子漾出不知如何回答的困惑。阿透产生一种奇妙的确信：观看篝火出神时的百子，肯定正来月经。而现在呢？

倘能完全摆脱性的好奇心，自己形而上式的恶意将变得何等完善何等彻底啊！就像驱逐家庭教师，阿透深知一切并不那么轻而易举，然而他自信无论得到怎样的爱都能保持心的冰冷。那才正是自己内部茫茫广宇般黛蓝色的领域。

---

[1] 在神社中服务，从事奏乐、祈祷、请神等的未婚女子。

第二十三章

这年夏天，由于还不放心让阿透一个人外出，本多决定领阿透去北海道旅行。为避免疲劳，旅程安排得充充裕裕。庆子则由于很难与本多一起出游，同一位在瑞士当大使的亲戚取得联系，独自去了日内瓦。浜中家想和本多父子同度这个夏天——哪怕两三天也好——两家便在下田一家旅馆订了房间。本多受不住下田梅雨初晴后的酷热，几乎终日躲在空调房间闭门不出。

两家说好共进晚餐，准备妥当的浜中夫妇来本多房间相邀。浜中夫妇问百子来过这儿没有，本多回答："百子说到吃晚饭还有时间，就和阿透到院子里散步去了。"浜中夫妻便在长沙发落座，等年轻人回来。

本多拄着手杖站在宽大的窗口旁边。

本多暗暗叫苦，正在进行的事委实荒唐透顶。食欲无从提起，旅馆的食谱寒酸至极。没等走进餐厅，那些拖家带小的食客的嘈杂声便传入耳膜，而且浜中夫妇的谈话也基本枯燥无味。

老人不得不摆出政治家风度。虽说七十八岁的衰躯老体无处不痛，但也必须装得笑容可掬且兴致勃勃，并且只有这样才能掩饰内心的冷漠。真正的大前提原本是冷漠。唯以冷漠方能对付这世道的荒诞无稽，从而延续生命。这是一种日复一日接纳波浪与漂流物的海岸式冷漠。

曾几何时，本多觉得，自己虽久经磨炼也还是剩有一点棱角的，这多多少少影响自己在这充满阿谀奉承的世上求生存活。后来便渐渐没了这种感觉。如今有的只是铺天盖地的荒诞。卑俗猥琐释放的气味已被混合，一切成了同一色彩。世上确实有过形形色色的低俗：清雅的低俗、白象的低俗、崇高的低俗、仙鹤的低俗、才华横溢的低俗、犬儒的低俗、献媚邀宠的低俗、波斯猫的低俗、帝王的低俗、乞丐的低俗、狂人的低俗、蝴蝶的低俗、豖猫的低俗……大概所谓轮回便是对低俗的惩罚。低俗最大的原因来自求生的欲望。本多无疑也是其中一分子，不同于人的恐怕仅仅是对人对己所具有的异常敏感的嗅觉。

本多斜眼扫了一下坐在长沙发上的中年夫妇。这等人物何以介入自己的生活了呢？这种多此一举同他崇尚简洁的精神背道而驰。

然而眼下却束手无策，任由两人悠悠然笑吟吟地盘踞在自己房间的长沙发上。看那架势，仿佛宁可等上十年。

浜中繁久五十五岁，原是东北地区一方藩主。如今则以洒脱掩饰出身名门的无聊自尊，写下的《藩主》等随笔成了书，多少博得一点虚名。现为旧领地一家地方银行的总经理，在花柳界卖弄往昔的"风流"。此人架一副金丝眼镜，脸形上宽下窄，头发依然茂密乌黑，而给人的感觉却是彻底衰颓。谈吐倒也伶牙俐齿。出于此项自信，道出噱头之前往往引而不发。题前套话妙语连珠，以反应敏锐自诩。平日面带微笑，幽默尖刻而不失温文尔雅，对老人从不忘表示敬意。大概做梦也没想到自己原是枯燥无味的角色。

妻子栲子同样出身于名门望族，体态臃肿，举止粗俗。所幸女儿容貌像其父。这夫人开口闭口离不开三亲六故，终日扑住电视不放，电影戏剧概不问津，如今膝下只有小女百子，其余三子均已离家独当一面，这自然成了夫妇不厌其烦的话题。

古风犹存的优雅造就了这对夫妇轻薄的气质。繁久对现代性革命的诠释及栲子基于传统羞耻心对此一一表露的气愤，使得本多看得忍无可忍，听得七窍生烟。繁久自是繁久，竟忍心看着妻子落后于时代的每一个反应沦为取悦于人的杂耍。

本多很感惊讶，不明白自己为什么至今都如此缺乏宽容精神。随着同未知之人接触的厌倦情绪的增加，他才知道微笑竟是那般耗费精力。最先萌动的感情是轻蔑，但轻蔑本身亦令人倦慵。他觉得自己无非在将空洞无物的交际辞令派往嘴边。相比之下，说不定代之以流口水更为畅快。总之，言辞是唯一可供选择的行为。老人有时仅用言辞就可以使世界变得眼斜嘴歪，浑如压瘪一只柳条筐。

栲子开口了：

"您那么站在那里真是显得年轻，活活军人风采。"

"喂，你那比喻很不贴切。法官怎么会是军人呢！往日看德国马戏时印象最深的是驯兽师，威风凛凛、虎虎生威。而本多先生恰恰如此！"

"这又成了驯兽师，更是不成体统！"栲子竟为此无聊小事笑得不可收拾。

"我可不是特意站在这里摆什么架势。一是想看看这里的黄昏美景，二是为了从上面监视两个年轻人散步。"

"哎哟，看得见的？"

栲子起身站到本多旁边。繁久也慢慢立起，靠住栲子后背。

从三楼窗口下望，院内大致呈圆形的草坪、院外山崖下的小路以及缓缓伸向海滩的斜坡灌木丛中两三条长凳尽收眼底。院子里人影寥寥，有一家老小从低凹的游泳池那边肩搭毛巾返回。每一人都在草坪上拖着夕阳长长的阴影。

阿透和百子手拉手站在草坪中央。两人的身影同样以幻象式长度远远往东面伸展开去，宛如两条长长的影子鲨鱼咬着两人的脚腕。

阿透身着衬衫，背部鼓满晚风。百子的头发也随风飘摇。这原本是一对司空见惯的少男少女，但本多蓦地觉得两人的影子才是本体，其存在受到影子粗暴的吞噬，遭到深刻的观念性忧愁的侵扰，两人的肉体似乎正变为空壳，如蚊帐一样轻薄剔透。本多相信，生命并非这般模样，而应是更为不能容忍的存在。可怕的是阿透大概已知晓这点。

如果影子即是本体，则两人干枯得近乎透明的轻飘飘的肉体便可能是其双翼。飞吧！向低俗的上空飞吧！四肢和头颅因双翼而成了多余部件，而更加带有形而下意味。倘若内心的轻蔑再增加一点点，阿透就可以同女郎携手起飞。但本多未予允许。本多本想拼出老朽之躯的所有余力，动员所有的嫉妒情感赋予两个年轻人以飞翔能力，然而就连嫉妒也不在本多胸中起火燃烧。本多现在想起来了，自己对清显和阿勋最基本的感情乃是人类诗情画意赖以产生的源头——嫉妒。

也罢，就把阿透和百子看作是尘世上最俗不可耐、最微不足道的一对青年男女好了。这样，本多就可以像操纵木偶一样，只消指尖在此一动，两人就一定不假思索地立即拥抱起舞。他指头在手杖上动了两三下。于是，两人离开草坪向山崖下的小路走去。

"喏，这边正等着呢，看光景还想往远跑哩！"栲子依旧肩上托着丈夫的手叫道，每个音节都透出轻度兴奋。

朝海边走的两人穿过茂密的树丛，在原木凳上坐下身来。从颈项判断，是在观看迷乱的夕云。此时，凳底下跳出一个黑色物体，离得远，看不清楚是猫是狗。百子吓得一跳而起，搂住同样站起的阿透。

"嘀!"正在窗口看热闹的百子双亲,口中像飘出蒲公英飞絮一般如此荡出一声。

本多并非在看,并非以认识者的眼睛从窥孔中窥视,而是站在洒满灿烂夕晖的光明正大的窗边,半是听由自我意识乖乖进行自我表演,半是在心中以全能之力加以指挥。

你们还年轻,必须展示某种更加荒唐更加无谓的活力的证据。是给予炸响的雷声,还是赋以猝然的闪电,抑或提供奇特的放电现象好呢?——例如使得百子的头发倏然间倒立起火?

海岸有一棵向海面倾斜的树,树枝如蜘蛛网四下散开。突然,两人往树上爬去。本多感觉得出,身旁的百子父母顿时紧张得屏息敛气。

"啊,真不该让她穿那喇叭裤。这个疯丫头……"栲子简直要哭了出来。两人爬上树,各骑一条横枝晃来晃去,托在绿叶上面的枯叶随即飘落下来。整片树林中,看上去只有那棵树突然发起歇斯底里。

两人的身姿成了以夕晖下浮光耀金的海面为背景,在树枝上栖息的巨鸟剪影。百子先从树上爬下,由于吓得身体乱扭,头发竟缠在底枝上摘不下来。阿透赶紧下来,接二连三帮她解头发。

"相爱着呢!"栲子终于透出哭腔,一个人频频点头不止。

不过阿透解发花的时间过长。本多当即看出阿透是在有意让头发缠得更加难分难解。本多对这小小的微妙的恶作剧感到有点恐怖。百子每次放心地抽身拉拽，头都被树枝拖回，痛得龇牙咧嘴。阿透则装出越急越解不开的样子，重新像驭者一样骑上树枝，手里牵着长长的头发缰绳，同百子保持些许距离。百子背对阿透，双手掩面哭泣。

从三楼窗口隔着宽阔的庭园望去，不过是希腊彩壶上落入俗套的小幅静物画。宏伟壮观的则是雪崩般洒向大海的霞辉。下午带来几次日光雨的云层余絮，向海湾泻下超尘绝俗的散光。于是，树木和海湾岛屿山壁那毫发毕现的坚挺线条被涂上了彩色，清晰得直令人毛骨悚然。

"相爱着呢！"栲子又重复一句。三人眺望的海面上，凌空架起一道鲜亮的彩虹，恰似本多心中按捺不住的无聊情致。

第二十四章

本多透的手记

×月×日

我不能原谅自己对百子产生的许多误解。一切必须从明察开始。若有半点误解，误解便产生幻想，幻想产生美。

我向来不是美的信徒，不足以认为美产生幻想，幻想产生误解。当信号员之初，曾看错过船舶。尤其在难以把握前后桅灯间隔的夜晚，居然把并不很大的渔船错看成远洋巨轮，发出要对方"报告船名"的闪光信号。未曾受过正式迎送的渔船，便以一个喜剧片电影演员的名字作答，然而那船算不得多么漂亮。

百子的美，当然必须充分满足客观条件。而另一方面，我所需要的是她的爱，必须首先给她以自我伤害的刃器。总之，徒具其表的纸刀不可能刺伤她自己的前胸。

我清楚地知道"必须"的强烈欲望，较之理性与意志，毋宁说更多的出自性欲。性欲不厌其详的订单，甚至经常被误解为伦理需求。为了不使我对百子的计划与此混为一谈，恐怕迟早需要另有一个解决性欲的女人。这也是出于恶的最微妙最令人困惑的愿望，即仅仅在精神而不在肉体上伤害百子。我完全了解我的恶之性格。那是一种意识——恰恰是意识本身急欲转化为欲望的不可抑勒的需求。换言之，明晰在完全保持明晰的状态下演出人们最深层的混沌。

有时我想自己最好一死了事，因为彼岸世界可以使这一意图圆满实现。我当可掌握真正的透视画法……活着做这样的事的确难上加难，尤其我才十八岁！

浜中家父母的态度实在难以窥测。大概他们是想打持久战，让我们如此交往五年七年，从而取得优先权，等我毕业工作之后才为两人举行盛大的正式婚礼。可是到底有什么保证呢？对女儿的魅力就那样信心百倍不成？抑或指望万一解除婚约时得到一笔莫大的赔偿？

那等人物想必不至于有什么老谋深算，头脑里有的恐怕只是男婚女嫁方面浮浅的常识性概率。一次听我的智商大为惊叹。由此看来，或许只是为高才生，而且是家境优裕的高才生而倾注全部热情也未可知。

在下田同百子分手后，和父亲去了北海道。回京第二天，百子从轻井泽打来电话，说想见我，叫我务必去轻井泽。电话总好像是她父母让打的，声音里掺杂一点儿人工味道。这使我心安理得地残酷起来，告诉她已开始准备高考,不能应邀前往。放下听筒,却又涌起几分意外的怅惘。拒绝本身又意味自己对拒绝做出的稍许让步,而让步自然为自尊心带来深深的怅惘。无足为奇。

夏天即将过去。这种感觉总是那么痛切,难以表达的痛切。空中鳞片云和积雨云交替出现,空气中裹挟着若有若无的薄荷味。

爱,大约意味着对对方的追随,而我的感情是不可追随任何对象的。

百子在下田送给的小礼品还摆在桌面。那是一只密封在圆盖玻璃瓶里的白珊瑚标本,背面有"赠给阿透"的字样,还画有穿在一支箭上的两颗心,阿透不明白百子何以老是这么一副孩子气。玻璃瓶底端蓄有很多细碎的锡箔,用手一摇,便如海底白沙闪闪泛起,且玻璃有一半透出深蓝色。于是,我所知道的骏河湾便被封存在这七厘米见方的空间里,海在我生活中的位置成了一个女孩强加于我的抒情标本。不过这珊瑚虽小却孤傲而冷酷,体现出抒情内核中我不可侵犯的悟性。

× 月 × 日

我生存的难度——或者换称为生存的可怕的圆滑与轻松——到底来自何处呢?

有时我想,自己所以活得如此轻松自在,说不定是因为我这一存在本身是不合乎当今之世的逻辑的。

这并非什么我给自己的人生提出难题。的的确确我是在无动力状态下坐卧行止。这正如永动机,原理上根本不可能存在。但这绝不可能是宿命,不可能存在的现象又怎么可能是宿命呢?

我在呱呱坠地那一瞬间,大概即已知晓自己这一存在本身的悖乎常理。我是作为世所罕有的十全十美之人且作为其底片降生的,而这世上无所不在的尽是不健全之人的正片。假如有人把我冲洗出来,对他们来说那才非同小可,对我的恐惧即由此产生。

对我来说,最滑稽的莫过于世间一本正经教导的所谓"按自己本来面目生活"。一则这原本就不现实;二则如若自己照此办理,当即必死无疑。因为这无非意味将自己这一悖乎常理的存在强行纳入统一模式。

如果没有自尊心,或许有其他办法。因为一旦抛弃自尊,即使再扭曲变形的形象也能轻易使人使己相信这便是自己的本来面目。然而,这只能以怪物视之的形象,就那么具有人性价值吗?如果本来面目就是所谓怪物,世人倒可以顿感如释重负……

我处事一向谨小慎微,但自卫本能开有大大的豁口,而且畅通无阻,乘虚而入的风时而给我以陶醉。危险属于常态,故无危机出现。若没有这绝妙的平衡,我便无以生存，因此保有这平衡感自然无可厚非。但下一瞬间，失衡与失落便成为一场噩梦……周旋愈久狂暴愈是变本加厉，唯觉筋疲力尽，甚至无力触动自我控制装置的按钮。我不能相信自己的温情。对人的温情脉脉即是对己的莫大牺牲。这点任何人都不可能相信。

总而言之，我的人生一切都是义务，如缩手缩脚的新海员。对我并非义务的，唯独晕船即呕吐。世人称之为可爱的东西，于我无非呕吐而已。

×月×日

不知为什么，百子不大敢来我家。因此大多是放学后在那家勒努瓦咖啡馆碰头，闲聊一个小时。偶尔也去游乐场嬉戏一番，或一起坐过山车。看来浜中家对女儿较为宽容，只要天尚未黑，晚一点回家也没关系。当然也可以约百子看电影，再把她送到家里。但这需要事先打招呼，告知回家时间。这种获准的交往自然乏味，因此两人开始了秘密约会，哪怕短时间也好。

今天百子也是如此赶到勒努瓦的。她谈到学校老师的种种不是、同学间的风言风语，并以不屑一顾的语气若无其事地提起某电影演员的丑闻。每次涉及这类话题，貌似古板的百子与同龄少女毫无区别，我适当地附和着听着，显示男子汉应有的豁达。

写到这里，我已没有勇气继续下文。因为我的保留性态度在外表上同随处可见的十几岁少年无意识的保留性态度一模一样，而且无论我如何心术不正，百子都无动于衷。于是我对感情听之任之。而这样一来，居然变得真率起来。倘若我真的变得真率，我存在本身的逻辑性矛盾势必暴露无余，像丑陋的海涂原形毕露。而最伤脑筋的倒是尚未毕露时的海涂。因为水位下降的某一过程，将通过这样一点，即我的焦躁感同其他少年的完全属同一性质，自己额头掠过的悲哀阴影同其他同龄少年的完全属同一性质。如果在通过这点时被百子一把捉住，事情可就非同儿戏。

有人以为女性无时无刻不为是否被爱这一痛苦的疑问所困扰，这种看法是不对的。我原打算尽快把百子逼进这个疑问的围栏，但这头敏捷的小兽坚决不肯进入。即使我坦率告诉她"其实我一点也不爱你"，恐怕也无济于事，因为她只能认为这是说谎骗她。唯一的办法就是过一段时间使她产生嫉妒。

我有时觉得由于自己的感觉已被往日迎送的无数船只荡涤一空，因而自己本身多少有所改变。那不可能不对自己的精神丝毫没有影响。船从我的观念产生，而后飞速发育壮大，成为名副其实的船舶——我的参与也到此为止。一旦进港——直到起航——便与我分别处于两个世界。我由于紧张地忙于迎来送往而很快把前面的忘在脑后，毕竟我不能一会儿充当船舶一会儿扮演码头。而女人的要求正在这里。当女人这一观念最后成为实在感觉时，恐怕将根本不想驶离港口。

出现在水平线上的我的观念慢慢趋于客观化。作为信号员的我不知不觉已从中领略到静静的自豪和愉悦。我一向从世界的外面插手创造什么，故未曾品味到自身被卷入世界内部的感觉。就像雨来时被三下五除二地从晾衣场取回来的衬衣，不曾感觉到自己。那里，没有任何使自己转化为世界内部存在的雨。我相信自身透明度即将沉溺于某种智能性诱惑之际的感觉的正确赈济。这是因为船必定通过，船绝不停止。海风将一切铸造成色彩斑驳的大理石，太阳则将人心化为水晶。

× 月 × 日

我很孤独，近乎悲哀的孤独。每次接触世俗之物，我都要尽快洗手以免沾染病菌。这一习惯是从什么时候开始的呢？人们仅仅以为我是出于过度的洁癖。

我的不幸显然来自对自然的否认。既然成其为自然，就必须包含一般规律并给人以帮助。而"我的"自然则并非如此，理应受到否认。不过我对这一否认报之以温情。我从未得到宠爱。平素我总是感到处于企图加害于己的阴影的包围中，所以反过来我对必然导致加害于人的结果的温情的支出也持慎重态度。这或许可以称之为极富人情味的体谅，然而体谅这一说法本身是挟带着某种难以咀嚼的疲劳性纤维的。

我觉得，同我这一存在的问题性相比，无论世界的种种发生与发展还是复杂微妙的国际大事都全然不在话下。政治也罢思想也罢艺术也罢，无非西瓜皮而已，无非那年夏天被打上海岸的、被贪食者啃得大半露出白色而红色部分则小得如一缕朝霞的西瓜残骸罢了。我固然憎恨俗人，但必须承认只有他们才有可能永生，唯其如此才憎恨。

较之对我的深刻理解的苛刻，不解和误解反倒强似百倍。对我的所谓理解不外乎意味难以置信的粗暴无礼，而且伴随阴险毒辣的敌意。船舶可能迟早理解我。只要我这方面理解就足矣。船或懒洋洋或拘板板地报告船名，而后头也不回地闯入海港。假如有一艘船舶哪怕对我存有半点疑心，都将在那一瞬间被我的观念击中爆炸。好在没有一艘船有此顾虑，算是它们幸运。

我是一个精密的体系，目的在于觉察人们可能产生的感觉。正如加入英籍的外国人远比正统英国人具有英国绅士派头，我也远比人更了解人，而且是作为一名十八岁的少年！想象力与逻辑推理是我的武器。较之自然较之本能较之经验，二者的精确度要高得多，而且概率方面的知识和谐调性很突出，总之完美得无可挑剔。我已成为人的专家,就像昆虫学家熟悉南美甲虫一样。人们沉醉于某种花的气味,栖身于某种情绪的包围,而这一过程我是通过无味花实验完成的。

所谓"看"便属这种情况。从那个信号站在海面发现直通船时,我看到船隔着一定距离同样注视自己。它在思乡之念的驱使下,以十二点五海里的时速迫不及待地将寄托于陆地的种种梦想发挥得淋漓尽致。然而这其实不过是我的目力试验,眼睛早已指向水平线的远方,指向目力所不能及的领域中出现的不可视物象。"看"不可视物象是怎么回事呢?这恰恰是眼睛的自我否定。

……同时我也怀疑,自己如此思考如此策划的一切,是否会仅仅在自己身上发生,在自己身上终结呢?至少在信号站时是这样。那终日如玻璃碎片般投掷在小小房间的世界残片的阴影,仅仅在墙壁和天花板上一扫而过,未留下任何痕迹。由此看来,莫非外部世界也是如此不成?

我必须时时自我支撑着来继续生存。我的身体经常飘浮在其中,飘浮在原本不可能有的临界点,并且抵抗着重力。

昨天学校一位喜欢卖弄学识的老师教了几句希腊古诗:

接受神的恩惠降生的人
有义务美丽地死去

以免损伤恩惠的果实

对我来说，人生一切都是义务，唯独没有美丽死去的义务。

因为在我的记忆中根本没有接受过神的恩惠。

×月×日

微笑已成为我的重负。于是我心生一计，在一段时间里对百子持续板起面孔。一方面要偶尔显露一下怪物性；另一方面也要为世所公认的解释留一点余地，以证明自己是个欲望无处发泄而闷闷不乐的少年。如果这些表演没有任何目的性，势必索然无味，因此我必须怀有某种情感。我开始寻觅情感赖以产生的依据，并且找出了似乎最为正当的，那就是我身上萌发的爱。

我几乎失笑。现在我才悟出不爱任何对象这一自明前提的含义。它同时意味着爱的自由，即无论何时何地都可以爱。爱的发动极其简单，就像把车停在夏日树荫下的司机，尽管睡眼惺忪但一睁开眼睛即可随时驱车急驰。假如自由不是爱的本质而更是其敌人，那么我已经将敌人、朋友同时攥在手中。

我的不快面孔恐怕相当逼真。理所当然。因为这是自由之爱的唯一形式，追求而又拒绝。

百子像观察突然失去食欲的笼中鸟一般关切地凝视着我。她染上一种庸俗思想，认为幸福如大型法国面包可以大家分享，不理解世间"有一幸必有一不幸"的数学规律。

"出什么事了？"百子问。这样的问题显然不适合从她带有一抹悲剧美的脸庞上那楚楚动人的嘴唇发出。

我暧昧地笑而不答。

不过往下她也就不再追问了，而不知不觉陶醉在喋喋不休之中。听众的忠实则在于沉默。

说着说着，她突然注意到我今天上体育课时跳鞍马弄伤的右中指上的绷带。我察觉出百子这一瞬间流露的释然。她以为因此准确找出了我不快的原因。

她为刚才的粗心大意道歉，关心地问是不是很疼。我冷冷地一口否定。

首先，因为实际上也不再那么疼。其次，不能容许她自以为是地把我不快的原因归结为这一点。再次，为了不使其察觉，我今天一见面便尽量把缠着绷带的中指隐藏起来，却又为百子刚才的麻木不仁耿耿于怀。

于是，我愈发坚决地咬定说不痛，把她的安慰抛在一边。这么着，百子更加不肯相信，现出一副百般刺探我的逞能、我的虚荣的神情，更加表示同情，甚至开始认为她有义务使我叫苦。

百子责怪已变成鼠灰色的绷带不卫生，提议立即去附近药店。我越是执意不从,她越是以为我在克制自己。终归,两人走到药店,请店里一位护士模样的中年妇女更换绷带。百子说怕见伤口,扭过脸去。一点轻度擦伤因此得以蒙混过关。

一出店门百子就热情地问:"怎么样?"

"快露骨头了……"

"哎呀,吓死人了!"

"并没那么严重。"我冷漠地应道。我不经意地做出一点暗示,暗示如果指头断了如何是好,结果百子吓得浑身发抖。少女感觉上的利己主义在我心头打下了强烈的烙印,但对这方面我倒丝毫未生不快。

两人边走边说,说的人基本还是百子,说她一家人的融洽、地道和开朗,说她家庭生活的温馨和愉快,说她半点都不怀疑其父母的品性,听得我心里火烧火燎。

"你妈妈怕也同外面哪个男人睡过觉吧?漫长的人生!"

"绝对没那回事!"

"何以见得?很可能是你出生前发生的。回去问你哥哥姐姐好了。"

"不可能……不可能的。"

"你爸爸也应当在哪里藏有漂亮女人的嘛!"

"绝无此事,绝对!"

"有何证据?"

"太过分了！从来没人跟我说过这么难听的话。"

交谈眼看变成口角。口角我是不喜欢的，还是闷不作声为上。

两人沿着后乐园游泳池下面的人行道走着。周围光景一如往日，吵吵嚷嚷地挤满买便宜货的人，见不到衣着考究的年轻人，到处是成衣和机织毛衣，以及地方城市所谓赶时髦的男女。一个小孩突然蹲在地上捡啤酒瓶盖儿，被母亲骂了一顿。

"你怎么专门和人过不去？"百子哭声哭气地说。

我并非有意和人过不去，只是不能容忍别人的踌躇满志，这正是我的温情所在。有时我强烈地觉得自己或许是伦理性动物。

如此时间里，我们信步往右拐去，来到水户光圀府遗址，站在其取名于"先忧后乐"的后乐园门前。家就在附近，但从未来过这里。闭园时间为四点半，售票处标明四点关门。看表，差十分四点，急催百子进门。

太阳斜挂在园门正面的天空。四下传来十月初晚秋的蝉鸣。

错过一伙往回走的二十多个游客之后，甬路上人影寥寥。百子想拉我的手，我递出缠着绷带的手指，她便作罢。

我们为什么在剑拔弩张的情况下还能像一对恋人那样走进秋日西斜的娴静而古朴的公园呢？此刻，我心中当然有一幅显得不幸的构图,想必是美丽的风景使心震颤使心感冒使心发烧吧。我很想听取她内心吐露的呓语,目睹少女遭到野蛮对待后痛苦得干瘪的嘴唇——这自然需要百子具有充分的感受性才行。

为寻求人所不至的角落,我下到寝觉瀑布旁边。小瀑布早已干涸,下面的水潭成了一汪死水,但水面竟不断有水刺竖起。原来水面有无数水蝇往来穿梭,划出宛如紧绷绷的丝线样的水纹。两人坐在潭边石头上,目不转睛地盯视潭面。

我感觉得出,自己的沉默终于在百子身上产生了威胁效果,而且确信她绝对未能把握我不快的缘由。我一旦尝试性怀有所谓感情,就会培育出他人的不可知论,而这种乐趣是我无法忍受的。只要不怀有感情,人无论怎么样都可以维系在一起。

水潭——莫如说是泥沼——的表面,覆盖着四周探出的枝枝叶叶。但夕阳的光线仍透过树丛明晃晃地点点泻落下来,使得浅底沉淀的枯叶显得异常清晰,如再现的噩梦。

"喏,你看,要是给光线那么清楚地一照,我们的心底也同样那么浮浅,那么脏污。"我故意气她。

"我的不同。我的可又深沉又漂亮,恨不得扒给你看看。"百子固执己见。

"怎么能断言你一个人例外呢?说出证据来嘛!"其

实我也地地道道是个例外，却对别人以例外自诩反唇相讥。我不明白平庸之心何以如此执着于例外。

"反正我的心是漂亮的，我自己知道。"

此时，我完全感受到了百子所陷入的地狱。过去，她的精神一次也未曾感觉到自我证明的必要性。她沉浸在某种充满悲哀的极端幸福之中，从表现少女情趣的零碎道具到爱统统融入这莫名其妙的液体。她在她这个浴槽里一直浸到脖颈。虽然处于相当危险的状态，但是她既无呼救的气力，又拒绝热情救助之手。要想伤害百子，无论如何都必须伸手把百子从这浴槽中拖出。否则，刃器无法穿过液体的阻隔触及她的躯体。

夕晖玲珑的树林一片秋蝉的合鸣。国营电气列车在高架路上的轰隆声也随着鸟鸣传来。低低伸向潭面的一条树枝上垂着一根蛛丝。蛛丝吊着一枚黄叶，每次旋转都在树隙泻来的日光下发出神圣的光，仿佛宇宙间浮泛着一道极其微小的旋转门。

两人默不作声地盯视着它。每当这道恰好被夕阳镀上一层郁金色的小旋转门旋转之时，我都凝眸注视其对面可能闪露的世界。由于风的频频出入，门旋转得是那般飞快。说不定门缝间可以闪出我知所未知的微型市镇的繁荣，那飘浮在空中的微雕式城市的光闪闪的行踪……

屁股下的石头彻骨生凉。总之我们得赶紧起身，距闭园时间仅剩三十分钟了。

这是一次心情乱糟糟、慌慌然的散步。宁静庭园的美景充满日落前的仓促，大泉水上的水鸟聒噪不止，无花的菖蒲园角落里的胡枝子丛一片残红。

两人以闭园时间为借口匆忙赶路。自然匆忙并不仅仅为此，我们害怕秋日西坠的庭园酿出的氛围沁入心脾，同时又期望通过脚步的不断加快使内心发出尖厉的叫声，如提高转速的唱片发出的震颤。

目力所及，周游式庭园已空无人影，只有我俩站在一架桥上。两人长长的身影连同桥影投在背后鲤鱼群集的大水池上。池的远处，医药公司的巨型广告塔大概不愿被人看见，朝对面天空转过身去。

于是，桥上的我们面对着五叶竹覆盖的名叫小庐山的圆形假山和其后面茂密树丛上夕阳以最后一次强有力的光线编织的光之网，觉得自己颇像一条鱼，最后一条忍受刺眼的光线、反抗酷烈的光照而拒不入网的鱼。

说不定我梦见了彼岸世界，恍惚觉得含有死的时间倏然掠过我和百子两个身穿薄毛衣的高中生如此站立的桥头。情死这一概念释放的性的芬芳从心际飘过。我本来不是希求救助的人。假如需要救助，我想必然是在我丧失意识之后。悟性在这夕阳晚景中渐次腐败之时一定无比惬意。

偏巧，桥西侧有一泓长满青莲的小池。

几乎封住池面的密密麻麻的莲叶，如水母在晚风中浮游。反毛皮革样的撒满胡粉般粉绒绒的绿掩盖了小庐山下的谷底。莲叶对光照轻轻虚晃一下，或印出邻叶的暗影，或勾勒池边一枝红叶细碎的叶荫。所有莲叶都惴惴不安地摇来摆去，竞相朝璀璨的夕空求助，似乎可以听见它们轻轻合诵的经声。

仔细观察莲叶摇摆的时间里，发现其舞姿委实千变万化。即使风从同一方向吹来，它们也并非一齐随风披靡，有的部位不停地搔首弄姿，有的部位则坚决静止不动。一叶向后翻卷，他叶却不相随，兀自左右摇摆，一副多愁善感的风情。有的风轻拂叶片，有的风径入叶底，使得叶的摇摆愈发捉摸不定。如此时间里，晚风终于凉浸浸朝身上袭来。

大部分莲叶，虽然叶心仍脉络清晰、光鲜滑嫩，但周边似已生锈、残缺不全。叶的凋零似乎从点点锈斑开始，随即一发不可遏止。这两天没有下雨，叶心凹处或现出原先积水的褐色圆痕，或躺着一枚枯萎的枫叶。

天光仍亮，暮色却已蚕食上来。我俩交谈了三言两语，脸也紧贴紧靠，但心里觉得好像从地狱的远处彼此呼唤。

"那是什么？"百子害怕似的指着小庐山下面一堆乱线头样的浅红色东西问道。那是色泽鲜艳的石蒜花丛，活像很不得体地缠了一头红色假发。

"要关门了,请出去吧!"年老的值班员从我们身旁走过说道。

×月×日

去后乐园那天的印象使我下定一个决心,一个并不足道的小小决心。从这天开始我就受到一种迫不及待的欲望的驱使:我必须结识别的女人。只有这样才能不在肉体而仅仅在精神上伤害百子。

从百子身上发掘某种禁忌,对我既是负担,又是逻辑上的矛盾。何况,假如对百子的肉体性关心乃是理性关心隐蔽的源泉,则我的自尊将毁于一旦。我必须用"自由之爱"的玉笏刺伤百子。

结识女人看来并非难事。放学后我去跳了摇摆舞。摇摆舞是在同学家学的,跳得好坏无所谓,只管去跳就是。同学里边有一人每天放学后都单独去摇摆舞俱乐部跳一个小时,然后才回家吃晚饭,饭后用功准备考试,日程有条不紊。我让这个同学把我领去。他跳罢一个小时回去后,我一个人边喝可口可乐边耐着性子等待时机。这时一个浓妆艳抹的土头土脑的女郎过来搭话,便同她跳了。但这女郎不是我要找的对象。

同学告诉我说,这种场所必定有"吃童贞"的女人。她们通常被想象成有相当年龄的人,其实不尽然,也有对性教育饶有兴致的年轻女性。这类女性中漂亮的意外之多，其自尊心使自己不愿意成为所谓性高手随心所欲的玩物，而是自行充当性教师，从而给小伙子心中留下难忘的印象。对男子纯洁的兴趣也是出于可以因此将其引入堕落与罪孽的快慰。但她们本身显然并不认为这种行为是罪孽，所以其快慰无非是将罪孽转嫁于男性的快慰，同时又意味她们在其他方面原本就已悄然怀有并培育着罪孽意识。其中既有彻头彻尾的乐天派，又有眉宇含愁的抑郁型，虽不能一概而论，但总感觉她们好像是在身体的什么地方孵化罪孽之卵的母鸡，并且较之卵的孵化，其梦寐以求的更是把鸡蛋狠狠掷向年轻男子的额头。

这天晚上，我便认识了这样一个穿戴讲究的二十五六岁女郎。她让我叫她阿汀，不知是姓是名。

眼睛大得出奇，近乎病态，嘴唇薄薄的，颇有不怀好意的意味，不过整个脸却充溢着类似暖带柑橘的丰柔。胸口白得肆无忌惮，腿一直漂亮到脚跟。

她的口头禅是"反正那么回事"。不管别人如何刨根问底，她统统以"反正那么回事"应付了事。

我跟父亲讲定九点回去，只剩下陪女郎吃饭的时间。女郎写下电话号码，画了地图，叫我方便时去她公寓玩耍，还说反正过单身生活，无须顾虑。

关于几天后去她那里时发生的事情，我想尽可能说得准确些。这是因为，这类事件往往充满过度的夸张、想象和气馁，而事实本身则歪曲变形。虽说冷静客观的描述也将偏离事实，但若连同眩惑也付诸笔端，就更加落入俗套。我准备将因条件而异的性快感、体验未知的那种单纯好奇心的战栗，以及理性与感性混淆莫辨的紧张的不谐调合而为一地传达出来。我打算不遗漏任何一方，正确分类，防止互相侵蚀，恰如其分地移植到自己的体验之中。这对我是相当棘手的作业。

女郎起始好像把我的羞耻心估计得过高了。我再三对阿汀强调自己是"初次"，自然自己也不愿意给对方以弄虚作假的印象；而另一方面，我又不情愿像一般小伙子那样以这种不足自豪的小事讨取某种女性的欢心。这样，势必需要展示微妙的傲慢。但傲慢本身便是隐身于虚荣的羞耻。

女郎看上去交织两种心情：又想使我沉着又要惹我兴奋。总之都是为了她自己。阿汀大概是沙场老手，害怕女方过度的诱导会使男方受挫。这种极为自私的担心既是阿汀甜蜜而克制的温柔的来由，也是她小心翼翼抹在身上的香水气味本身。我从阿汀接纳我的眼神中，看出一台小秤的指针正在颤抖不已。

不言而喻，女郎试图将我的焦躁和淋漓尽致的贪婪的好奇作为其欲望的诱饵，因此我觉得不能容许女郎如此审视自己。虽说这没甚不好意思，但我还是用指尖悄悄按合女郎的眼睑，让她以为我竟是如此怕羞。这样，在黑暗中浑身扭动的女郎想必只会感觉出重重碾压自己的车轮的重量。

不用说，我的快乐刚一开始即告结束。于是我大为舒畅。及至第三回，我才真正得以品尝到所谓快乐之感。

我从中得知：快乐原本是具有理智性质的东西。

就是说，在某种分离尚未发生，快感与意识的融合尚未发生，算计与智谋尚未发生，尚不能像女人清楚俯视自己乳房那样从外侧明确把握自己快乐的形状的情况下，快乐是不会到来的。不过话说回来，我的快乐委实浑身长满尖刺……

通过练习才得到的感受的原型，原来潜伏在起始极稀薄极短促的满足之中，但得知这点对我的自尊绝非堪可欣喜之事。那最起始的感觉绝不是冲动的极致，而是久已筑就的观念的火花。那么其后快乐的理性营造，更多地有赖于哪一方面呢？莫非用缓缓（或急速）崩溃的观念建造一座所谓小型水电站，以其电力一点点积蓄冲动不成？如果那样，我们沿着理性路线抵达动物境地的里程将无限遥远。

"你这人绝对够厉害，绝对有大作为！"完事后女郎说道。这言语编成的饯别花束，曾被女郎用来送出多少艘从港口驶向大海的轮船！

×月×日

我正在雪崩。

我不喜欢雪以四平八稳的假象掩盖我险象环生的断面。

不过我与自我毁灭或毁灭却毫不相干。因为我从自身抖下而用来摧毁房舍损伤他人使其发出地狱般嚎叫的雪崩，不过是冬空挥洒在我身上的粉末，同我的本质毫不相关。可是在雪崩的一瞬间，雪的轻柔与我悬崖的酷烈将发生换位。带来灾难的是雪而不是我，是轻柔而并非酷烈。

从远古，从自然史最为久远的起点开始，我这样无须自责的酷烈之心肯定就已准备妥当，大多数情况下采取岩石这一形式，甚至纯者便是钻石。

但在冬天光线过于充足的日子里，我透明的心甚至也有光线爬进。也就是在这种时候，我一边幻想自己身上生出无遮无拦的双翼，一边强烈地预感到我这一生恐将一事无成。

我也许得到自由，但无非是与死酷似的自由。这世上我所梦想的东西大概无一到手。

我眼前历历浮现出人生未来图景的哪怕每一个细节，就像晴朗的冬日从信号站望到的骏河湾远景，清晰得甚至可以一闪看见伊豆半岛上奔驰的车辆。

我也许得到朋友，但聪慧的将全部叛我而去，唯有愚蠢的留下不走。也真是不可思议，被人出卖这种事居然会发生在我这样的人身上。面对我的清醒明晰，任何人恐怕都难免产生背叛的欲望。因为背叛者的胜利莫过于背叛如我的清醒与明晰。未被我爱的所有人大概都深信为我所爱，而被我爱过的人将保持美丽的沉默。

世上的一切无不希望我速速死去，同时又争先恐后地伸手阻挠我的死。

我的纯粹不久将越过水平线，犹豫地闯入不可视的领域。我期待自己在经受人所不能忍耐的痛苦之后而终成正果。何等的痛苦！想必我将尝遍世所乌有的绝对静寂的痛苦，如同一只病犬浑身颤抖地蜷伏在角落里独自咬紧牙关。兴高采烈的人们将围着痛苦的我载歌载舞。

世间不存在治愈我的药品，地上不存在收容我的医院。我的邪恶终归将以小小的金字被记载于人类历史的一隅。

×月×日
我发誓二十岁时将父亲一脚踢到地狱底层。现在就开始精心策划。

×月×日
和阿汀手挽手出现在我同百子约会的场所当非什么难事，但一来我不想急于求成，二来也不愿意看阿汀陶醉于无谓胜利的面孔。事情也巧，阿汀给我一条银项链，小小的银项链坠儿上刻有"汀"的第一个字母N[1]。在家或上学是不能戴的,仅仅同百子幽会时才挂在脖子上。从手指缠绷带那件事上,我得知不大容易引起她的注意。于是,我忍住寒冷,穿了开口衬衫,外面套一件杏领毛衣,鞋带有意系得容易松开。这样,每次系鞋带时项链便可以滑出脖颈闪出项链坠儿来。

这天我系了三次鞋带,百子却始终麻木不仁,令人大失所望。百子注意力的涣散来自她对自身幸福的盲目自信,而我又毕竟不好故意炫耀。

技穷之余,只有下次幽会时邀百子去中野大型体育俱乐部里的温水游泳池。百子很高兴,游泳可以回忆起夏日在下田的情景。

"你是男的吧?"

"噢,算是吧。"

游泳池到处可以听见这种典型的男女对话,俨然春信[2]的浮世绘上彼此难辨的男男女女真正脱得一丝不挂,也有脱光后竟也很难看出男女的长发男子。我自信自己抽象地飞翔于性之上,而从未产生过融入异性的欲望。我可不稀罕成为女人,女人结构本身就是明晰性的大敌。

我们游了一会儿,上岸坐在池边。在这等场所百子居

---

[1] 指"汀"的日语罗马字的首字母。
[2] 铃木春信(1725—1770),日本江户中期著名画家。

然也贴上身来，于是项链就在她眼皮底下十厘米的地方。百子总算见到了项链，她伸手拿起链坠儿。

"N是什么意思？"百子发出我期待的一问。

"你说呢？"

"你是ＴＨ[1]，N是……"

"想想看！"

"啊，知道了，是日本吧？"

我有些失望，于己不利的反问旋即脱口而出：

"别人送的。你猜是谁？"

"N嘛，对了，我这边亲戚里一个姓野田一个姓中村。"

"你的亲戚怎么可能送这玩意儿呢？"

"明白了，是英文'北'的N，对吧？这么说来，链坠儿边缘加花纹很像指北针，我觉得。是航运公司送的吧？在新船下水典礼上什么的。对对，这'北'嘛，应该是捕鲸船送的，猜中了？肯定是捕鲸船，送给你那个信号站的，绝对没错！"

不知百子是真这样想而放下心来，还是为了使自己放心而这样想的，抑或是逢场作戏来掩饰自己的不安，实情不得而知。

不管怎样，我已没有了反驳气力。

---

[1] Ｔ与Ｈ分别是"透"与"本多"的日语罗马字的首字母。

×月×日

　　这回我开始在阿汀身上打主意，此人凡事马虎随和，容易利用她无伤大雅的好奇心。我提议说，如果有时间，不妨从远处参观一下我年纪还小的未婚妻。阿汀当即上钩，再三盘问我是否已跟百子睡过。她兴致勃勃，急欲知道自己教出的学生在解答应用题方面的表现。我只向她提出一个条件，即届时绝对不得同我打招呼，装得形同路人，然后我告诉了她同百子在勒努瓦幽会的时间。我知道阿汀绝非那种说到做到的人。

　　这天，百子来不多会儿，我眼角就意识到阿汀从我们背后走来，大模大样地坐在人工喷泉对面的椅子上。那光景就像一只悄声趴在那里的猫，不时睡眼惺忪地从远处朝这边打量一眼。想到只有百子蒙在鼓里，我顿时觉得自己同阿汀的协定增加了分量。较之眼前的百子，我更像是在同阿汀娓娓而谈。"肉体沟通"这句粗话确有它的意味。

　　虽说同阿汀隔着喷泉，但她应当可以透过喷泉的微响听见我俩的谈话。想到有人偷听，我马上变得直言不讳，百子也为我的谈笑风生感到欣喜，但同时心中肯定在为两人如此情投意合感到纳闷，这点我清清楚楚。

　　说话说得厌了，我便从领口拉出项链坠儿含在嘴里。百子没加责备，反倒天真地笑了。链坠儿有一股甜滋滋的白银味儿，舌头好像触到了难以溶化的烈性药片，本来就不长的细链从下巴深深勒入嘴唇。但我觉得痛快，好像成了一只百无聊赖的狗。

眼角那边阿汀似乎站起身来。从百子睁大的眼睛，知道她已站到我身旁。

突然，一只染红的指尖朝我嘴边伸来，一把拉过项链。

"不许咬我的项链！"阿汀叫道。

我起身介绍百子。

"我叫阿汀。打扰了，对不起，再见。"阿汀说罢离去。

百子面色苍白，浑身发抖。

下雪了。星期六下午我一直在家，无所事事。通往二楼的西式檐廊的平台有一扇窗，只有从这扇窗能看清宅前路面的光景。我下巴颏搭在窗台上看雪。宅前这条路是私有路，行人本来就少，现在就连上午的车辙也被雪覆盖了。

雪一片晶莹。雪花飞舞的天空暗淡凄迷，而地面的雪光则映射出不属于一天任何时刻的不可思议的特殊时间。对面房宇后面的混凝土预制块围墙上，雪挂满了每一条错落的接缝。

这时，右边出现一个老人的身影，他没有打伞，头戴贝雷帽，穿一件灰色大衣，大衣腰部膨胀得厉害，两手抱着前行，大概怕落雪把东西塞在了大衣下面。同胀鼓鼓的大衣相比，老人显得很瘦，贝雷帽下一张彻底风干的脸。

老人在正对大门的地方停住脚步。那里有一道耳门。估计是找父亲——真是找错了门口——施舍的穷苦人，但看动静无意进门，也不拍打大衣上斑斑点点的雪，只管四下张望。

突然，老人腰间胀鼓鼓的包裹滑落下来，如一个硕大的鸡蛋生在雪地上。我随之抛出视线，起始搞不清是什么东西。地球仪样的色彩斑驳的球体嵌在雪里发着幽光。细看之下，原来是塑料袋，里面满满塞着果皮菜屑，苹果皮的鲜红、胡萝卜的朱红、甘蓝的淡绿，五颜六色。如果因数量太多而外出扔弃，老人想必过的是单身生活，且是顽固不化的素食主义者。塑料袋中无数菜屑给雪地增添了奇异而鲜活的颜色，绿色菜屑甚至给人带来一阵胸悸。

我只顾久久地凝视塑料袋，竟忘了注意老人的行踪。老人已姗姗离去，留下间距极密的脚印。最先映入眼帘的是其大衣背影，即使把背的驼曲考虑在内，大衣的形状仍显得不自然，比刚才固然小些，也还是鼓鼓囊囊，里皱外胀。

老人就这样以同样的步调走远了。当他离开门口五米左右时，大衣下摆有一样东西掉在雪地上，仿佛巨大的墨滴。老人自身想必没有意识到。

掉下的是一只死乌鸦，也可能是鹦鹉。那一瞬间就连我的耳朵都产生了错觉，似乎听到鸟翅击雪的声响，老人却毫无反应。

于是，这漆黑的鸟尸成了久久困扰我的问号。离我颇有距离，又被院前树枝挡住，加之不断飘落的雪花对它的歪曲，无论我怎样凝眸，都看不真切。是拿望远镜来，还是出门去看个究竟？如此踌躇片刻，终归还是作罢，实在懒得动弹。

是什么鸟呢？久而久之，那黑色的鸟状固体在我眼中已不再是鸟，而似乎成了女人的发髻。

× 月 × 日

百子的苦恼终于开始了，一支烟头引起了山火。平凡的少女也罢，伟大的哲人也罢，有一点是共通的：二者都从微不足道的挫折繁衍出世界末日的噩梦。

我对百子的苦恼盼望已久，便按原定计划转为低姿态。我开始讨好百子，随声附和地大讲阿汀的坏话。百子哭着求我同那女郎一刀两断。我煞有介事地说自己何尝不想，只是需百子助一臂之力，否则很难摆脱那恶魔女人。

百子答应帮忙，提出一项条件：把阿汀送的项链当她的面扔掉。对这东西我本来就没什么留恋，一口应允下来，领着百子走上水道桥站入口处的一座桥，从脖子解下，递到百子手上，让她亲手扔到脏兮兮的河里。百子在冬日的夕晖下高高地举起那闪光的链坠儿，一鼓作气投进正好有驳船驶过的臭水河，然后像刚刚杀过人似的亢奋地喘息着扑到我怀里，引得过路人侧目而视。

上预科时间快到了，便约定明天周六下午再见，分手告别。

× 月 × 日

终归，我叫百子按我说的写了封信给阿汀。

周六下午，不知我向百子多少次海誓山盟。我对她说，既然我如此爱百子，百子那般爱我，那么为了消灾除害，就必须两人齐心合力捏造一封假信。

我俩在神宫外苑旁边保龄球场碰头，玩了一会儿保龄球，然后手拉手在凋零的银杏树影下穿过冬日阳光中暖洋洋的外苑，走进青山大街一家新开张的咖啡馆。走路时我便把准备好的信封信纸和邮票带在了身上。

散步当中，我仍像打麻醉药那样反复在百子耳畔低声说爱。不觉之间，我把百子同绢江混在了一起，觉得自己只有在决不真正相爱，只有在昭然若揭的概念性错误中，方能痛痛快快地自如呼吸。

无论自信是美女的绢江还是自信被爱的百子，在否定现实这点上并无区别。不同的是百子需要他人的帮助，而绢江连对方的话语都不稀罕。假设能将百子提升到这一地步，该有多妙！如果说这就是我的教育热情我的所谓爱，那么"爱"并不纯属谎言。问题是像百子那样由肯定现实的灵魂来否定现实恐怕存在方法上的矛盾，不可能轻而易举地将她变成绢江那样与全世界为敌的女人。

但是，在"爱"的咒语千百遍重复的时间里，必然给念咒者心理带来某种质变。我就觉得自己几乎真的在爱，心里有一种陶醉在爱这一禁语的突然获释之中的感觉。诱惑者同飞行教练——同以殊死的决心带着技术生疏的新驾驶员登上飞机的飞行教练——何其相似乃尔！

百子所要求的也是只有她这样落后于时代的少女才提得出的纯属"精神性的"保证，因此报以语言即足矣。这种飞翔时往地面投下明晰阴影的语言，难道不正是我固有的语言吗！我生来便是仅仅如此使用语言的。如此说来，我在人前秘而不宣的母语很可能就是爱这一字眼本身（尽管自己也为这种感伤说法气恼）。

而且，我正在枯树阴影摇曳的路面以绝大的爱情向百子持续嘀咕着"爱"，如面对身患不治之症而本人蒙在鼓里的癌症患者几百遍重复"病肯定会好的"的家人。

在咖啡店坐定后，我以俨然向百子征求意见的口吻述说了阿汀的性格，简要讲了对付阿汀的锦囊妙计。当然，阿汀的性格是胡乱编造的。

我说，即使告诉阿汀百子是我的未婚妻并且爱我，阿汀也不会同我分手，她不是这类女人。而且这样一来，对方势必蔑视我们，横加干扰。她是专门同"爱"过意不去、专门背后捣鬼拆台的女人。大凡见到迟早要结婚当一名丈夫的小伙子，她务要送一条刻有"汀"字的项链，明里暗里嘲弄所有人的婚姻。只是，这种女人也有个可爱的弱点：对爱虽然绝不心慈手软，但由于本身有钱，因而对"为生活挣扎"的女子则不缺少某种敬意和同情。要想打动阿汀，最好的办法莫过于强调经济和生活上的需要，而不要提爱，让她不要作梗——为此，该怎么办才好呢？

"就说我根本不爱你，只是为了钱和生活才需要你不就行了！"

"对对，就这么办！"

这个空想使得百子一下子兴高采烈，梦呓似的说：

"果真这样该有多妙。"

百子一反常态的欢喜是那样天真烂漫如醉如痴，令我多少有点不快。百子还这样继续道：

"再说，这也不全是无中生有。爸爸妈妈千方百计地遮掩，我也没跟任何人提起，其实我家的经济状况并不如意。银行里好像出了什么麻烦，爸爸自己包揽下来，把老家的土地都典当进去了。他不是那么一个好人吗？所以上了坏人的当。"

百子像在校庆汇演中扮演某个角色的少女，沉醉在自己是卑鄙女人的空想里（因为在她看来实际不可能有这等事）。这么着，我就结合百子的意向打了个草稿，百子照写下来。这封在咖啡馆桌子上写成的长信是这样的：

阿汀小姐：

　　这封信有事相求，请您务必看完。总的来说，是想求您终止同阿透的交往。

　　下面就坦率地谈一下其中缘由。我同阿透的关系，诚然算是订了婚的，但并非出于相爱，而只是要好的朋友，我对阿透的感情从来没有超过这个范围。就我的真实心情来说，之所以准备按父母之言嫁给阿透那样有钱的人家，原因一是阿透的父亲垂垂老矣，来日无多，届时阿透将独自继承全部家财，家里又利利索索没有其他人，可以和阿透一起过上自由而优裕的家庭生活；二是家父在银行工作方面有诸多难于启齿的苦衷，经济捉襟见肘，需要阿透父亲资助。其父去世后，就有求于阿透本人。总之，情况十分复杂。我非常爱父母。假如阿透现阶段情有别移，一切打算都将化为泡影。说老实话，这是一桩意在谋财的关键婚姻。我认为世间再没有比金钱更宝贵的，别以为这种想法肮脏，抛开这个去谈什么爱呀恋呀，在我看来纯粹是天方夜谭。对您来说，或许是一时的嬉戏，但结果却影响到我全家的重大计划。我不是因为我爱阿透请您离开，而是作为远比表面冷静得多、世故得多的女子向您求助。

　　也许您以为既然如此,那么同阿透偷偷交往恐也未尝不可。这也是不对的。因为那终将为人所知,况且我不愿意现在就被阿透看成为了钱对一切都视而未见的女子。正是为了钱,我才必须监视阿透,维护我的尊严。

　　此信千万不要给阿透看见。女人写这样的信实属万不得已。假使您是个坏女人,很可能马上给阿透过目,让阿透的心从我身上移开,使这封信成为您取胜的工具。果真如此,您势必终生为剥夺一个女人的谋生手段——而并非爱——这样的罪孽而悔恨不已。我们之间不存在任何心的问题,务请冷静处理。万一把这封信给阿透看了,我一定杀死您,并且用不同寻常的方式。

百子

百子依然喜不自胜:
"这结束语真够气魄!"
"要是我真的看了信,那可不得了哟!"我也笑道。
"早都看好了,还怕什么!"百子说着,凑上身来。
　　接着,我让百子写了信封,贴上快信邮票,两人手拉手走去邮筒,投了进去。

×月×日

今天去阿汀处,拿起百子的信看了。我装出怒不可遏的样子看罢,抓起信扬长而去。预科放学后,很晚的时候走进父亲书房,做出不胜悲哀的神情把信摆在父亲面前……

(阿透手记结束)

第二十五章

通常十五岁上高中，阿透则是十七岁。这样，他将于昭和四十九年即二十岁满成人年龄时上大学。进入高中三年级以后，天天忙于准备高考。本多关怀备至，提醒他不要过于用功损害健康。

高三秋季的一天，本多思忖至少周末要让阿透呼吸一下外面的新鲜空气，但阿透不肯，说耽误学习。本多强行把他拉到门外。阿透说不能走远，提出想去看看许久没看到的船，本多便按他的愿望开车领去横滨，归途打算带他到南京街吃晚饭。

时值十月初，不巧是个多云天气。横滨是天空寥廓的城市。来到南大栈桥下车仰望长空，但见鱼鳞皮样粗糙的云块遮天蔽日，只有白色的光斑点点透出。勉强搜寻蓝色的天壁，也仅仅在远处中央大桥的上方找出一条蓝线，如钟声袅袅的余韵，而且若有若无。

"要是给我买辆车，我就开车把父亲拉到这里，用司机太浪费了。"阿透一下车便嘟囔道。

"使不得，使不得。等考上大学一定给你买，算是祝贺。

再忍耐几天。"

本多叫阿透买了进入港口大楼的票，拄着手杖无精打采地朝上望着眼前要爬的阶梯。他知道爬不动可让阿透伸手帮忙，但又不愿意在人前那样表现自己。

来到港口，阿透心情豁然开朗。这点来之前他就预料到了。不仅仅清水港，其他任何港口都含有透明的特效药，同阿透与生俱来的心情一拍即合，刹那间即可根除不快。

现在是午后二时。午前九时停泊的船舶名称已经标出：巴拿马两千一百六十七吨乔里安Ⅱ号、中国两千七百六十七吨海义号、菲律宾三千三百五十七吨明达奈号。另外，二时半预定进港的有从纳霍德卡载日本乘客归来的苏联哈巴罗夫斯克号。登上港口大楼，刚好处于可以大致俯视这些轮船甲板的位置，是看船的最佳高度。

父子俩站在靠近乔里安号船头的地方，向下观望港口的繁忙景象。

两人如此默默并立而分别面对空阔的场景，已不是什么稀罕事，每个季节都有过。或许这是最适合于本多家父子的造型也未可知。双方都知道恶产生于意识交融互汇之时。如果说两人的"关系"就是以风景为媒介而互相把自己的意识委托给对方，那么父亲便是把风景作为各自的自我意识的巨大的过滤器来使用的，恰好如通过过滤器将海水变成可以饮用的淡水一样。

乔里安号前面有很多舢板船，看上去活像漂流木并在一起，时沉时浮。水泥码头上纵横画着直线写着"禁止停车"的字样，如小孩踢石子用的方格。不知从何处荡来缥缈的烟气，马达的震颤不断波及而来。

乔里安号黑色船舷的油漆已经老化，柿黄色的防锈漆在船头黑色的弯曲部位斑斑点点醒目地裸露出来，仿佛从空中拍摄的港湾设施照片。生满青锈的大锚俨然巨大的螃蟹咬在缆孔上。

"装的什么呢？细细长长，包装得那么仔细，像大挂轴似的。"本多早已给乔里安号吸引住了，说道。

"不可能是挂轴，怕是什么木盒吧？"

本多见儿子也不知晓，颇有些满足。他侧耳倾听装卸工们相互间的呼叫，出神地观看自己一生未曾从事过的劳动。令人惊愕的是，自己这一生尽管人被赋予的肌肤、筋骨等器官（大脑除外）统统闲置未用，但居然也活得很健康，贮备了多得不必要的钱财。其实本多也并没有为此充分发挥过特有的思想和独创精神，只不过冷静分析，准确判断而已，而这就创下了可观的财富。目睹累得大汗淋漓的装卸工们这种人所共见并也出现在绘画作品中的劳动场面，本多虽然丝毫没有感觉到"良心"的自责，但也为对于自己一生的隔靴搔痒之感所苦恼。凡是眼睛看到的景致、事物、人体运动等等，一切都好像是一堵不透明的墙，一堵用气味呛人的油画颜料涂得没有一处空白的墙壁。这墙壁介于较之自己接触并从中得到好处的现实、远为虚无缥缈的现实同从中获利的虚无缥缈的人们之间，不断对双方报以嘲笑。这些活生生出现在油彩壁画上的人们，实际上受制于最严厉的机构，屈服于他人的统治之下。本多从未期望自己成为被统治的非透明性存在，但毋庸置疑，像船一样牢牢抛锚于生与存在之间的恰恰是他们。想来，社会只能对某种牺牲付出代价。对生与存在做出的牺牲愈大，越是被充分地赋以智能。时至今日，已无须把这类感叹放在心上，本多只消用眼睛跟踪物的流转不居即可。他想到自己死后也照样入港、照样扬帆、照样驶往阳光闪耀的各国的船只，没有他世界也无疑充满希望。倘若他是港口，哪怕再绝望的港口也不得不允许满载希望之船的停泊。然而本多连港口也不是。他可以向世界向大海这样宣告：自己现在已毫无用处。

假如他是港口呢？

"本多港"只停有一条小船，旁边是专心观看装卸的阿透。这是一只完全同港口一样、与港口共朽、永久拒绝扬帆起航的船。至少本多心里清楚：小船被用混凝土同码头接合在一起。真是一对天造地设的父子，本多想。

眼前的乔里安号巨大的船舱闪出黑洞洞的舱口，货物装得几乎从舱口挤出。站在货堆山上的装卸工们从舱口露出穿着绛紫色毛衣和缠有黄绿两色护腹的上身，黄色安全帽斜挂在脖子上，朝半空中压下来的起重机吊杆大喊大叫。起重机交错的钢缆在自身的嚎叫中颤抖不止，装卸工们用手捆好的货物不久悬浮在空中，不安稳地摇来荡去。远处中央码头停靠的白色客货两用轮的金色船名便在那摇荡中时隐时现。

一个戴着海员帽的军官模样的人正在监督卸货，大声喊着什么，还咧着嘴角笑，似乎在用粗俗的玩笑给装卸工们加油打气。

卸货没完没了，父子俩看得厌了，踱着四方步来到可以比较乔里安号船尾和另一艘苏联船船头的地方。

船头热火朝天，而乔里安号船尾低矮的平台上则空无一人。朝向不同的赭色通风口、横躺竖卧的废材、缠着生锈铁箍的脏乎乎的老式酒桶、挂在白栏杆上的救生圈、形形色色的船用工具、盘成一堆的缆绳、赭色遮雨檐下的救生艇船舷那优美细腻的淡青色皱纹……还有，挂着巴拿马国旗的旗杆下端放有一盏古色古香的灯笼，里面依然亮着。

看上去，场面很像构图繁复至极的荷兰派静物画，所有的物象都因海面阴郁的光而含忧带愁。它仿佛午睡正酣，从而展现出船上摇曳的漫长而倦怠的时间，袒露本不该出示给陆岸之人的船体隐秘处。

与此同时，一艘搭载十三座庞大银色起重机的苏联船正高高扬起黑色的船头逼压过来。盘踞在缆孔的巨锚滴淌的红锈，如红色的蛛丝密密麻麻爬满船胸。

将两艘船系在岸上的缆绳分别划割出壮观的场景，相交叉的三根缆绳已经起毛，垂下马尼拉麻胡须。透过两艘船巍然屹立的巨大铁屏风的间隙，可以看到港口片刻不停的忙乱景象。每当船舷挂着一排黑色废轮胎的小汽艇和白色流线型巡逻艇往来穿梭之时，航路便出现短暂的平滑，深色海水的激动稍事歇息。

阿透想起轮休日自己一个人前往观看的清水港的景致。那时，总好像有什么东西被从里搔出，触摸到发自整个海港那无比广阔的胸膛的喟叹。马达轰鸣，人声鼎沸，每当他捂起耳朵，无不同时品味到压迫和解放，内心充满快活的空虚。这些现在也是同样，只是身旁的父亲令人感到别扭。

本多这样开口了：

"浜中姑娘那件事，一开春就告吹了——现在看来，反倒是好事。你也可以集中精力学习，心情也有了着落。这话也是今天才好说：是父亲不好，稀里糊涂地顺水推舟。"

"没什么的。"

阿透心里生厌，语气上还是多少含有少年特有的伤感和洒脱。

可是本多并未就此止住。他的真意，与其说是在道歉，莫如说是在提问，这是他窥伺已久的时机。

"不过那姑娘的信，写得也未免太傻里傻气了吧！意在谋财这点我早就一清二楚，佯装不知罢了。而从这小姑娘嘴里如此露骨地捅出，倒好像有点扫兴。她父母这个那个没少辩解。介绍人看了信，却是一言未发。"

自那次以来父亲一直只字未提，现在一旦提起，竟说得这么直截了当。这使阿透深感不悦，因为阿透凭直觉知道，对于解除婚约，父亲是同订婚时一样感到高兴的。

"送上门的婚事岂不大多这个样子？百子及早把话捅破总是好事吧？"阿透两肘搭在栏杆上回答，并没看父亲的脸。

"我也说是好事。用不着灰心丧气，不久还会找到好姑娘的……话虽这么说，可那封信……"

"怎么现在还惦记那封信？"

本多用臂肘轻轻捅了下阿透的臂肘，阿透觉得好像碰到了骷髅。

"是你让写的吧？是吧？"

阿透并未吃惊，已预料到父亲早晚会问到这点。

"如果是的话，又怎么样呢？"

"怎么样，也不怎么样。无非是说你懂得了人生的一种处理方式。不管怎样，这东西很暗淡，马虎迁就之类可是一点也谈不上的。"

这句话激起了阿透的自尊心：

"我也不愿意被人看成马虎迁就的人。"

"可是，从订婚到告吹，你不是彻底装成马虎迁就的人了？"

"不是一切都按父亲的意思办的吗？"

"一点不错。"

老人面对海风龇牙笑了，笑得阿透不寒而栗。父子俩可谓不谋而合。这几乎使阿透起了杀心，恨不得将老人从楼上一把推下海去。他甚至想到这个意念也已被老人看穿，少年顿时心灰意冷。最伤脑筋的，莫过于同企图从根本上理解自己并具有这种理解力的人整天面对面地生活在一起。

往下，父子俩都不大作声了，在楼上转了一圈，又望了一会儿另一侧码头横靠的一艘菲律宾船。

眼前不远，可以看到通往敞着门的船室的入口，可以看到闪着乌光的遍体伤痕的漆布走廊，可以看到绕了一周后通往下面的阶梯的铁扶手。那没有人影的短短的走廊，暗示出任何远航途中都绝不同人身分离的人类生活僵化的日常性。这艘所向披靡的白色巨轮中，只有那里代表着家家户户必不可少的昏暗无聊的午后时光中走廊清寂的一角，一如只有老人和少年那冷冷清清的空阔住宅的走廊。

阿透突然身体大动，惊得本多缩起脖颈。原来他从提包里抽出封面用红铅笔写有"手记"字样——本多也看在眼里——的大学笔记本，攥成一卷，使劲抛向远处菲律宾船的船尾的海面。

"这是干什么？"

"没用的本子，写得乱七八糟。"

"这样要给人说的哟!"

但周围没人。菲律宾船的船尾倒偏巧有个船员,也仅仅吃惊地扫了一眼。用橡皮筋捆着的笔记本在波涛间只一晃儿便沉了下去。

这时,船头嵌着红五角星、写有"哈巴罗夫斯克"金色船名的白色苏联客轮,跟在一艘竖起如煮熟的张牙舞爪的红海虾样颜色的桅杆的拖轮后面,朝同一座码头缓缓靠上岸来。在它一会儿将停靠的地方,栏杆挤满接船的人,一个个踮起脚尖,任凭头发在海风中飘舞。小孩则骑上大人肩头,急不可耐地扬手呼唤。

第二十六章

至于昭和四十九年圣诞节阿透是怎样度过的，庆子连向本多询问都觉得气不打一处来。尤其是九月事件以来，这位八十岁老人对一切都战战兢兢。本多往日明晰的理性已荡然无存，凡事委曲求全，神态畏畏缩缩，可谓惶惶不可终日。

　　所以如此，也不仅仅因为九月事件。阿透来当养子差不多四年时间里，原来看起来老老实实，无甚明显变化。不料今春到达成人年龄考上东大以后，一切风云突变。对待养父一下子变得凶神恶煞，稍有不顺扬手即打。一次本多被用火炉的捅火棍打破额头，谎称跌倒摔的去医院诊治。从那以后，便对阿透百般曲意逢迎。另一方面，阿透对于明知站在本多一边的庆子则时刻提防，严阵以待。

　　多少年来，本多对可能打自己财产主意的亲戚一律拒之门外。结果，眼下没有一个人同情本多。原先反对收养子的一伙人见事情果然不出所料，正在幸灾乐祸。尽管如此，他们也不相信本多的控诉，以为老人不过发牢骚骗取同情而已。见到阿透，莫不对阿透报以恻隐之心。如此眉清目秀无瑕白玉模样的少年悉心照料老人，反倒招来老人的猜忌以致身负恶名——这是他们唯一的看法。何况阿透的解释也十分入情入理，娓娓动听：

"实在添麻烦了。是谁这么无中生有告状的呢？肯定是庆子阿姨。她人自是好人，只是父亲无论说什么都统统信以为真。再说父亲近来也真是糊涂得可以，还有受虐臆想症，对吧？一辈子爱财如命，久而久之自然变成那个样子，就连一个屋檐下的儿子也给他当成小偷。我到底年轻气盛，实在忍不住回敬几句，这就又四处说我欺负他了。一次在院子里跌倒被那棵老梅树碰破了额头，却告诉庆子阿姨说我用捅火棍打了他。庆子阿姨也不假思索地深信不疑，弄得我没脸见人。"

关于这年夏天把清水的疯女绢江接来安排住在厢房一事，阿透解释说：

"啊，那件事嘛，那姑娘也怪可怜的，在清水工作时我就没少照顾。她说在老家总是被人嘲弄，总是受小孩子欺负，希望来东京住。我就取得她父母同意把她领来了。要是送去精神病院，说不定会给人杀死。况且那种疯病倒也老实，一点妨害也没有的。"

一般交往中，阿透受到每一位长者的喜爱。当他察觉有人可能介入自己生活时，便巧妙地敬而远之。人们反倒对本多另眼相看，认为那般聪明绝顶的人到头来却陷入了老年性谀佞之中。这种看法里显然含有耿耿于怀的嫉妒，嫉妒老人二十多年前侥幸得到的财富。

阿透的一天。他无须看海，无须看船。

其实大学也无须上，上大学无非为了博得社会信用。到东大走路也花不上十分钟，他却特意乘车往返。

但按时醒来的习惯还是保留下来。他根据窗帘的光亮推测晴雨，观察自己所支配世界的运行秩序：欺诈和恶是否如时钟一样运行得有条不紊？世界被恶所控制这点是否尚无人察觉？一切进展是否全无法律性失误？爱无处可寻的状态是否保持得天衣无缝？人们是否满足于他的王权？恶是否以诗的形态玲珑剔透地笼罩在人们头顶？"世俗性"是否排除得干干净净？热情是否被刻意安排得定成笑柄？人们的魂灵是否已彻底死去？……

阿透相信，自己美丽白皙的手只要轻轻往世界上面一按，世界就必然染上一种美丽的病症。理所当然，他深信意料之外的侥幸早已命中注定。一个侥幸光临之后，更令人喜出望外的好运亦将接踵而至。那个寒碜的少年通讯士竟阴差阳错地被一个腰缠万贯而又行将就木的老朽看中当了养子。往下，说不定有哪个国王前来求他当王子吧。

他跳进让人在寝室旁边修建的浴室，打开喷头。寒冬他也淋浴。这是彻底催醒的最好办法。

周身四溅开来的冷水使心脏跳速加快，透明的水鞭击打前胸，千百条银针刺向肌体。少顷，他把背对准水阵，随后又翻转过来。心脏尚不习惯寒冷。胸口仿佛被狠狠贴上一块铁板。赤裸的肌肤披上紧绷绷的水制铠甲。全身似乎被水绳吊起团团打转。肌肤终于醒来,充满活力的皮肤得意地聚起无数颗粒将水弹开。每当此时,阿透便高高扬起左臂,将腋窝对准喷头,注视三颗黑痣如急流下面的三颗小小黑石子一般在水线的冲刷下闪闪发光。这平时压在翼下的斑点,正是任何人都未发觉的"特选者"的标记。

浴罢擦干身体,他按响呼叫铃。身体阵阵发烫。

准备好早餐听铃一响就端进房间,是女佣阿常的任务。

阿常是他从神田一家咖啡馆挖来的姑娘,对他百依百顺。

阿透虽然懂得女人不过两年,但很快就已知晓女人对于绝对不爱的男人是何等勤恳忠实,而且能即刻分辨出哪个女人绝对听命于己。如今,他把可能偏袒本多的女佣一律扫地出门,而将自己看中睡过的姑娘领回家来,呼之以 Maid[1]。其中顶数阿常愚不可及,乳房肥硕无比。

早餐放在桌子上后,阿透用指尖戳了一下阿常的乳峰,说:

"蛮神气的嘛!"

"嗯,是挺有精神的。"

阿常回答时虽无表情,神色却很谦恭。其实她那到处热气蒸腾的肉体本身就很谦恭,尤其是深如井底的肚脐。不过

---

[1] 英文,女佣。

阿常却有一双异常动人的腿。这点她自己也知道。在咖啡馆凹凸不平的地板上来回端送咖啡时，阿透发现她像猫在灌木上搓蹭脊背一样把小腿肚贴在长势不好的租来的橡胶盆栽树底叶上走动。

蓦地，阿透走到窗前，让晨风吹拂睡衣敞开的胸口，往下看着庭园。现在正是本多起床后在院子里散步的时间。本多依旧严守这个习惯。

在十一月斑驳的晨光里，老人手拄拐杖蹒跚地走着。他微笑着扬起手，勉强用有气无力的声音问了声"早安"。

阿透也浮起笑容，挥了下手道：

"嗬，还活着？"

这便是阿透清晨的寒暄。

本多兀自微笑着，默默躲开这块危险的飞石继续散步。回话回得不好，阿透飞奔下来也未可知。忍过这一时的屈辱就好，阿透至少到傍晚才回来。

有一两次刚靠近阿透，阿透就说："老头子脏，快走开，一股臭味！"本多气得面颊直抖，但毕竟奈何不得。假如阿透大声呵斥，倒还自有对策，岂料阿透当时苍白的脸上竟挤出笑意，美丽纯净的眸子盯着自己看，窃窃私语似的冷静说道。

就阿透而言，一起生活四年，对老人的厌恶可谓有增无已。那丑陋而衰疲的肉体，那用以弥补衰疲的无休无止的唠叨，那一件事起码重复五遍而每重复一遍言辞便增加几分亢奋的自动循环,那妄自尊大,那猥琐不堪,那一毛不拔,那对无可救药的身体的保养,那贪生怕死的可鄙的怯懦,那装模作样的宽宏大度,那满是油渍的手,那尺蠖样的走路方式,那每一个表情所传达的厚颜无耻的叮嘱和恳求的混合……一切一切都令阿透深恶痛绝。而整个日本却又是老人一统天下。

折身返回餐桌,叫阿常立在一旁侍候,叫她斟咖啡、放糖,还对烤面包片的火候吹毛求疵。

阿透有一种近乎迷信的心理,觉得一天中称心如意的起步比什么都关键,清晨应如纯净无瑕的水晶球。他之所以能够忍受信号员那种单调的职业,不外乎因为"看"这一行为绝不损伤他的自尊。

一次,阿常对阿透说:"我原先在的那家咖啡馆老板娘给您取了个外号,叫什么龙须菜,因为您长得白白翠翠、细细长长。"阿透旋即把嘴里的香烟着火的那头一声不响地使劲按在阿常的指甲上。从那以来,阿常虽说愚笨,说话却也知道斟酌起来,特别对早上的侍候更是小心。四个女佣轮流值班:三人每天轮换照料阿透、本多和绢江,一人候补。早上为阿透端来早餐的女郎当晚陪阿透睡觉,事毕马上被逐出,不得在阿透卧室过夜。四个女郎每隔三天供阿透发泄一次性欲,按候补顺序每周外出休息一次。这统治手腕委实高超,女郎之间从未发生口角。对此本多也在内心大为叹服:阿透居然使她们自动自觉地乖乖听命。

阿透滴水不漏的管教还体现在令她们称本多为老太爷上面。偶有客人来访，都称赞说现今从未见过如此容貌端庄、举止得体的女佣。在生活上阿透并不使本多有任何不便，但又不断让其遭受屈辱。

吃罢早饭准备妥当，上学前必定去厢房看望绢江。此时绢江已梳妆完毕，身穿便服歪在檐廊躺椅上等他。眼下装病成了她一项新的表演。

在丑陋的疯女面前，阿透才能流露出坦诚甜蜜的温柔。

"早上好！心情还好吧？"阿透坐在檐廊问道。

"好好，托你的福……漂亮女子总是体弱多病，只能晨妆画得好一些，懒洋洋地靠在躺椅上说一声：'好好，托你的福。'不过，世界也仅仅这一瞬间才荡漾着虚幻的美，对吧？美就像沉甸甸的花朵摇来摆去，一闭眼就搭在眼皮上，是不是？我想这是我唯一能对你做出的回报。我嘛，非常感谢你。这个世上，唯独你一个温柔的男人，不等我开口就满足我的愿望。来这里以后天天都能见到你，所以我哪里也不用去了。只是，只要没你养父……"

"放心就是，他很快就呜呼哀哉。九月事件已处理妥当，往下保管一切顺利。等到明年，大概我就可以给你买钻石戒指了。"

"真叫人高兴，我就成天做钻石梦好了。今天还没有钻石，花也可以。今天的花就要院子里的白菊，可能折来？太好了。不是那里,盆里的。对对,就是那朵花瓣像绒丝一样下垂的大白菊!"

阿透毫不吝惜地折下一朵本多精心培育的白菊花,递给绢江。绢江如病美人似的倦慵慵地用指尖捏着花朵打转,嘴角漾出一丝稍纵即逝的微笑,而后把菊花插在自家头上。

"那么,你快去吧,别误了上学。听课时也得时不时想想我哟!"说罢,摆手告别。

阿透走去车库,把引擎钥匙插进今春为庆祝上大学叫父亲买的野马跑车[1]。既然轮船笨重而浪漫的装置能够那般威风凛凛地劈波斩浪留下航迹,那么八汽缸的"野马"这敏锐而小巧的装置又何尝不能在芸芸众生中横冲直闯,像轮船激起千重雪浪那样碾压得血肉横飞呢!

然而这一切都被悄然控制住了,被安抚被压抑,它被迫做出老实乖顺的样子。人们像观看刀刃的寒光一样向势不可挡的赛车投以赞叹的目光,但车本身则须忽闪着头部喷漆的柔光,强作笑容,以证明自己并非凶器。

而且,时速可达两百公里的赛车,在清晨上班时拥挤不堪的本乡三丁目只能以四十公里的时速行驶,这本身即是严重的自我亵渎。

九月三日事件。

---

[1] Mustang,美国福特汽车公司生产的汽车。

这天，阿透和本多一清早就开始了不大不小的争吵。

夏日期间本多去箱根避暑，两人幸未得见。御殿场别墅失火烧毁以来，本多忌讳再拥有别墅，对御殿场烧后的地皮弃置不管，每年盛夏租住在箱根一家旅馆来休养衰弱的躯体。阿透则更喜欢留在东京，和同学一起开车山南海北地游逛。及至九月二日晚本多回京两人久别重逢之时，阿透完全晒黑的脸上那对澄澈的眸子，显然燃起瞋恚的火焰。本多提心吊胆。

"百日红怎么了？"三日早上本多一进院子就不禁叫了起来。厢房前面一棵老百日红树被齐根砍倒。

整个夏天一直留在家里的，只有七月初入住这里的绢江。说起来让绢江跨进家门，也是额头受伤后本多愈发惧怕阿透而听之任之的结果。

听得叫声，阿透来到院子，左手拿着捅火棍。阿透的卧室是贵客接待室改建的，房间里留下全宅唯一的火炉，这捅火棍夏天也挂在炉旁钉子上。

阿透当然知道，只要手里提着这物件就足以使一度被打破额头的本多像狗一样胆战心惊。

"拿那玩意儿想怎么着？这回我可要告诉警察！上次我是怕家丑外扬才忍气吞声，这回就没那么便宜，你可要当心点！"本多困兽犹斗，抖着肩头道。

"你不也拿着拐杖吗？用它自卫好了！"

本多指望九月初回家欣赏满树盛开的百日红同白癜皮一般

通体光滑的树干相映成趣的光景，没想到回来一看院子里却没了百日红。使好端端的庭园变得面目全非的，肯定是阿赖耶识[1]。感到庭园一变的刹那间，本多怒火攻心，不由自主地——其他事尚可自主——大叫起来。叫罢，本多即害怕起来。

事实上，绢江来时正是梅雨初霁，厢房前面百日红开花时节。绢江说讨厌此花，看着头痛，最后竟说是本多的阴谋，存心把百日红摆在眼前让她发疯。阿透于是趁本多外出避暑把树砍了。

绢江躲在厢房深处从不露面。阿透也没有把其中缘由讲给本多，因为讲也不可能讲通。

"是你砍的？"本多换上退让一步的语气。

"啊，我砍的。"阿透声音朗朗。

"为什么？"

"老了，没用了嘛。"阿透浮起好看的微笑。

这种时候，阿透总是在眼前吱溜溜拉下一道厚厚的玻璃闸。从天而降的玻璃，一如澄澈的晨空。与此同时，本多深信无论怎样叫喊怎样诉说都传不到阿透耳畔，对方恐怕也只能看见本多时开时闭的满嘴假牙。本多口腔已经植入同有机体了不相关的无机质假牙。局部的死早已开始。

"是吗？……是吗？……也罢，也罢。"

---

[1] 大乘佛教用语，指构成人的存在根本的意识。

本多这天一整天都闷在自己房间里，全身一动不动，女佣送来饭菜也只稍稍动了一下便叫撤下。他脑海中清楚地浮现出女佣到阿透那里汇报时说的话：

"不好了，老太爷正闹别扭呢！"

老人的痛苦或许实际上也仅仅是"别扭"。本多清醒地知道自己本身的苦恼是那样荒唐好笑，没有任何辩护余地。一切都是本多引起的，并非阿透的罪过，甚至阿透的蜕变也丝毫不足为奇。从第一次见到这少年时起，本多就应该洞悉他的"恶"。

一切自作自受。可是眼下这一想法给本多自尊心带来的创伤却是深不可测的。

自从进入忌讳空调、害怕楼梯的年龄，本多就在这可以隔院望见厢房的十二张草席大的房间里起居。整座宅院数这个客厅式房间最古旧阴暗。本多把四张麻坐垫拼在一起，在上面或躺或蹲或坐，如此打发时光。木格拉窗关得严严实实，任凭房间里暑气蒸腾。有时爬行几步，拿起壶喝口水，水温暾暾的，像晒了太阳。

他悲愤交加，后来有了困意，似睡非睡地过了一些时间。假如腰部作痛倒还可以冲淡一下心绪，偏偏今天只是全身瘫软乏力，痛感全然没有。

看来，莫名其妙的厄运降临到了自己头上。问题是这莫名其妙本身带有精确的刻度，如微妙的合成药剂，现在正按期生效。想到这里，本多更加忍而可忍。无论从虚荣心、野心，还是从体面、权威抑或理性，特别是感情来说，本多的老年原本都应该完全逍遥于外，然而这种逍遥缺乏晴朗。所谓感受之类本应早已丢却，岂料阴郁的焦躁和气恼仍如急待复燃的炭火，稍加拨弄便冒出阴沉的火苗。

移上拉窗的阳光，已带有秋日气息，但自己已处于孤独绝望之中，没有类似季节推移的情感转化的征兆。他真切地看到，一切停滞不动，气愤和悲哀这本不该有的东西如雨后水洼一般永不干涸地淤积在体内。今天产生的情绪如已变成十年以上的腐殖土，却又每时每刻在更新。人生的不快记忆朝这里纷至沓来，而他又绝不能像青年人那样一口断定自己的人生是何等不幸。

日影爬上书院式窗口告知薄暮时分，如此蹲蹲坐坐的本多体内涌起一股情欲，并非来势凶猛的情欲，而是在终日搅拌悲哀与愤怒的时间里不知不觉地孵化出的温暾暾的情欲。它犹如细细长长的红蚯蚓纠缠在脑海里。

一直雇用的司机年老告休，接着雇的司机金钱上出了差错之后，本多索性卖掉车，乘坐出租车出门。半夜十点，他用窗口旁边的家用内线电话通知女佣叫出租车来，随后自己拿出夏令黑西装和鼠灰色运动衫穿上。

阿透不在，不知去了哪里。女佣们用疑惑不解的眼光看着八十岁老人深夜外出。汽车开进神宫外苑时，本多脑中的情欲变成一种轻度的恶心。他又来到了二十年没来的老地方。而在车开到这里之前，本多心里沸腾的并不是情欲。他双手搭在拐杖头上，一反常态地直腰靠住椅背，口中念念有词："再忍耐半年，忍耐半年。"

还有半年，如果这小子真的就是……想到这个保留条件，本多打了个寒战。假如阿透在满二十一岁前的半年时间里死去，一切都可以既往不咎。也正因为本多知道这个秘密，才勉强可以忍受不知底细妄自尊大的年轻人的苛刻。可是，要是阿透是冒牌货……

对阿透之死的期待，近来对本多是莫大的安慰。他在屈辱的底层诅咒年轻人快死，心里已将他处以死刑，如同透过云母观看太阳，每当透过年轻人的凶暴和冷酷看到其对面的死，本多顿觉心怀释然，甚至涌起一阵欣喜，怜悯与宽恕使得鼻翼一起一伏。此刻，本多得以陶醉在慈悲之心那光明正大的残酷之中。或许这便是曾在印度旷野的光照中觅得的情感。

本多尚未出现明显的死兆，血压不足为虑，心脏也无大碍。他相信至多忍耐半年之后，便可以比阿透多活下去，哪怕多活一天。他将为年轻人的早逝毫不吝惜地倾注多少心安理得的热泪啊！甚至可以在愚昧的世人面前扮演晚年得子而又复失的不幸的父亲角色。洞悉一切之人以沁有甜毒的静谧的爱一面预见阿透之死一面忍受其暴政，未尝不是一种快乐。暴戾的阿透犹如在这可以预见的时间前面掀动可爱的透明翅膀飞舞的蜉蝣。人们断不会爱比自己长寿的家畜，被爱的条件是其生命的短暂。

说不定阿透也在为一种预感——一种类似担心闻所未闻的快船突然出现在以往天天观望的水平线的预感——而惴惴不安。说得极端一点，或许是死的预感下意识地触动他，使得他如此心焦意躁。这么一想，本多心中涌起漫无边际的慈爱。他觉得自己可以在这一前提下爱包括阿透在内的所有人。他谙识所有仁爱的凶多吉少。

可是，万一是冒牌货呢？……阿透活个没完没了，本多则望尘莫及而先行死去——果真如此……

现在他体内突然觉醒的几乎令人窒息的情欲正是植根于这种不安。倘若自己先死，哪怕再肮脏的情欲也不能放弃。或许自己本来就在这屈辱、在这失算当中背负必死的命运。对阿透的失算本身就可能是命中注定的圈套，如果本多这样的人也有被注定的命运的话。

想来，阿透意识同自己的酷似就是不安的因子。阿透大概对一切洞若观火。知道自己永生的恰恰是阿透本人，而且有可能已经看穿知其早逝的老人实施世俗教育的复杂的险恶用心而在策划复仇。

八十岁的老人和二十岁的年轻人眼下也许正在进行一场你死我活的肉搏战。

刚才，出租车开进了阔别二十年的夜幕下的神宫外苑。

当汽车从权田原口左拐驶上环形公路，每次开口都要像点上繁琐修饰符那样咳嗽一阵的本多命令道：

"拐弯，再拐弯！"

汽车在浓重的夜色里拐弯。倏地，黑暗深处有一鹅黄色衬衫一闪，转眼消失了。本多胸口鼓胀起久未有过的特殊激动，他觉得往昔的情欲犹如去年的落叶堆积在周围的树荫下。

"拐弯，再拐！"

汽车应声继续向右迂回，沿着画馆后面树荫最浓的甬路行进。路面上晃动着两三对男女，路灯一如往昔疏疏落落。忽然，左侧闪出光怪陆离的光束，原来是高速公路的入口在这夜间公园的正中张开大嘴，吐出仿佛空空荡荡的游乐场里的寂寥而繁杂的电光。

右面正是画馆左侧的树林。茂密的树木完全掩没了画馆的圆形楼顶，树枝密密实实地伸向甬路。冷杉、法国梧桐、松树等一些树木交相混杂，龙舌兰栉比鳞次。四下里的虫鸣甚至隔着行驶中的车窗都可听见。往昔的记忆一如昨日复苏过来：那里面豹脚蚊十分凶狠，叮在裸露的皮肤上死活不动，草丛中到处传来拍打蚊子的声响。

车在画馆前面的停车场刹住。他告诉司机往下可以回去了。司机从狭窄的额头下抬眼瞥了一下本多。这一瞥有时足可以使人土崩瓦解。本多再次用力重复一遍，然后先把拐杖伸向路面，抽身下来。

画馆前的停车场晚间关闭，身旁立着一块夜间禁止停车的标牌，一道栅栏挡住车路。但停车场的值班室没有灯光，不像有人的样子。

确认出租车开走后，本多顺着龙舌兰旁边的甬路慢悠悠地走着。龙舌兰的绿色有些发白，在夜色里翘起长满尖刺的叶片，寂无声息，犹恶之丛。人影寥寥，只发现对面甬路有一对男女。

走到画馆正前面的时候，本多收住拐杖，环视这围绕自己一个人的巨幅构图。左右侧楼翼然耸起的圆顶画馆在无月的暗夜里显得甚为挺拔。前面是方形水池，室外灯用长长的光线把阳台式样的苍白的大粒砂地影影绰绰地切断开来，恍若潮流的分界。左侧大型体育场圆形高墙上黑魆魆的探照灯那不可一世的阴影占去一角天空。其下端一直往下，只有一小片树林茂密的树梢被室外灯赋以雾霭般的光影。

伫立在这丝毫没有情欲迹象可寻的整整齐齐的广场，本多倏然觉得恍惚置身于胎藏界曼荼罗的正中。

胎藏界曼荼罗是根本两界之一，同金刚界曼荼罗相对，其外观形式是莲花，用以表达胎藏界诸佛的慈悲之德。

所谓胎藏，包括"含藏"之意，意思是凡夫心内的烦恼淤泥中含藏着诸佛慈悲之德，恰如轮王圣胎乃得自尘世贱女之体。

无须说，璀璨夺目的曼荼罗是左右对称的，其中央的中台八叶院供奉大日如来。十二院由此展向东西南北，每尊佛的居所无不左右对称，毫厘不爽。

倘若以无月夜空中耸立的画馆圆顶为大日如来所居中台八叶院，那么水池这边本多站立的宽车道就可能是比孔雀明王所在的虚空藏院更为偏西的苏悉地院。

本多觉得，如此将金光灿灿的曼荼罗那从几何学角度紧凑配置的诸佛居所移至黑魆魆的树林包围中的和谐有致的广场，无论大粒砂地的空白还是甬路的空虚都马上变得充实起来，到处挤满大慈大悲的面孔，白昼之光突然闪闪照亮四周。诸尊二百零九尊、外金刚部二百零五尊济济的面孔在树林前同时显现，大地光芒四射。

而一起步，幻觉当即消失，虫声四起，夜蝉的鸣声在树丛间穿梭，仿佛在夜幕上飞针走线。

那条走惯的路至今仍留在树荫下。这是画馆正面左侧的树林。他突然激动地记起：青草的气息、树木夜间的气息曾是自己情欲必不可少的要素。

他仿佛在海滩上行走，各式各样的甲壳类、棘皮类、贝、鱼、海马等在夜下珊瑚海里的种种活动好像就在脚底。他用脚指甲触动着温暖海水的晶莹水滴，一步步小心移动着脚以防被礁石角碰伤——那是一种怎样的心情啊！本多感到一种刻骨铭心的喜悦正在苏醒。身体固不能跑，快感却一路疾驰。"动静"俯拾皆是。片刻，眼睛习惯了。于是本多发现森林暗处到处点缀着衬衫，一如杀戮后的屠场。

本多藏身的树荫已经有人在先。一看身穿黑乎乎的衬衣，就知其是偷看云雨的老手。此人个子相当矮小，还没到本多肩头。一开始以为是少年，后来借隐约的光亮才看出有花白头发。呼吸又湿又重，听得旁边的本多心里发怵。

不一会儿，小个子把目光从应看的目标移开，不住地扫描本多的侧脸，本多则尽可能目不斜视。但对方从太阳穴齐整整竖起的花白短发的发型，一开始就好像同不安的记忆有关。本多急急地搜索记忆，一急，平素闷声闷气的咳嗽便冲口而出，怎么都克制不住。

俄而，小个子的喘息使本多加快了判断。只见对方伸长身子在本多耳畔这样低语：

"又见面了嘛。现在还来？往日难忘啊！"

本多不由转过脸去，盯住对方小老鼠似的眼色。二十二年前的记忆一下子闪现出来，笃定是在松屋 PE[1] 前被其喊住的男子，并且惶惶然想起自己当时装作认错人而对他采取的冷漠态度。

"好了好了，这里是这里，那里是那里，那笔账算是一笔勾销了！"对方似乎觉察出了本多内心的波动，抢先说道。结果反使本多心生悸惧。

---

1 Post Exchange 之略，指美国陆军基地内部商店。

"不过，可是咳嗽不得的哟！"小个子又加了一句，然后眼睛匆忙朝树干那边转去。

本多见小个子稍稍离开自己，舒了口气，开始往树荫另一侧草丛里窥看，心里虽然不再那么突突直跳，却又代之涌起不安，继而悲愤又堵住胸口。愈是希求忘我，忘我愈是远不可及。这个位置的确正好用来窥看草丛里的男女，但男女行为本身倒显得坦然自若，仿佛明知有人偷看而刻意表演，没有看的兴奋，没有随之而来的痛快的紧张感，没有明晰本身的陶醉。

相距不过一两米，但由于光亮不够，细节和面部表情都无法入目。其间没有像样的掩体，不可能再往前靠近。本多指望往日的激情在偷看的时间里失而复来，便一只手扶着树干，一只手拄着拐杖，只管注视草丛中躺着的男女。

小个子已不再来打扰，然而本多仍在胡思乱想：什么自己的手杖直而没弯，故不能表演擅长撩裙子的老人那样的特技；什么那个老人已有相当年纪，定然早已死去；什么作为这树林一带的"观众"，二十年间想必已有很多老年人弃世；什么甚至年轻"演员"也有不少或结婚离开这里，或死于交通事故，或因患癌症、高血压、心脏病、肾炎而早早归天；什么"演员"的变动远远甚于"观众"，因此他们大概在距东京乘私营电气列车需一小时远的卫星城住宅区某单元里不顾老婆孩子的吵闹而守住电视机目不转睛；什么不久的将来他们也将作为

"观众"而光临此处……蓦地，树干上的右手碰到一个软乎乎的东西。一看，原来是只大蜗牛正顺着树干向下爬。

本多轻轻移开手指，但软体与贝壳相继给予的感触——起始接触融化得黏糊糊的香皂残渣继而碰上人工象牙香皂盖般的感触——却在他心里留下了讨厌的苦涩。即使从感触来说，世界都大有可能像泡在硫酸槽里的死尸一样转眼归于融化。

当他再次把视线收回到那对男女的姿态上面时，眼睛里差不多有了欲火。迷住我的眼睛，快快迷住我的眼睛吧！世上的年轻人哟，快用你们的无知和无言，快用你们忘乎所以的表演让老人眼前变得百花缭乱，让我心醉神迷吧！

一片蝉鸣之中，衣着零乱地躺在地上的女子直起上身，搂住对方的脖子。头戴贝雷帽的男子把手深深探进女方的裙子。男子白衬衫背部的波纹传达出其指尖细腻而执着的动作。女方在男方怀里如螺旋楼梯一般扭动不止，随着一声声喘息，竟像慌忙吞咽什么药丸一样不住仰脖同男方接吻。

本多看得眼睛有些作痛，看着看着，一直空落落的心底突如曙光四射，涌起一股情欲。

这当儿，男方朝裤子后袋伸过手去，怕是确认钱丢了没有。想到此人正干得热火朝天之际居然有此心机，本多深感不快，好不容易升涌的情欲好像顿时结冰。而往下的一瞬间，一件本多以为眼花看错的事情发生了。

男子从后裤袋中抽出的是自弹刀。拇指刚一触动,只听一声毒蛇吐舌般的响动,黑暗里亮起刀光。不知刺中了哪里,女方发出可怕的惨叫。男子迅速起身,转动脖颈环视四周,黑贝雷帽已歪向脖后。本多这才见到其前面的头发和面孔,头发已经全白,瘦削的脸上满满刻着皱纹:一张六十岁老人的脸。

本多目瞪口呆,而男子则以与其年龄不相称的速度,风一般掠过他身旁逃走了。

"快跑吧,待在这里不得了!"小老鼠喘着粗气对本多耳语。

"可我跑也跑不动啊!"本多沮丧地回答。

"糟糕。逃得不好反倒惹人怀疑,干脆留下作证……"小个子咬着指尖犹豫不决。

笛声传来,足音零乱,人们哄嚷着涌来。手电筒光束在意外切近的树丛间晃来晃去。不一会儿,听得巡警围着躺在地上的女子高声交谈。

"伤在哪里?"

"大腿。"

"不很重。"

"犯人什么模样?嗯,讲讲看。"

手电筒照在女子脸上,蹲着的警察站起来。

"说是一个老头儿。不至于跑远。"

本多浑身发抖，额头紧贴树干闭起眼睛。树干湿乎乎的，像有蜗牛在额头上爬。

他微微睁开眼睛，觉得有光亮朝自己这边射来。与此同时，一个人从背后突然把他撞开，从手的高度知是小个子。本多的身体踉踉跄跄地离开树干，低俯的额头险些同警察撞个满怀。警察的手抓住本多的手。

警察署里偏巧有一个专门报道桃色新闻的杂志记者，原来是来采访其他案件的，现在听说神宫外苑深夜有女人大腿被扎，顿时大喜过望。

本多同大腿接受紧急处理绑了绷带的女子当面对质。从对质到证明无辜，花去了三个小时。

"无论如何都不是这位老伯。"女子说，"那是我两小时前在电车上认识的一个人，年纪虽大，举止倒蛮有活力，能说会道，是个社交型人物。想不到干出这种勾当。呃，姓名、地址、职业一点都不晓得。"

对质之前，本多受到彻底盘问，被查明身份。他还从自己嘴里一五一十地说明如此身份之人如何深更半夜置身于那种场所。本多恍如做梦，梦见二十二年前从朋友古手律师口中听来的尴尬故事此刻原封不动地在自己身上重演。警察署古旧的建筑物、审查室脏污的墙壁、亮得出奇的电灯，甚至做记录的刑警的光脑门，看上去都分明是梦中的场面，而绝非活生生的现实。

凌晨三时本多才被获准回家，爬起开门的女佣老大不高兴。本多一声不吭地躺下身去，接二连三的噩梦使他频频醒来。

第二天早晨便开始感冒，卧床不起，过了一个星期才见好转。

自觉心情稍好的一天清晨，阿透罕见地进来，笑眯眯地把一本周刊杂志放在本多枕边出去了。

本多拿起老花镜，一道标题赫然入目：

原法官偷看蒙冤　伤人犯真伪难辨

本多气得心尖直抖。报道精确得令人咂舌，连本多的真名实姓都照登不误。结尾写道："八十岁偷看云雨专家的出现，证明日本社会的老人统治已渗透到流氓地界。"

"本多先生的如此怪癖并非始自今日，早在二十多年前就在这一带有众多同行……"仅看这寥寥数行，本多便已猜出写这篇报道的记者所采访的那个人物；而介绍这个人物的，凭直觉无疑是警察。一旦刊出这样的报道，纵使以诋毁名誉起诉，也只能落得狼狈不堪的下场。

其实这不过是聊博一笑的无聊小事，却使得一向以为没有名誉可失、没有体面可丢的本多在丢失后才感到其难得可贵。

不言而喻，此后人们将永远以丑闻而非以其睿智和理性记起本多。他知道，人们绝对不会忘记丑闻，但不是出于道德上的义愤，而是因为在概括某一个人方面，再没有比这更直截了当、更简洁明快的字眼了。

在感冒缠绵不愈的卧床时间里，本多痛切地感到甚至肉体都有一部分塌落下来。通过当嫌疑犯，他体验了肌肉筋骨彻底被摧毁的痛苦。这里，任何思想的自负都无济于事，真知灼见也罢，博学多识也罢，精思妙想也罢，统统无能为力。在刑警面前，即使滔滔讲述在印度悟得的观念又有什么用呢！

日后递出名片，纵使上面同样写有"本多律师事务所律师本多繁邦"，人们也必然马上在狭窄的行间加上一行，而读成"本多律师事务所八十岁偷窥云雨专家本多繁邦"。本多的全部生涯于是以一行而蔽之："原法官、八十岁偷窥云雨专家。"

本多的认识在漫长的一生中构筑的不可视建筑物顷刻土崩瓦解，只有这一行镌刻于基石上，诚可谓炽热而锐利的刀刃般的总结，且真实得无以复加。

九月事件之后，阿透冷静地行动起来，促使一切朝有利于自己的方向发展。

他把同本多水火不相容的古手律师拉到自己一边，找他商量能否通过九月事件把本多弄成"准禁治产者"。古手律师显得胸有成竹，提出这需要一份精神鉴定书，以便把本多定为精神衰弱者。

实际上，自从出了那件事，本多不再出门，态度畏畏缩缩，一味卑躬屈膝。这种变化任何人都一目了然。根据这种征兆来证明本人患有老年性谵妄看来并非难事。一旦证明成立，阿透即可向家庭法院申请宣布本多为"准禁治产者"，而由古手律师作为本多的"辅佐人"。

律师找要好的精神病医生商量。医生承认，那件人所共知的丑行，第一表现出衰老焦躁感造成的如映火镜般的仅仅"作为反映的情欲"那种不可等闲视之的自我强迫观念的能量；第二表现出基于衰老的自制力的丧失。律师说，往下便仅仅是法律的运用。为此——律师还说——本多最好能开始浪费，开始一种看上去足以危及财产的超乎常识的浪费，而若无此征兆则有些麻烦。就阿透来说，较之钱财，更渴望夺取的还是实权。

第二十七章

十一月末，阿透接到庆子的一封信，里面附有一张考究的英文请柬。信是这样的：

本多透先生：

久疏问候，一切都好吧？圣诞节快到了。圣诞前想必大家有很多应酬活动，因此我想于十二月二十日在我这里提前举行圣诞晚餐会。去年以前一直邀请的是令父大人，但他毕竟年事已高，可能反为不便，故邀您前来。只是此事请不要让令父知道。请柬写给您这点，亦希一并保密。

话既然说到这里，依我的性格也就不必再隐瞒什么了。由于那次九月事件，考虑到其他来宾，我也很难再邀请令父。在对待老朋友上面或许薄情寡义，但在我们这个世界，背后如何另当别论，而若表面曝光，我也不得不放弃公开场合的交往。

这次请您出席，也是出于我由来已久的想法，即想通过您将同本多家的交往继续下去。务请赏光赴会。

当天还邀请各国大使夫妇及其令爱，日本人有外务大臣夫妇、经济团体联合会会长夫妇。此外还有漂亮的小姐，请单独光临。另外——请柬上也写了——请穿无尾晚礼服。最后，麻烦您用附寄的明信片答复是否出席。

久松庆子

换个看法，这也是一封相当傲慢无礼的信。但庆子对本多事件的困惑使阿透绽出笑容。看上去那般不拘小节的庆子，也很快对丑闻关上了大门，字里行间都不难看出她的这种寒噤。

不过，也有点蹊跷！阿透发动高度的戒心。那么忌讳丑闻却又邀我——庆子一向同老头子沆瀣一气，莫不是存心使我成为笑料？在众多道貌岸然的宾客之间，故意介绍我是本多繁邦之子，博取客人开心。结果受伤害的不是老头子，而只能是我。莫非这是她设下的圈套？是的，肯定如此！

但这种疑惑反而激起了阿透的应战心理。也罢，自己就作为因丑闻而满城风雨之人的儿子前去，当然谁也不至于提及。总之，自己这个儿子将在父亲的丑闻面前昂首挺胸，大放异彩。

容易受伤的脆弱魂灵脖颈上挂满全然与己无关的小动物般肮脏的丑闻骷髅，面带不无凄楚的动人微笑在人群中默默地走来走去——阿透本身深知这一形象所蕴含的病态诗意。老人们的侮辱和陷害，将愈发以不可抗阻的力量将年轻女性拉到自己身边。庆子的暗算必定全线崩溃。

阿透没有无尾晚礼服，赶紧定做。等到十九日做好，马上穿起来去绢江房里给她看。

"正合适，潇洒极了，阿透！你肯定想穿这玩意儿领我去参加舞会吧？可是对不起，我身体不好不能一块儿去，实在非常抱歉。所以你想至少穿这新衣服让我看一眼吧？你这是多么体谅人啊！我，顶顶喜欢阿透！"

绢江其实颇为健康，来这里以后，不运动，加上能吃能喝，半年时间里眼看着肥胀起来，动都动不得了。笨重的身体和行动的不便使得绢江更加觉得真的病了，不断吞咽消化药，歪在檐廊躺椅上隔着树叶仰望唯恐失去的蓝天，每每自言自语："如此看来，我是不久人世的啰！"女佣笑又笑不得，憋得不行。阿透命令她们绝对不得在绢江面前发笑。

阿透总是佩服绢江的智慧：每当提供某种条件，即刻先发制人使之于己有利至极。这种智慧既使自己"美"的威信得以保全，又酿造出淡淡的悲剧性氛围。在目睹阿透身穿无尾晚礼服的刹那间，绢江便看出并非偕自己出门，于是马上将计就计，推说自己"有病"，其高度的矜持因之完好无损。阿透有时觉得这点很值得自己学习。不觉之间，绢江倒成了阿透的人生老师。

"叫我看看背后。手工真棒！脖颈到肩部的线条流畅到了极点。你这个人嘛，穿什么都好看，活像我。明天晚上忘掉我没能陪你一起去一事,好好快活快活!不过,最快活的时候也可得想想在家中卧病的我哟,哪怕一闪之念也好。"

阿透要走,她又叫住:

"啊,稍等一下。领扣没花不合适。我要是身体好,自己摘来给你带上……Maid,求求你,把那红玫瑰摘来,那个不错。"

这么着,绢江叫女佣摘来刚刚绽开的一小朵红玫瑰,亲手别在阿透领扣上,那样子甚是力不胜支,倦倦地转动指尖,把花柄穿进扣眼儿,轻轻弹一下领口镶的绢边儿。

"好了。站到院子里再让我看看。"肥胖的绢江上气不接下气地说。

翌日下午七时,阿透一个人按地图所示,把"野马"停在庆子位于麻布的住宅前院宽阔的大粒石子地上。

阿透是第一次来访,很为这座宅院古色古香的格调感到吃惊。前院树下投光器上,映出西式庭园的拱门。攀缘而上的常春藤的红叶在夜光里显得黑魆魆的,给人一种凄然之感。

戴着白手套的侍者迎阿透进去。他穿过带有圆天井的圆形大厅,来到桃山风格[1]美奂美轮的客厅,坐在路易十五世样式的椅子上。阿透为自己的捷足先登颇有些难堪。宅内灿然生辉而又深幽寂静。客厅一角立着一棵圣诞树,但总好像有

---

[1] 十六世纪下半叶日本桃山时期的美术风格,以华丽为主要特色。

欠谐调。询问喝什么酒的男侍离去后,剩下阿透一人。他倚着老式棱形玻璃窗,观望院子树梢外闪闪烁烁的街区灯火,和被远远近近的霓虹灯映得发紫的夜空。

杉木门轻快响了一声,庆子出现了。

阿透不禁屏息敛气。七十开外的老太婆赫然一身华丽的正装,长得拖地的半袖晚礼服上下缀满串珠。从胸口到裙角,串珠的色彩和样式渐次变化多端,光彩夺目。胸口是金黄色串珠铺底,上面的绿串珠呈孔雀开屏形状。两袖是波纹状紫色串珠,下身直到裙角尽呈葡萄酒色,裙角又分别绣有紫色波纹和黄色卷云,其分界线缀以金色串珠。纯白色蝉翼绣纱又透出银地的,是三件重合的羽状花纹的西式外罩。裙子下端闪出紫缎鞋尖。平素威然挺立的脖颈围着绿宝石薄纱披肩,从后肩垂下,一直垂到地板。发型一反常态,齐整整一头短发,金耳饰摇曳生姿。反复整容而光润尽失的脸上,几样固有部件愈发显得唯我独尊,摄人心魄的眼睛和不偏不倚的鼻梁,口红涂得宛如贴在脸上的一块开始枯萎的红黑色苹果皮……

就连微笑也仿佛成了化石的脸凑上前来:

"非常抱歉,劳您久等了!"

听得这光朗朗的声音,阿透道:

"好厉害的装束!"

"谢谢。"庆子将形状规范的鼻孔略微向上扬了扬,做出西方妇女那种迷醉的神情，而又立刻收起。

侍者端酒上来，庆子吩咐把照明熄掉，侍者于是关掉枝形吊灯。庆子躲在小灯珠一闪一灭的圣诞树阴影里，两眼不停地眨闪，晚礼服上的串珠也闪闪烁烁。见此情景，阿透终于不安起来：

"其他客人真够晚的。或者说是我来得太早了？"

"其他客人？今晚的客人只你一位。"

"那么说信上写的是骗人的了？"

"瞧我，抱歉抱歉！后来改变了计划。今晚就你我两人庆祝圣诞。"

阿透怒火顿起，站起身来：

"我这就告辞。"

"哎哟，这是为何？"庆子悠然坐在沙发上，并不起身阻拦。

"怕是什么阴谋吧？或是什么圈套？总之是和老头子串通一气算计我。我可再不愿意给人耍弄！"阿透想起第一次见面的情景，他从那时开始就对这老太婆深恶痛绝。

庆子岿然不动。

"要是和本多先生串通一气，可就不必绕这么大弯了。今晚请你来，的确是想单独和你慢慢谈谈。如果一开始就说仅你我两人，估计你也不会来，所以才说了个小谎。两个人也同样是圣诞正餐嘛！你看，我一身正装，你也不例外。"

"是想充分展开你那说教吧？"阿透为自己的败北又气又急，自己未得以扬长而去，竟乖乖听起对方的夸夸其谈来了。

"哪里谈得上什么说教，只是有些事要偷偷告诉你——要是本多先生知道是我走漏风声，把我勒死都不一定——这可是只有我和本多先生知道的秘密。当然啰，你要是不愿意听也不勉强。"

"秘密？什么秘密？"

"别急，好好坐下！"庆子无声地发出沁有一丝苦味的优雅微笑，指着阿透刚刚离开的藤编扶手椅，上面绘的华托[1]的《游园图》已渐破旧。

不一会儿，侍者进来禀报晚宴已经备好，往左右两边拉开俨然墙壁的拉门，于是里面闪出桌上点着红蜡烛的饭厅。庆子起身，每走一步，绣满串珠的晚礼服便发出摩擦般的声响。

憋了一肚子火的阿透懒得催对方开口，只管默默吞食，想到刀叉的每一个动作原本都是本多耐心教导的结果，心里更添了怒气：那种教导纯粹别有用心，存心让自己时时咀嚼在遇见庆子和本多之前根本未曾意识到的自身的卑鄙。

抬眼看去，朴拙得近乎粗糙的巴洛克大银烛台的对面，庆子操纵刀叉的手指动作是那样忘情、那样沉稳、那样娴熟，直令人想起老妇人织东西的手势。想必从小便训练有素，手与

---

[1] Jean-Antoine Watteau（1684—1721），法国画家，作品多描绘贵族的闲逸生活。

刀叉浑然一体。

冷火鸡肉如老人干枯的皮肤，实在索然无味。拼盘、栗子、冷肉上浇的草莓酱……阿透觉得一切都带有伪善本身的酸味。

这时，庆子开口了：

"你可知道本多先生为什么竟然要领你当养子？"

"我怎么知道！"

"够粗心的。也不想知道，这以前？"

阿透沉默了。庆子把刀叉放在盘里，用红色的指甲隔着烛光指着阿透的无尾晚礼服道：

"简单得很，因为你左腋下有一排三颗黑痣。"

阿透无法掩饰内心的惊愕，黑痣是自己所以自命不凡的根据，自以为从未引起任何人的注意，不料竟连庆子都了如指掌。少顷，阿透镇定下来。惊愕是因为自己暗暗引以为自豪的表象同他人所想的某种表象偶然吻合的缘故，即使黑痣果真使什么发生了变化，对方也不至于看出自己心中的奥秘。可是，阿透未免低估了老人们可怖的直感力。

阿透脸上的惊愕看来给了庆子勇气。庆子随即一泻千里：

"喏喏，你是不相信吧？毕竟事情一开始就是荒唐可笑，就是非常超乎常识的。其后你大概以为一切进展都是冷静的、现实的、按部就班的，那是因为你把最前边那个超乎常识的大前提整个生吞活剥地接受下来。世上哪有只见一面就想把不相不识的人收作养子的傻瓜呢！我们为收你当养子求人的时候，你猜我们怎么说的？对你也好，对你的上司也好，我们口头上当然如此这般说得冠冕堂皇，但实情你可知道？……你怕是自以为很了不起了吧？人这东西嘛，总是容易相信自身也是有可取之处的。你是觉得自己心中一向怀有的童话般的梦境同我们的请求正好对号了吧？觉得自己从小就抱有的不可思议的信念即将得到证实了吧？是吧？"

阿透这才对庆子这个女人产生了恐怖感。强权或高压味道固然一点也没有，但世界大概存在对某种神秘价值格外敏感的俗物，而这类俗物恰恰是"扼杀天使"的真正凶手。

火鸡腿撤下后，上来了水果。谈话在侍者面前中断片刻，阿透失去了答话机会。他开始认识到，自己面对的敌手比预想的难对付得多。

"不过，难道你以为自己的愿望同别人的愿望两相一致就可以借别人之力顺利实现自己的如意算盘？人生在世，每个人都有自己的目的，每个人都只想自己的事。你当然也是除自己之外不想别人，以致终于在这点上走火入魔的。

"你以为历史存在例外，而例外是不存在的。你以为人有例外，而例外是没有的。

"这个世上不存在不幸的专利，正如不存在幸福的专利。既没有悲剧，也没有天才。你的信念和美梦的根基全是荒谬的。如果世上真有什么天生特别美、特别恶等天生与众不同的存在，造物主是不会听之任之的。造物主肯定将那种存在斩草除根，使其成为人们的深刻教训，让人们牢牢地记住这个世上根本没产生什么'得天独厚'的人物。

"你大概以为自己是不需要付出代价的天才吧？想象自己是飘浮在人世上空的一片不怀好意的美丽云絮吧？

"本多先生见到你，见到你的黑痣后，一眼就看穿了这点。于是下定决心，无论如何都要把你放在身边，救你脱离危险。如果不理不管，也就是说把你交给迷恋的'天命'的话，在二十岁就会被造物主杀死。

"本多先生想通过把你收为养子，击毁你荒谬的所谓'神之子'的自命不凡，给你注入世间普通的教养和幸福的定义，把你改造成随处可见的平庸青年，从而使你得救。你是不承认拥有和我们相同的出发点的，标记就是三颗黑痣。本多是想最大限度地救你，才隐瞒真相把你收为养子——这显然出于人的爱心，尽管是对人了解过多的爱心。"

阿透渐渐不安起来，问道：

"我为什么二十岁一定得死呢？"

"我想现在已不必担心了。关于这点，还是回到刚才的房间慢慢说给你吧。"庆子从桌旁立起，催促阿透。

吃饭时间里，客厅火炉燃起红通通的炭火。挂有出自光悦[1]之手的祥云挂轴的壁龛样式的板架下面是金色的小隔扇，左右拉开后，里面便是火炉。两人在炉前隔一张小桌面对面坐下。庆子一五一十地讲述了从本多口里听来的关于轮回转生的漫长过程。

阿透眼望忽高忽低的炭火茫然听着，就连燃尽的火炭的哗剥声也令他心惊肉跳。

火忽而围着火炭扭动着随烟腾起，忽而在黑炭之间推出平和明亮的火笼。火笼仿佛有人入居的住宅，耀眼的金黄色地板被粗糙的木炭隔成几间小屋，幽深而静谧。

有时，黑漆漆的木炭裂缝突然蹿起火苗，恍若黑夜平原尽头的野火。火炉里可以看到广袤的大自然的种种景观。而火炉深处不断跃动的阴影，恰如政治动乱的烽火在天空绘出的剪影工笔画。

一根木炭火苗渐趋衰微，细纹龟甲样的白灰如一堆白色的羽毛不安地颤抖着。而其下面，透出红通通、亮堂堂、安稳稳的火光。偶尔，木炭之间牢固的架构从最底端开始崩溃，同时又保持岌岌可危的平衡，如空中堡垒现出片刻庄严的辉煌。

然而，一切都流转不居。火苗看上去安详平稳，但这种状态本身便是不间断的瓦解过程。目睹一根木炭完成使命而

---

[1] 本阿弥光悦（1558—1637），日本江户初期著名书画家、陶瓷艺术家。

归于解体，心里反倒产生宽释感。

阿透听罢，缓缓开口道：

"话倒蛮有意思。可到底有什么证据呢？"

"证据，"庆子略一踌躇，"真理难道还需要什么证据？"

"你口中的所谓真理，倒更像是胡言乱语。"

"硬是要证据的话，本多先生现在也应当珍藏着松枝清显那个人的梦日记，你可以要来看看。据说日记写的全部是梦，而又一一成了现实……不过，刚才说的这些，也可能同你没有一点关系。不错，金让是死于春季，而你的生日是三月二十日，并且同样有三颗黑痣，因此很容易使人认为你必是金让转世。问题是金让的死期弄不确切。金让的双胞胎姐姐也只说是春天，粗心的是她没有记清妹妹的忌日。本多后来用了很多办法，可惜详情始终不得而知。所以，假定金让被蛇咬死是在三月二十一日以后，你就可以无罪获释。转世至少需七天时间。就是说，你的生日必须在金让死后七天以上。"

"我的生日其实也是不准确的。父亲出海期间降生的，没有人好好照料，报户口那天就成了生日。真正的生日实际在三月二十日之前。"

"就是说越往前准确率越低，是吧？"庆子以冷淡的口气说，"尽管这样，也可能毫无意义可言啰！"

"毫无意义可言？"阿透略显愠怒地反问。

刚才听的胡言乱语信与不信暂且不论，而现在又说其同自己的关联毫无意义，这无非暗示庆子对自己存在价值的漠视。她具有一种视他人如粪土的能力。这是庆子永远开朗的根本原因。

庆子晚礼服的多彩珍珠，在炉火的辉映下放出妖冶的光彩，如夜虹绕身一般璀璨。

"是的，是毫无意义。不是吗？你一开始就可能是冒牌货。在我看来你肯定是冒牌货！"

阿透审视着炉火对面说得如此斩钉截铁的庆子的侧脸。炉火给那侧脸镀上光辉瑰丽的轮廓，显得无比壮观，矜持的高挺鼻梁配以火光闪闪的眸子，足以使其身旁的人陷入孩童般的焦躁不安，面临高屋建瓴的重压。

阿透涌起杀意，思索如何将这女人弄死，并且死之前要使她惊慌失措，低头求饶。无论绞杀还是顺势将那张脸一把按入火丛，庆子都很可能泰然自若地朝这边转过映满火光的脸，任凭头发绕脸腾起悲壮的火焰。阿透的自尊心已经火辣辣作痛，害怕再被庆子下面的话语刺出血来。他生来最惧怕的就是自尊心受创流血。自尊心血友病一旦流血便无法控制。正因如此，他才一直利用自己所有的感情，时时在感情与自尊心之间画一条线，躲开爱的危险，身披满带尖刺的铠甲。

然而庆子毫不激动，一如平日地拉开畅所欲言的架势。

"半年后你要是不死，冒牌货这点就最终得到证明，至少可以明白你并非本多先生所物色的美丽胚胎的转世，而是昆虫学所说的仿真亚种一类的货色。我想用不着等什么半年这么久，依我看，你不具有半年必死的天命。你一不具有必然性，二没有任何一样令人觉得失之惋惜的东西。你没有任何东西足以使人梦见你的失去并在醒来后仍觉得这世上倏然落下一道阴影。

"你不过是个耍小聪明的小乡巴佬，卑鄙、猥琐多得到处横躺竖卧。你正在耍弄半生不熟的手段以宣布养父是'准禁治产者'，从而把他的财产尽快弄到手。吃惊了吧？没有我不知道的。钱权到手后，下一个目标是出人头地，还是养尊处优？反正你所想的半点不比世间一般平庸青年的想法高明。本多先生对你进行的教育，结果不过仅仅使你意识到你的本来面目罢了。这倒是他始料未及的。

"你没有任何特殊之处，我保证你长命百岁。你绝不是得天独厚的人物，你和你的行为绝对不可能成为一体。你本来就不具有以神奇的速度毁灭自己那种闪电般的年轻的蓝光。你有的只是尚未成熟的老成。你一辈子都仅仅适合靠吃利息为生。

"你根本不可能谋杀我和本多先生。因为你的恶是合法的恶。你自我陶醉在观念衍生的妄想之中，本不具有那种天命却又自命不凡，一心以为看穿人世的终端却又得不到水平线彼岸的邀请。你与圣光与神启全无缘分，你真正的魂灵既不存在于肉体又不见于内心。而金让的魂灵至少蕴含在流光溢彩的肉体中。造物主对你不屑一顾，根本不对你怀有什么敌意。本多先生寻找的转世生灵是造物主亲手创造而又不由得产生妒意的存在。

"你是个百无聊赖的一介小才子，一个适合育英财团口味的优等生：只要对方出学费你就能顺利考上大学，理想的工作也会自动找上门来。因而你也是那些人道主义者们的宣传材料——只要充分提供物质条件，便可以大量发掘出被埋没的秀才——如此而已。本多先生待你好得过分了，你不过是他'放错调料'的产物。假如调料放得正确，是可以将你拉回正路的。要是你给哪个俗不可耐的政治家当上秘书，说不定你会觉悟过来，迟早给你介绍就是。

"你的话我牢牢记住好了。你自以为所见、所知、所洞察的东西仅仅限于三十倍望远镜那小小的圆圈里而已，如果你以为那便是整个世界，你原本可以永远幸福的。"

"不是你们从那里把我拉出来的吗？"

"说到底，是因为你自以为与众不同，自己从里边兴高采烈地爬出来的，不是吗？

"松枝清显被恋情俘获，饭沼勋被使命俘获，金让被肉体俘获，你究竟被什么俘获了？被自以为与众不同的毫无根据的认识，对吧？

"如果说从外部被什么俘获并被狠命拖来拉去是所谓'天命'，那么清显也罢阿勋也罢金让也罢，是有天命的。而从外部把你俘获的是什么？是我们！"

庆子恣意闪耀着胸口金绿色的孔雀屏笑道：

"是我们两个对人生大多事情已经生厌的、喜欢恶作剧的冷酷老人！你的自尊允许你把我们这样的存在称为天命吗？——这么寡廉鲜耻的老头和老太婆，一个偷看专家，一个同性恋者！

"不错，你是以为自己看透了世界。但把这样的小毛孩子引诱出来的则是以死作押的'看透老手'。拉出自以为是的万事通的，只能是更为老奸巨猾的同行。其他人绝不可能敲你的门。所以，你原本可以一生都不至于被人敲门，但那样也是同一回事，因为你没有什么天命，你不可能有美丽的死。你不可能成为清显、阿勋或金让那样的人，你能成为的不外乎愁眉苦脸的财产继承人……今天请你来，就是为让你刻骨铭心地懂得这点。"

阿透气得双手发抖，眼睛怔怔盯住火炉旁挂着的捅火棍。自己现在很容易佯装准备捅奄奄一息的火苗而伸出手去，至此不会引起怀疑，往下只消高高举起即可。阿透已实实在在地感觉出铁棍攥在手心的重量，真真切切地看到鲜血溅在路易式金光椅和炉架祥云挂轴上的情景，但他终未伸手。喉咙渴得冒烟却又不得讨水，脸颊因仇恨而发烫，这使他有生以来第一次感到自己可能有的热情。只是这热情已被封死，没有出口。

第二十八章

本多居然接到阿透一个谦恭的请求：借清显的梦日记给他看。本多顾虑重重，但拒绝更为不妙。讲定借三天，结果一周过去了。在他心想今天务必讨回的十二月二十八日清晨，吃惊地听到女佣们的一片哭叫声。阿透在自己卧室服毒了。

时值年末，一时找不见关系要好的医生，便顾不得体面，只好叫救护车来。一路嘶鸣的救护车开到大门口时，邻人已筑起人墙。人们满怀期待，期待已发生过一桩丑闻的人家再发生一件丑事。

昏睡状态仍在持续，甚至伴有痉挛，但命好歹保住了。及至昏睡醒来，眼睛剧烈疼痛，出现双眼视力障碍，完全失明了。毒物侵入视网膜神经节细胞，导致无法恢复的视神经性萎缩。

阿透服下的是工业用溶媒甲醇，是托一个女佣从其亲属办的一家小工厂趁年终忙乱让人偷出来的。对阿透唯命是从的女佣哭诉万没想到是阿透自用。

失明的阿透几乎不再开口。转年，本多问起清显梦日记的事。

"服毒前烧了。"阿透简单地回答。

本多问为什么烧了。阿透的回答十分干脆：

"因为从没做过梦。"

这期间，本多几次求庆子帮忙。但庆子的态度颇有令人费解之处，似乎只有庆子一个人了解阿透自杀的动机：

"那孩子自尊心比一般人强得多，大概是为了证明自己是天才而死的吧！"

追问之下，庆子如实道出圣诞正餐时所说的一切。庆子坚持说是出于对本多的友情，但本多这时却宣布同庆子绝交。长达二十年之久的美丽友谊至此打上了句号。

结果，本多免于"准禁治产"。倒是阿透因在本多死后继承财产时作为盲人需要法律上的"辅佐人"而处于必须被宣布为"准禁治产者"的境地。本多通过公证立下遗嘱，指定了能够长期扶持阿透的最可信赖的辅佐人。

失明的阿透不再上学，整天待在家里。除了绢江，他不同任何人说话。本多把女佣们全部打发掉，另请了一个当过护士的妇女。阿透一天大半时间都在绢江厢房里。窗户里终日传出绢江的柔声细语，阿透则一一应答不倦。

翌年三月二十日过罢生日，阿透全无死的迹象。学盲文，已经可以看书了。一人独处时静静地听音乐唱片。他可以从院里小鸟的叫声分辨鸟的种类。一次，阿透向本多开口了——已有好久没同本多说话——提出让他同绢江结婚。本多知道绢江的疯病属遗传，便痛痛快快地答应下来。

衰老日甚一日，末日征兆悄然降临，就像从理发店回来感到有头发一下下刺扎胸口一样，每当想起时死便一下下刺着脖颈，而忘记时则无此感觉。本多知道迎接死期的条件已在某种力的作用下尽皆成熟，然而死仍不到来，他很不可思议。

在这段家中兵荒马乱的时间里，虽仍多次感到胸闷，但他已不像往日那样匆匆忙忙奔往医院，而改为自我诊断，认定是消化不良所致。春秋更迭，食欲的缺乏则依然如故。假如这是阿透自杀未遂等种种烦恼造成的，自然为一向轻视自身烦恼的本多所不解。倘若自我感觉中的略微消瘦也是起因于无意识之境的苦恼和悲哀，更是出乎意料。

至于苦恼属于精神方面还是肉体方面，本多开始觉得其中已不存在赖以区别的界线。精神屈辱同摄护腺肥大之间有何区别呢？某种撕心裂肺的悲哀同肺炎导致的胸闷之间又区别何在呢？衰老完全是精神与肉体两方面的病症。但如果说衰老本身为不治之症，则等于说人存在本身即乃绝症，而且根本不是什么存在论方面哲学方面的疾患。我们的肉体本身就是病，就是潜在的死。

如果衰老是病，那么作为衰老根本原因的肉体才恰恰是病。肉体的本质在于消亡。肉体之所以被置于时间之中，无非是为了证明衰亡，证明毁灭。

人为什么在开始衰老之后才悟出这点呢？即使心隐隐约约地听出肉体如短暂的正午时分掠过耳边的蜂鸣一样的低吟，也很快忘在一边。这是为什么呢？比方说，身强体壮的年轻体育选手在完成项目后只是陶醉于淋浴的爽快，而并未在注视飞霞一般溅过光润皮肤的水滴时感到自己这生机勃勃的肌体便是来势汹汹的病患，便是闪着琥珀光泽的黑暗块体。这是什么缘故呢？

时至今日，本多才领悟到"生即是老，老即是生"，认为这对同义词总是相互诽谤是不对的。年老之后，本多方认识到降生以来八十年时间里即使最欢喜之时也不断感到的不如意的实质。

这种不如意之所以在人的意志的此侧或彼侧撩起不透明的雾霭，是因为意志害怕面对生老本是同义词这一残酷的命题，是人的意志本身释放的隐身烟幕。历史了解这点。在人的创造物之中，历史是最具非人工性质的产物。它统领人的所有意志，将其拉向自己身边同时又像加尔各答的迦梨女神那样一个个吃掉，吃得满嘴流血。

我们不过是用来给某种生灵充饥的饵料。死于火中的今西以其特有的玩世不恭意识到了这点，尽管浮光掠影。对神也罢对命运也罢，抑或对人类行为中将二者合而为一的历史也罢，人直到年老都对此浑然不觉确属明智之举。

但本多是何饵料呢？大约是一无营养，二无滋味的干干巴巴的饵料。一向本能地避免充作美味饵料的凡事谨小慎微之人，作为人生最后一个愿望，试图以自己索然无味的认识小骨刺伤扑食者的口腔，却又必然以彻底失败而告终。

目睹自杀未遂而失明的阿透到二十一岁仍继续存活，不知不觉中，本多已再无精力寻找二十岁死去的转世者的真正化身的真正转世者的下一个化身。即使有也无所谓了。事至如今，自己既无亲临其境的时间，又无此必要。或许星辰的运行已偏离自己，产生某种微乎其微的误差，从而将金让转世者的行踪同本多引向茫茫宇宙的两极。三代化身在耗尽本多毕生心血而又无意伴随其走完生命旅程之后（这点也是偶然中的偶然），现在忽然曳着光芒飞向本多知所未知的天空一隅。或许本多将在什么地方再次见到其第几百个、第几万个、第几亿个化身。

无须着急！

从不曾急于赴死的本多想到，既然自己都不知道本多的轨道将本多带往何处，着急又有什么用呢？他在贝拿勒斯见到的，是所谓作为宇宙元素的人的生生不息。来世不摇曳于时间的彼岸，也不闪耀在空间的远方。假如死而还于四大，融而归一，那么反复轮回转生的场所也并不一定是这人世的某处。清显、阿勋和金让相继出现在本多身边，恐怕纯属荒诞的偶然。倘若本多的一个元素同宇宙尽头的一个元素性质相同，在失去个性之后便无须故意穿越空间和时间来履行交换手续。因为在这里同在那里完全是同一回事。来世的本多纵令置身于宇宙的另一终极也全不碍事。断线落在桌面上的无数彩珠再按新的顺序穿起就是，只要不掉在桌下，桌上珠子的数量就不会改变，这正是不灭的唯一定义。

本多现在觉得，"我思我在而无生无灭"的佛理在数学上也是正确的。所谓"我"，原本就是我认定的，故无任何根据，无非珠子在线上的排列顺序。

这些想法同本多肉体极其迟缓的衰亡，如车的两轮相符相合，毋宁使他感到颇为快慰。

胃部从五月就开始疼痛，一直缠绵不愈，有时竟痛到脊背。若仍同庆子要好，日常交往必然谈及病痛，一方随口说出肉体轻微的不适，另一方便煞有介事地大肆渲染，竞相表现近乎挖苦的关切、呶呶不休地夸大其词、倾其所知地命以恐怖的病名，随即半开玩笑半看病地跑去医院。而在同庆子绝交之后，本多竟至失去了看病的热情和不安，大凡可以忍受的病痛，都靠按摩一时应付过去，甚至医生的脸都懒得见了。

况且，全身的衰老与波涛一般时高时低的病痛的袭来，反而给本多的思考以刺激，使他原本越来越难以集中于一点的、老化的脑髓重新产生针对同一主题的集中力。不仅如此，还将不快与痛感积极转化成思考，甚至为过去仅仅依赖于理智的思维注入了丰赡而活跃的生命因子。这是本多进入八十一岁高龄后才悟得的妙境。本多体会到，较之理智较之理性较之分析力，肉体的异样脱落感、内脏的闷痛、食欲的不振更能使自己痛快淋漓地纵览世界。只消在无比明晰的理智所审视的如精巧建筑物的世界上加上一点无可形容的背部痛感，立柱和房顶就会眼看着出现龟裂，原以为坚固的石料变成软木，以为坚不可摧的构件变成不定形的黏液状块体。

本多自行体味出于世上只有少数几个人才能体味的感觉上的修炼，即"生乃存在于内侧的死"。这种生与以往的生——或希冀恢复一度老化的健康，或自信痛苦是暂时的而盲目乐观，或认为幸福是虚幻的而贪得无厌，或忖度幸福过后必有不幸，或将周而复始的起伏消长作为自己预测的根据而在平面旅行——不同，它从终端一侧来看世界。而只要看上一眼，一切都确定下来，一切便在一根细绳的牵引下向终端齐步迈进，事物与人物之间的界线消失不见。无论装模作样的数十层之高的美国式建筑，还是在其下面走动的孱弱不堪的男男女女，都将在同样拥有"比本多活得久"这一条件的同时以同一重量同样拥有"必然奔向死亡"这另一条件，一如百日红的突然被砍。本多失去了同情的理由，失去了引起同情的想象力的源泉。他的气质原本就缺乏想象力，可谓两相合适。

理智仍旧在动但已开始结冰。美尽成幻影。他失去了力图推行某项计划那种人类精神中最邪恶的倾向。在某种意义上，这恰恰是肉体痛苦所赐予的无与伦比的解放。本多听到如黄尘一样笼罩世间的人们的谈话——必须修饰以喋喋不休的谈话：

——老伯，病好了一起去趟温泉吧！是汤本好呢，还是伊香保好？

——好的好的。

——都说眼下正是买股票的好时机，此话当真？

——等我长大，一盒奶油点心就可以一个人全吃掉了吧？

——来年两人一块儿到欧洲去！

——再过三年，存款就够买游艇了，等得我好苦啊！

——在孩子长大成人之前，我可是死也闭不上眼睛的哟！

——拿了退职金建栋房子，安度晚年喽！

——后天三点？不清楚能去还是不能去，真的不清楚嘛。到时看有没有兴致吧。

——来年得买新空调啦！

——伤脑筋啊，明年起码交际费得削减一点吧！

——到二十岁就能随便抽烟喝酒了，对不？

——谢谢，谢谢。那么我就不客气，下星期二晚上六点到府上打扰。

——所以我不是说过了吗？那人总是那么一副德行。等着瞧，不出三天肯定羞羞答答地找你道歉。

——那，明天见，再见！

狐走狐道，猎手只要埋伏在那道旁树丛里，肯定手到擒来。

身为狐狸而具有猎手的眼光，明知被擒而偏走狐道——本多认为这便是眼下的自己。

季节正向夏日成熟。

十月中旬，本多终于出门，同癌症研究所的医生预定了诊疗时间。

去医院检查的前一天，本多看了平时很少看的电视，电视正在转播一处游泳池光景。正值梅雨初晴的午后，如同人工着色饮料蓝得令人不快的池水里，青年男女或上或下，或拍打水花欢呼雀跃。

往来晃动的香喷喷、鲜亮亮的肉体！

他可以对这些肉体全部视而不见，而想象成是一具具骷髅沐浴着夏日阳光在水池里嬉戏。但毕竟寻常而无聊，况且任何人都可以如此想象。对生的否定是至为容易的，即使最平庸的人也能从所有的青春形象中透视出骷髅。

然而这到底算是什么复仇呢？本多即将在未曾体会到健美肉体持有者的心境的情况下关闭生涯的大门，如果能进入那肉体之中生活该何等快意啊！哪怕仅仅生活一个月也好，他恨不能马上那样。自身拥有健美肉体将是怎样一种心情呢？俯视匍匐在自身肉体面前的人们将是怎样一种感受呢？尤其对自己健美肉体的跪拜不采取平和的形式而达到狂热崇拜的地步以致只能使本多感到痛苦的时候，便能够在陶醉在苦闷当中获得圣灵之性吗？本多最大的损失，正是失去了通过肉体而获得圣灵之性的这道黑暗狭窄的关隘。当然，这也是极少人才获准具有的特权。

明天就要在相隔许久之后去医院检查了。不知结果如何，但不管怎样，都应好好洗浴一番，便吩咐晚饭前备好洗澡水。

本多早已无须顾忌阿透雇用的做护士的中年女管家，她是个两次丧夫的不幸妇女，将本多照顾得无微不至。本多甚至开始考虑是否把遗产分赠她一部分。她拉着本多的手领他到浴室，又怕本多滑倒，详详细细地叮嘱一番，这才离开。人虽离去，而牵挂之情仍像扯不断的蛛丝一样留在了更衣室。本多不愿意让女人目睹自己的裸体。在被洗澡水热气熏得模模糊糊的立镜前，本多脱去浴衣，打量镜子里自己的身体：肋骨阴影道道，腹部往下渐趋鼓胀；其阴影下面，垂着一条彻底枯萎的阳物；再往下是肌肉仿佛被齐刷刷削掉的青白色纤细的下肢；膝盖如肿包突兀而起。需要多少年工夫才能使得自己面对如此丑态而坦然自若啊！不过，本多想到即使再年轻潇洒的男子到老年也是这般模样，便每每对世人发出些微的怜笑。怜笑使他得到了解脱。

检查需一天。这天又来医院时，医生提出：

"马上住院吧。还是尽快动手术为好。"

本多心想，这天果然到了。

"不过说起来，以前您倒是常来医院，近来却一次也不光顾了，结果就出了毛病。可要注意哟，万万马虎不得的！"

医生用似乎安抚生活不检点之人的口气说道，笑的方式也甚是奇妙。

"好在像是良性胰肿瘤，摘除就万事大吉了。"

"不是胃？"

"是胰。要是愿意，胃镜照片也可以给您看的。"

胃内的隆起反映胰有肿胀现象，与初次触诊的结果一致。本多请求推迟一星期住院。

回到家，立即写了封信，用快信寄上。信上说七月二十二日去月修寺。信应该明天二十日或后天二十一日到。信中希望自己的心迹感动住持以求一见，同时写了六十年前的原委，又加写了自己的履历，还道歉说因时间仓促这次不能携介绍信云云。

二十一日动身的早上，本多说要到厢房阿透住处去一下。

这次旅行，女管家再三央求一起去，但本多执意不肯，说无论如何只能一个人。女管家便详详细细交代了旅行注意事项，往旅行包多塞了些衣服，以防在开冷气的房间里受凉感冒。对老人来说，旅行包算是够重的了。

本多说要去阿透和绢江那里，女管家又再次如此这般提醒本多。这里边有事先自我辩解的目的，因为有些方面在本多眼里很可能是照看不周所致。

"有件事得跟您讲一下。阿透近来一直只穿一件白底蓝花睡衣。绢江对这衣服中意得很，每次叫脱下洗一洗，他都发脾气咬我的手指，只好听便不管。阿透还是那么不声不响，大白天也只穿一件睡衣，看样子一点也不在乎。这点请多多包涵……另外，这话真不大好开口，听厢房女佣说，绢江早上想吐，吃饭也和以前不同了。本人倒显得欢天喜地，说是什么病重的表现，但愿不是这样。"

这是一种相当明确的预兆，说明自己的后裔将失去理性的明晰。而女管家并没注意到此时本多的眼睛是何等炯炯有神。

厢房的格子门大敞四开。沿小径往院里走去，房内情形一目了然。本多用力拄了下拐杖，在檐廊坐下。

"哎哟，是爸爸，早上好！"绢江道。

"早上好。是这样，我准备从京都去一次奈良，要两三天时间，想托你看家。"

"噢，出门旅行？真不错。"绢江兴味索然地应着，接着做手里的活。

"在做什么？"

"准备婚礼呀！怎样？好看吧？不光我，还要给阿透打扮打扮。人们肯定说有生以来从没看见过这么漂亮的新郎新娘！"

交谈时间里，戴着墨镜的阿透就坐在本多近旁，夹在绢江和本多中间，一声不响。

对阿透失明后的生活，本多没有时间问，并尽可能不启动本来就缺乏的想象力，只知道那里存在一个一直活着的阿透。

然而失明后不再给本多以任何威胁的这沉默的块体，却使本多心情无比沉重地感受到来自他人的压力。

墨镜下的脸颊愈发苍白，嘴唇愈发朱红。阿透原本就好出汗，从睡衣敞开的领口露出的白皙的前胸闪着汗珠。他盘腿坐着，任由绢江处理。但神经质地把左手时而伸进睡衣下摆搔腿、时而搔胸的动作，分明表示出他清醒意识到本多就在自己身边。只是，动作虽然放肆，却全然没有力度，仿佛头顶广大而空虚的天花板垂下一条细绳在操纵他的一举一动。

听觉应该是敏锐的，但感觉不出正在积极捕捉外界的信息。除绢江以外，任何人待在阿透身旁都一定觉得自己不过是阿透所遗弃的世界的一个断片，不过是被扔在夏日杂草丛生的空地上的一个生锈的空铁罐，无论你多么充满自信。

阿透一不轻蔑，二不抵抗，仅仅默坐罢了。

曾几何时，美丽的眸子和美丽的微笑——哪怕是伪装的——使他姑且为世人所了解。现在则连唯一可以表现的微笑也不见了。如果流露出悔恨或悲戚，也还可以予以安慰，然而除了绢江，阿透不让任何人看出感情，而绢江也不向人诉说她所窥见的天地。

蝉鸣一清早就很嘈杂。从檐廊抬头看去，晨光从院子里久未修剪的树木枝梢间透出，倾珠泻玉，闪闪耀眼。房间里于是愈发显得幽暗。

厢房前面的茶室院景完完整整地映在阿透原本就似乎拒绝

接受外界的墨镜片上：石盆旁边的百日红被砍倒后，再无像样的树木，称不上是枯山水[1]的几块石头间杂草甚是葳蕤，周围杂树叶片泻下的光点也尽皆留在墨镜上。

阿透的眼睛再也不能反映外界。相反，早已同其失去的视力和自我意识毫无关联的外界则开始密密麻麻地占据墨镜的表面。本多朝镜片看了看，见上面只照出自己的脸和背后的茶室小院。他反倒有些不可思议起来。如果阿透往日在信号站终日观看的海面、船舶及华美的烟囱标识等无数景观原本就是同阿透自我意识密切相关的幻影，那么，墨镜下面时而翻动一下白眼睑的盲目之中纵使永久密封着那些影像便也不足为奇。对阿透来说，既然其内部已永远成为世人不可知的世界，那么海也罢船也罢烟囱标识也罢，理应同样被软禁在这不可知的领地。

不过，假设海与船均属于同阿透内部无关的外界，原本也该宛如精致的工笔画历历出现在墨镜凸片上，然而又并非这样。那么说，莫非阿透已把外部世界一股脑儿吞进其黑暗的内部不成？……如此想着，正巧一只白蝴蝶掠过圆圆的墨镜画上的小院。

阿透盘腿坐着，脚心从衣服下摆向上翻仰，毫无血色，尽是皱纹，活像溺水死尸，而且满是污垢，犹粘了一层铁箔。

---

[1] 以石为山，以沙为水的日本式人工庭园，取意于室町时代传入日本的中国宋、明山水画。

睡衣皱皱巴巴,早没了线条,尤其是沁出的汗水已把胸襟染上发黄的卷云。

本多一进来就嗅到一股异臭,随后渐渐明白,原来是阿透身上衣服藏纳的污垢、油渍以及年轻男子发出的夏日脏水沟样的气味伴随淋漓的汗水味儿充斥着四周。阿透连那惊人的洁癖也抛弃了。

相反,花毫无芳香。房间里那么多花,却闻不到香味儿。蜀葵大概是绢江叫人从花店买来的,红白花瓣散落在草席上,估计有四五天了,花已枯萎。

绢江在自己头上插了白蜀葵,不单单是插,还用橡皮筋随便缠了几道。花朵于是各朝不同方向搭垂下来,干枯的花瓣随着绢江急促的动作,发出相互摩擦的声响。

绢江站站起起,往阿透头发上——头发倒依然茂密乌黑——装点红蜀葵花,先用细腰绳样的东西把阿透的头发束起,再横竖插上枯萎的红花,看上去活像在练习插花,插上两三朵,便站起从远处端详一番。有几朵花摇摇欲坠,阿透的耳边、脸颊不可能不感到厌烦,但他默默无语,任凭绢江随意处理脖子以上的部位。

看了一会儿,本多站起身,回自己房间换衣准备出门。

第二十九章

本多听说去奈良的公路比过去便利多了,决定在京都留宿。在古都宾馆住了一晚,预约了二十二日中午乘的出租车。天气预报说酷热多云,山根一带有小阵雨。

上了车,本多深深舒了口气:夙愿终于要实现了!他觉得一阵清风透过卵黄色的老式麻料西装,仿佛整个疲劳的身心都成了通风的凉席。考虑到车上的冷气,他带了一条盖膝用的毛毯。宾馆所在的蹴上一带的蝉鸣,竟隔着紧闭的车窗玻璃传来耳畔。

车一启动,本多便下了个大决心:今天自己做起事来绝对不能再像要看别人肉里的骨骸。那仅仅是一种观念作怪。这回要如实地看,如实地刻在心里。这是自己在这世上最后的慰藉,也是最后的任务。今天一定痛痛快快地看,专一地看,虚心地看,映入眼帘的一个也不放过!

车驶出宾馆,从醍醐三宝院旁边穿过后,过劝进桥开上奈良国道。从奈良公园经天理去带解,大约需一个小时。

本多发觉,京都街头有许多妇女打阳伞,这在东京已很少见到。阳伞下,有的脸色光朗,也有的——可能同伞的花纹颜色有关——脸色阴暗；有的因光朗而动人，有的因阴暗而妩媚。

从山科南诘往右拐，便是空旷的郊外。上面已有了一些小工厂，夏日的阳光明晃晃倾泻下来，汽车站等车的全是妇女和小孩儿。里面有一位孕妇，印有大花的裙子下热不可耐地隆起，从其脸上亦可窥见暴流一般的生活长河中浮泛的渣滓。她背后是一小片西红柿园，上面落满了灰尘。

从醍醐开始，触目皆是如今日本到处可见的索漠的新兴景观：新建材屋顶和蓝琉璃瓦屋顶、电视天线、高压线和小鸟、可口可乐广告、带有停车场的快餐店……直刺刺长满野菊花的悬崖边上有一处废汽车堆放场。瓦砾中，蓝、黑、黄三辆汽车岌岌可危地叠积在一起，车身油漆被太阳烤得一塌糊涂。看着平时汽车绝不表现的如此叠床架屋的狼狈相，本多不由想起小时候读过的探险故事中大家临死前来到的堆满象牙的沼泽地。汽车或许也是自知死期在即而自行聚集在这个墓场，看上去那般开心快活，那般寡廉鲜耻，对人毫无顾忌，好一派汽车气度。

驶入宇治市，群山这才显得苍翠欲滴。"美味冷糖饴"字样的招牌从旁闪过，青青嫩竹一直弯向车道。

过宇治川观月桥，进入奈良地界。驶过伏见、山城一带，"距奈良二十七公里"的标识扑入眼帘。时间流逝。每次见到这类标识，本多都不免想起"此去黄泉只一程"那句话。他不可能想象自己再原路返回。路标接踵而来，赫然显示出本多要行进的路程……"距奈良二十三公里"，死正一公里一公里迫近。他不顾放跑冷气，将车窗开一条小缝。蝉的叫声立时耳鸣一般跟踪而来，似乎整个人世在夏日的炎阳下发出寂寥萧索的回声。

又是加油站，又是可口可乐……

不久，右侧出现木津川翠绿色的漂亮长堤，堤面空无人影，只有疏疏落落的树顺势在天空划出一道横线。空中云影凌乱，碧光斑驳。

那是什么呢？车沿堤行驶的时间里，本多莫名其妙地想道。那平坦坦的绿坛之上，好像摆着女儿节偶人的装饰架。俄而又只剩下光影交错的天空，一度摆设的偶人已不复再见，但也可能摆着透明偶人以致肉眼看不见罢了。莫非陶俑？黑乎乎的陶俑在光风中一下子粉碎后会在空气中留下痕迹吗？或许唯其如此，长堤才这么壮丽、这么谦恭地捧献出一排陶俑留下的光的天空？抑或眼前感觉到的光其实是深不可测的黑暗的底片？

想到这里，本多觉得自己的眼睛又转向事物的背后，而这是一出宾馆就严格禁止了的。如若故伎重演，这现象世界势必重遭崩毁的厄运，一如因本多一眼看穿的小洞而一泻千里的长堤……无论如何得稍稍、稍稍忍耐一下，必须把这如水晶工艺品一样不堪一击的小巧玲珑的世界轻轻放在手心好好保护……

汽车沿着木津川左侧继续行驶，小岛繁多的河面真真切切地在眼下闪现出来，方的高压线似乎承受不住酷热，松松垮垮地大幅度弯向河面。

片刻，木津川迎面拦来。过得银色铁桥，标识上已是"距奈良八公里"字样。芒草尚未抽穗，其间闪出几条白刷刷的乡间小道。路旁竹丛茂密起来，吸足阳光的滚烫的嫩竹叶闪烁着小狐皮样柔和的金光，在周围常绿树沉沉的暗绿中格外显眼。

奈良出现了。

刚驶下峡谷斜坡，东大寺宽大的飞檐和金色的翘角便从正面松树林中气宇轩昂地压向前来——正是奈良。

汽车开进深幽闲寂的奈良市区，店铺都有遮阳帘，一片阴暗，有的吊起待售的白手套。从这些古旧的店前穿过后，汽车进入奈良公园。阳光愈发强烈，如有知了笼挂在本多脑后一般鸣叫不止的蝉声愈发劈头盖脑。梅花鹿夏日里的点点白斑浮现在深深浅浅的日光里。

穿过公园，进入天理地段。车在阳光闪耀的田垄间行驶，来到古朴的小桥下时，道路一分为二：右拐通往带解站的带解寺，左拐通向月修寺所在的山麓。这田间路也早已铺了沥青路面，车畅通无阻地开到月修寺山门前。

第三十章

到寺门还有很远一段上坡路，车可以直达寺门。司机望着云絮所剩无几而日光变本加厉的天空，执意要开车送本多上去，说老人步行太勉强。但本多断然拒绝，让司机在山门前等候。他无论如何都想亲自体验一下六十年前清显的辛劳。

本多凭依拐杖，背对山门内富有诱惑性的树荫，站在门前眺望来时方向。

四下里，知了声、蟋蟀声此起彼伏。如此闲寂之地，仍有田野远处天理市汽车的喧嚣编织进来。但眼前的公路上却是全无车辆可寻，路肩印着细碎的沙影白光光伸展开去。

大和平原的悠闲情调一如往昔，平坦得如人间本身。远方，排列着小贝壳般房顶的带解镇闪着亮光，如今大概也有了小工厂，见有淡淡的烟柱升起。六十年前清显病危下榻的旅馆，位于镇上现在也应当可以见到的石板坡路的旁边。但旅馆本身想必不至于原样保留下来，前去探访也不可能有什么收获。

带解镇、整个平原的上方，晴空朗朗，纤云渺渺，唯有远方迷蒙群山腾起海市蜃楼般的云絮上端以其雕塑般的工丽切去一条碧空。

本多受不住炎热和疲劳的夹击,倏地蹲在地上。蹲下时,眼睛似乎被青草凶狠而尖锐的叶端上的光芒刺了一下。蓦然,鼻端掠过一只苍蝇,本多真怕它是因为嗅出了腐臭。

司机再次下车,担心地朝本多走近。本多瞪了他一眼,随即立起。

其实本多也担心自己能否走到寺门。胃和背部的疼痛同时袭来。本多甩掉司机,走进山门。他自我鼓励着,装出一副至少自己看上去干劲十足的样子,沿着凸凹不平的沙石坡路向上登去。路左边的柿树树干上如患了传染病似的贴满鲜黄色的青苔,右边路旁的蓟草则花瓣几乎落得精光,露出淡紫色的秃头。本多顾不得仔细看这些,兀自喘息着移动脚步,好在拐角处都稍微平坦。

投在前面路上的一道道树荫,给他以神秘莫测之感。这条下雨时想必变成河床的路不规则地时起时伏,阳光洒落处如裸露的矿床闪闪生辉,树荫遮掩处显然沁出凉意,仿佛有什么窃窃私语。原因在于树荫。至于原因是否果真来自树本身,本多则不得而知。

可以在第几道树荫下歇脚呢?本多问着自己,也问着手杖。第四道树荫位于汽车无法窥知的拐角,静静地招引本多。刚刚挨到,本多便瘫痪似的一屁股坐在路旁栗树底下。

本多以极度的现实感想道:开天之初,我便注定于此日此时在此树荫下休憩。

走路时忘了的汗水和蝉鸣,随着休息一齐涌来。他把额头触在手杖上,通过杖头银压迫额头的痛感来缓冲胃和脊背阵阵吃紧的疼痛。

医生说胰脏有肿瘤,并笑着说是良性肿瘤。笑着说,良性的。

要是把希望寄托在这上面,这一生算是白活!回京后拒绝手术这点,本多也并非没有想过。但他心里清楚,如果拒绝,医生会马上动员"近亲"施加压力。自己业已落入圈套。一旦落入生而为人这个圈套,前面便不可能有更可怕的圈套等待自己。本多改变主意:索性来者不拒,并要做出满怀希望的样子。就连印度作牺牲的小山羊,都能在脑袋落地后还挣扎那么久!

本多站起身。这回已没有监视者讨厌的目光,他倚着手杖,迈着踉跄得近乎放肆的脚步向上登去。登了一会儿,他觉得自己好像在拿踉跄开玩笑。霎时间,疼痛不翼而飞,脚步也轻快起来。

夏日青草的气息弥漫四周,路两旁松树渐渐多了。倚杖仰望天空,由于日光强烈,树梢无数松塔的鱼鳞影看上去如雕刻一般清晰。

不久,左侧出现一片荒芜的茶园,上面爬满蜘蛛网和牵牛花。

路的前方，仍横亘着几道树荫，眼前那道如破损的竹帘影透着光点，远处三、四道俨然丧服衣带黑得化不开。

他拾起路面上一个硕大的松塔，又乘势坐在巨松的浮根上，体内痛丝丝、沉甸甸、热辣辣的，疲劳得不到释放，如生锈的尖针弯曲着。

他掰了掰拾起的松塔，彻底干透开裂的焦茶色塔瓣一片片强悍地抗击着手指。周围有几丛鸭跖草，花已被烈日晒蔫了，雏雁一般跃动的叶片，护拥着已经枯萎的极小极小的蓝紫色花朵。无论背靠的巨松，还是仰面见到的青瓷色长空，抑或仿佛被扫帚划过的几片云絮，全部干涸得可怕。

本多不能分辨四下的虫鸣。有的虫鸣沉稳有致，为所有的虫鸣打下基调；有的虫鸣近似做噩梦时的咬牙切齿；有的唧唧不止，一味让人胸闷。

再次站起的本多怀疑自己是否真的有气力走到寺门。他一边走，眼睛一边数着前面的树荫。他要看看自己能在多大程度上忍耐这酷热，忍耐登攀带来的几乎令人窒息的痛苦，同时试试究竟能越过几道树荫。不料从开始数时算起，竟也越过了三道。有一道阴影树梢部分只及路宽的一半，为此他颇感犹豫，不知算作一道还是半道。

路稍稍左拐不多一会儿，左侧出现了竹丛。

竹丛本身即如世人的集体，有的芦笋一样纤细柔嫩弱不禁风，有的则绿得发黑粗粗大大似不怀好意，互相紧依紧靠难解难分。

在此他又歇了一回。擦汗时第一次看见了蝴蝶,离得远时,只见黑黑的剪影,及至飞近,才发现朽叶色的翅膀镶有蔚蓝色艳丽的花边。

有一方水沼,旁边一棵大栗树。本多在它黑绿色的阴影里再度歇息。一丝风也没有,只有豉母虫在青黄色的沼面曳出细细的水纹。一棵枯树贴着沼边横躺下来,如一座桥。唯独枯树那里闪着细密的涟漪,涟漪扰乱沼面天空的湛蓝。或许有树枝在沼底支撑的缘故,这棵连叶片都已枯萎发红的倒木的主干并未浸在水里。尽管在万绿丛中仿佛生满一身红锈,但仍保持了站立时的英姿,而不容争辩地继续以松自居。

本多像要捕捉从尚未抽穗的芒草和狗尾草中摇晃着飞出的小灰蝶似的爬起身。水沼对岸一片青白的扁柏树林正朝这边铺展,路面阴影渐渐多了。

汗水透过衬衫,似乎西装后背都已被沁湿。不知是热汗还是油汗,总之年老后如此大汗淋漓还是头一遭。

不一会儿,扁柏林让位给杉树林,其交界处孤零零地立着一棵合欢。那柔软的密叶如梦一般飘飘忽忽掺进杉树刚硬的针叶,给本多带来泰国的回忆。这当儿,那里飞出一只白蝴蝶来,在前边引路。

坡路突然变陡,估计寺门快到了。加之杉树深处透来一股凉风,本多脚步轻快了许多。原来横在路上的一道道阴影,现在成了一道道阳光。

白蝴蝶在幽暗的杉树间忽上忽下地飞着，飞过因点滴泻下的阳光而闪烁其辉的凤尾草，朝深处黑门那边低回飞去。本多想，不知蝴蝶何以全都飞得如此之低。

穿过黑门，山门即在眼前。想到总算来到月修寺门前，本多不胜感慨：六十年——自己活六十年——的唯一目的就是为了重访此地！

当面对可以望见里面游廊陆舟松的寺门站立时，本多几乎难以相信自己已真的身临其境。他甚至舍不得跨进寺门，心旷神怡地站在左右各有一扇耳门、上敷十六瓣菊花纹瓦的寺门立柱前。左门柱上挂一门牌，用秀气的小字写着"月修寺门迹"。右门柱上为印刷体，字迹已有些模糊：

天下泰平

奉转读大般若经全卷所收

皇基永固

穿过寺门，便是一条铺着小粒黄沙的甬路，黄沙间对角嵌着方形石板，沿着饰有五条卵黄色横线的院墙一直通到内门。本多用手杖一块块数着石板，数到第九十九块时，便已置身于内大门跟前。只见木格拉门合得紧紧的，扣手很别致，白色剪纸上带有菊花和卷云图案。

一时间，往日的记忆从全身复苏过来，宛然在目，以致本多忘了叫门，只是呆呆站着。六十年前，正当年轻的自己便是站在同一拉门前，站在同一块地面。拉门上糊的纸想必已换了上百次，但和那个春寒料峭的日子同样白刷刷地在眼前关得整整齐齐。门前地板的纹路也只是比以前略略凸出，并未显出久经风霜的老态。一切不过弹指之间。

他恍惚觉得清显仍把所有希望押在自己这次月修寺之行上面，在带解那家旅馆发着高烧等待自己的归去。假如知道自己已在这弹指之间沦为举步维艰的八十一岁老翁，清显不知何等惊诧！

出来开门的是一位穿对襟衫的六十来岁的执事，见本多很难跨上地板，便拉起本多的手，领他走过八叠、六叠等好几个房间，进入正殿。执事很客气地说来信内容已经领教了，请他坐在包有黑白相间布边儿的草席上面摆得方方正正的坐垫上。记忆中，六十年前不曾进过这里。

壁龛挂有雪舟摹写的云龙画幅，淡雅地插一枝石竹花。一位身穿白绉纱衫、系白腰带的老僧用方木盘端来红白两色糕点和冷茶。敞开的拉窗，可以见到满目苍翠的庭院。院里密密麻麻地长满枫树和丝柏。透过树的空隙，可以窥见游廊在书院墙上的投影。

执事说着万无一失的闲话，时间很快过去。本多觉得，只消在这凉风习习的殿里端然一坐，汗便消退，痛便减轻，甚至有羽化升天之感。

这便是原先以为不可造次来访的月修寺，自己现在就这样坐在它的一个房间里。死的临近轻而易举地促成这次来访，解开了系于存在深处的秤砣。爬山路的千辛万苦突然给自己一种身轻气爽的安详。如此说来，抱病走到这里的清显说不定也因遭拒绝而获得飞翔的力量。本多一时浮想联翩，甚至浮想都使他感到慰藉。

四下蝉声盈耳，但在幽暗的室内听来，竟带有钟声余韵般的清凉。执事再没提起本多的来信，时间很快在闲聊中流逝。本多又不便主动催问能否面见住持。

蓦地，本多觉得如此泛泛空谈便见不到住持，说不定执事看到了那本周刊杂志，而建议住持以身染微恙为借口拒绝见面。

实际上，本多心里也很为难，不好意思背此恶名求见住持。不过，若非负此耻辱、负此罪孽和死到临头，本多也不至于产生来这里的勇气。现在想来，去年九月那桩丑闻，倒是月修寺之行的第一个阴暗的推动力。再说确切一点，阿透的自杀未遂也好，失明也好，本多自身的发病也好，绢江的怀孕也好，全都聚为一点，凝为一团，敦促本多下定决心，使他沿着烈日下的山路奋勇冲到这里。否则，本多恐怕只能举头遥望山顶上的月修寺之光。

可是，倘若住持因此之故而拒不接见，便也只能认为是前世的报应，估计今生今世是不得相见了。但同时，本多心里又总觉得即使不能在这里——在此生此世的最后时刻和最后的场所——见到，也还是迟早可以相逢的。

正因如此，宽慰才代替了焦虑，达观才取代了悲戚，二者愈发清凉生津，使他得以承受时间的推移。

这当儿，重新露面的老僧在执事耳边低声说了句什么，执事转向本多：

"住持说马上面见，请，这边请！"

本多一时怀疑自己的耳朵。

对着小庭院的北客厅，拉窗大开，加之院里绿色过于鲜明耀眼，本多刚进来时竟没认出这便是六十年前谒见上一代住持的房间。

记得当时有一面色泽鲜艳的十二月风景屏风，现在则代之以芦苇风挡。隔着檐廊，蝉鸣声声入耳，庭院苍翠欲滴。梅树、枫树、茶树等绿丛深处，闪出夹竹桃的红色蓓蕾。踏脚石之间落着白白尖尖的竹叶，闪闪反射着夏日的阳光，同后山杂木林上方白光光的天空上下交辉。

险些撞墙的小鸟的振翅声使本多转过头来，原来一只飞入游廊的麻雀，扑打一下白墙飞远了。

里面房间的纸糊拉门开了，本多不禁并拢双膝——老尼住持拉着弟子的手出现了。这位身着白衣紫袈裟、脑袋青光闪闪的老尼，便应当是八十三岁的聪子。

本多不由渗出泪水，不敢正面仰视。

住持隔桌在眼前坐定，端庄秀丽的鼻子一如往日，漂亮的大眼睛顾盼依然。虽然今昔不同时，但本多一眼即看出是聪子。六十载光阴竟被她一步跨过，一般人从青春年少到风烛残年遍尝的俗世辛酸，她都一一得以幸免。面部变化不过如庭院里过得小桥从树荫来到阳光下之人那脸上的光亮变化而已。如果说当年正值芳龄的娇美是树荫下的碧玉，今日老年的风采则是阳光下的花容。本多想起今天从宾馆出发时阳伞下脸色或明或暗的京都女子，那明暗正好反映出美的性质。

莫非本多经历的六十春秋，对于聪子无非过桥走过明暗交替的庭院的片刻？

在聪子身上，老并非趋向衰竭，而是直指净化。光洁的肌肤静静生辉，美丽的眸子更加澄澈，仿佛体内有历久弥光的瑰宝，使得年老结晶为浑然天就的玉石，隐隐透明而冷峻，硬骨铮铮而圆润。双唇依然娇嫩，尽管有无数细纹，但每一条纹都如清洗过一般洁净。略微低俯变小的身体，含有无可言喻的威光华彩。

本多含泪低下头去。

"欢迎光临！"住持以爽朗的声音应道。

"贸然写信打扰，请多包涵，又承慨然接见，不胜感激！"本多不敢随便，寒暄十分郑重。听得自己喉头发出的这带有痰音的老声老气，自觉狼狈不堪，不由得又强调一句：

"那封事先奉上的信，想您已经过目。"

"嗯，拜读了。"话就此打住，陪同的弟子于是抽身离去，剩下住持一人。

"真叫人怀念啊！如您所见，我已成了今天不知明日的老朽之身！"听得住持已经看信，本多来了精神，语气中带有几分轻佻。住持旋即略微晃动一下笑道：

"信拜读了。见您如此热心，我想可能是佛缘，就决定见您一面。"

听到这里，本多心里残存的一两滴活力原液顿时迸发出来，恍惚回到六十年前雄姿英发地面对上一代住持的那一天。他索性丢掉客气，这样说道：

"为清显的事来这里最后一次相求时，前任住持没有让我见您。事后当然想通是出于迫不得已，但当时却是怨恨来着。不管怎么说，松枝清显是我最要好的朋友。"

"这位松枝清显，是什么人呢？"

本多目瞪口呆，耳朵诚然有点失聪，但这句话分明没有听错。住持此言委实莫名其妙，除了幻听找不出第二种解释。

"哦？"本多特意反问，想让住持重说一遍。

不料，住持把同一句话重复一遍，脸上既无炫耀之色又无韬晦之意，莫如说甚至可以从中窥见童女般天真无邪的好奇心，和下面淙淙浅流的静静的微笑。

"这位松枝清显，是什么人呢？"

本多这才察觉住持大概意在让他从自己口中说出清显的事来，于是在注意不致失礼的同时，摇动唇舌，依照唯恐消失的记忆述说了清显同自己的关系、清显的恋爱过程及其悲剧性结局。

本多滔滔不绝的时间里，住持始终面带微笑地端然正坐，随声附和了几次。不难看出，即使中间老僧送来冷饮，她优雅地端起送往嘴边的时候，也没有漏听本多的话。

听罢，住持以不带任何感慨的平淡语调说：

"倒是蛮有意思，只是我不认识那位松枝。至于他的那位对象，您恐怕记错人了吧？"

"可您原名不是叫绫仓聪子吗？"本多一边咳嗽一边急切切地说。

"是的，那是我的俗名。"

"既然如此，不会不认识松枝清显吧？"本多颇有些怒不可遏。

所谓不认识松枝清显，只能是装糊涂，不可能是什么忘却。当然，住持方面或许有某种缘由使她咬定说不认识清显。问题是，若是俗世女子倒也罢了，而身为德高望重的老尼居然撒此弥天大谎，不仅足以使人怀疑其信仰的虔诚，而且令人认为她压根儿就未曾皈依佛门。因为到这一境地都尚未摆脱尘世的伪善！本多寄托于此番会晤的长达六十载的迷梦，在这一瞬间灰飞烟灭。

面对本多超乎常规的追究，住持丝毫没有惊慌。尽管如此溽暑蒸人，那紫色袈裟却仿佛透着丝丝凉意。那声音、那眼神全然不为所动，谈吐依然流畅而动听：

"不，本多先生，在俗世受到的恩惠我一件也没有忘记。只是，的确没有听说过这位松枝清显。恐怕根本就没有这个人吧？您倒像是觉得有，而实际上则莫须有——事情会不会是这样的呢？听了您的这些话，我总有这么一种感觉。"

"可您我是怎么相识的？再说，绫仓家和松枝家的家谱也应该还有吧？户籍总还查得到吧？"

"俗世上的来龙去脉，固然能以此理清。不过，本多先生，您真的在这世上见到过清显这个人吗？而且，我和您过去的的确确在这世上见过面吗？您现在可以断言吗？"

"的确记得六十年前来过这里。"

"记忆这玩意儿嘛，原本就和变形眼镜差不多，既可以看取远处不可能看到的东西，又可以把它拉得近在眼前。"

"可是，假如清显压根儿就不存在……"本多如坠云雾，就连今天在这里面见住持也半像是做梦。他像是要唤醒自己——如同哈在漆盆边上的气晕一般急速消失的自己——那样情不自禁地叫道：

"那么，阿勋不存在，金让也不存在……说不定，就连这个我……"

住持的眼睛第一次略微用力地盯住本多：

"那也是因心而异罢了。"

一阵久久的默然对坐。而后，住持肃穆地拍了下手，随身弟子应声出现，在门口俯下身去。

"来一次不容易，请观赏一下南园吧！我当向导。"

弟子再次拉起要当向导的住持的手。本多像被操纵似的站起身，跟着两人穿过幽暗的书院。弟子拉开拉门，引本多进入檐廊，宽阔的南园顿时展现在眼前，绿草如茵的庭院以后山为背景，在炎炎烈日下闪闪耀眼。

"今天一早就有布谷鸟叫来着。"年纪尚轻的弟子道。

草坪边缘长着一些树，大多是枫树，从中可以窥见通往后山的柴扉。虽时值盛夏，枫树却已红了，从绿丛中燃起火焰。几块园石悠然点缀着绿地，石旁开花的红瞿麦一副楚楚可怜的情态。左面一角有一眼辘轳古井。草坪中间有一深绿色瓷凳，一看就知被晒得滚烫，怕是一坐上去就会灼焦。后山顶上的青空，夏云耸起明晃晃的肩。

这是一座别无奇巧的庭院，显得优雅、明快而开阔，唯有数念珠般的蝉声在这里回响。此后再不闻任何声音，一派寂寥。园里一无所有。本多想，自己是来到既无记忆又别无他物的地方。庭院沐浴着夏日无尽的阳光，悄无声息……

附录 I
三岛由纪夫为什么自杀

三岛由纪夫算是我较为熟悉的日本作家。十几年前译过他的代表作《金阁寺》和《潮骚》，也译了他的绝笔之作《天人五衰》。作为一个译者或者读者，我不大喜欢他的作品。他诚然是天才，但天才和天才不同。有的天才如皎洁的月华静静照亮夜行者脚下的小路，有的天才如炽烈的阳光劈头盖脑倾泻下来。三岛之于我明显属于后者。他的叠床架屋不无做作的句式、他的自命不凡凌空虚蹈的意念、他的孤注一掷不屈不挠的美学诉求，无不让我这个凡人望而生畏。老实说，较之他本人的作品，《美与暴烈：三岛由纪夫的生与死》（[英]亨利·斯各特·斯托克斯著，于是译，上海书店出版社2007年7月版）这本由英国人为他写的传记反倒对我有更大的吸引力，不知不觉读到了最后一页。

一般说来，为外国人写传记绝非易事，也不多见，至少空间、语言和语境会构成很大的障碍。好在作者亨利·斯各特·斯托克斯有其得天独厚的优势：他是英国《泰晤士报》驻东京的记者，同三岛有很深的私交。从一九六六年到一九七〇年三岛自杀，一直关注三岛的一言一行，并视之为自己作为记者的"工作和责任"。而且，他太太是日本人。另一方面，三岛的英语也够流利，两人可以直接用英语交谈。当然，更重要的是，三岛是令他感动的当时"最有国际知名度的日本人"——"不只是因由他的文学作品，还有诸多的所作所为都深深触动了我"。而"最终感动我至深的，是我们的友谊"。唯其如此，二三十年来这位英国记者始终不愿意接受三岛的死，始终思索三岛为什么选择自杀。不妨说，正是这种思索催生了这部传记。这部传记的价值恐怕也主要在这里。因为，三岛的真正死因纵然对日本人来说也是个谜。而破解了这个谜，就在很大程度上破解了三岛这个人，破解了三岛山重水复的文学世界，破解了日本、日本文化和日本社会的一个侧面。

理所当然，传记一开篇就详细描述了三岛的自杀："1970年11月25日，三岛由纪夫起了个大早。剃须时，动作缓慢而谨慎。这将是他死亡时的脸庞，绝对不能有一点丑陋的瑕疵。他沐浴了全身，系上一条雪白簇新的日本传统兜裆布，系好腰带，直接穿上盾会制服。"这是临出门的情景。接下去便是人们大体知晓的过程：率三名盾会成员进入自卫队东部方面总监部，捆绑总监，阳台讲演，高喊"天皇陛下万岁"剖腹自杀……

其时三岛四十五岁，正当盛年，留下一个十一岁的女儿和一个九岁的男孩儿，留下比他小十岁的夫人和年老的父母。接下去，作者一改第一章透出寒气的冷峻笔调，而换成略带暖意的平静笔触，缓缓讲述三岛的早年生活、他的创作生涯、他的《丰饶之海》四部曲。或旁征博引，或工笔细描，或层层剖析鞭辟入里，或步步推进主次相宜，读来饶有兴味。令人惊异的是，这些讲述——有意也好无意也好——全都百川归海指向一点：三岛为什么自杀？粗略梳理起来，似乎可以归纳为以下四个原因：

一、武士气质。三岛（本名平冈公威）是由祖母带大的。祖母出身于贵族武士世家，"她有孤高不屈的灵魂，疯狂的诗一般的灵魂"，往三岛脑袋里灌输了大量的贵族武士思想，使得三岛从小就对武士的尚武精神怀有向往之情，对战争充满期待——二战末期他正在上高中——"甚至连战争，我都觉得像孩子般的高兴。……连预想自己的死，也使我由于未知的喜悦而颤抖不已"。尤其在生命的最后四年，他把武士道精神奉为人生信条，关于武士修行的"教科书"《叶隐》是对他影响最大的一本书。《叶隐》认为"武士之道即迷恋死亡"。

二、审美追求。说审美同自杀有因果关系，听起来似乎有些荒唐，但就三岛来说确实如此。三岛年轻时读了大量的日本古典文学作品，从中吸取了日本人对美的灵性理解——

美是瞬时的；同时广泛涉猎西方名著，尤其对王尔德深有同感。这样，日本和西方文化的相通之处促使他形成了独特的美学追求或美学观：推崇死亡之美、毁灭之美、鲜血之美、暴烈之美，认为美的终极状态便是暴烈的死亡。作者写到，这种美学观才是影响三岛最深刻的因素，"也是他做出'切腹自杀'这样残酷决定的根源所在，而不是像传统观念所认为的——武士切腹是为了展现对天皇的忠诚"。

三、天皇崇拜。尽管如此，作者并不否认三岛自杀中的天皇因素。不过，三岛对天皇的崇拜并非绝对的、盲目的。有时候，他表达无限赞美之情；有时候，他又对当时在位的裕仁天皇采取严厉批评的态度，甚至认为，"对于1931年至1945年间日本的军事扩张，天皇及其幕僚负有责任"。相对说来，三岛对天皇的崇拜更多是文化意义上的——"我的美学观有坚实的、磐石般的基础，那便是天皇制度"，并说"天皇就是终极的文化形态"，是天皇体制和历史悠久的古典诗文使他找到了终极价值观。或许正是在这个意义上，他才对天皇放弃"神权"表示不满："为什么天皇必须变成凡人？"因此，他的自杀行动"从本质上说是一次经典的抗议行为——抗议天皇及其幕僚"。当然，这是天皇崇拜的另外一面。否则，他最后三呼"天皇陛下万岁"就很难解释了。

四、同性恋，即殉情之说。作者引用了《朝日新闻》资深记者深代淳郎的一句话：三岛自杀的动机可以概括为"由同性恋、阳明学和天皇崇拜拼接出的一幅灿烂华丽的马赛克拼图"。而且，无论事实如何，当时日本舆论一致认为三岛和森田一同自杀是"同性恋人的殉情"。至今仍是日本国内的标准解释，这也符合"爱神和鲜血结合"这一三岛美学的终极境界。对此，作者不仅从三岛的长篇小说《禁色》中，还通过可靠的个人渠道证实了三岛是同性恋者，并认为自杀是三岛深爱着的森田策划的。

应该指出，作者有的判断还缺乏充分的说服力，甚至自相矛盾。但不管怎样，这是一本值得一读的书。

（收于青岛版拙著《高墙与鸡蛋》）

附录 II
三岛由纪夫年谱

1925 年（大正十四年）｜诞生
1 月 14 日生于日本东京市四谷区永住町 2 番地（现东京都新宿区四谷四丁目 22 番）。父亲平冈梓为原农林省水产局局长，母亲倭文重为原东京开成中学校长桥健三的次女。作为家中长子，祖父平冈定太郎为其取名公威。

1928 年（昭和三年）｜三岁
2 月妹妹美津子出生。

1929 年（昭和四年）｜四岁
1 月突然病倒，经检查得知患上严重的自体中毒症。之后时常发作，直到成年后才痊愈。

1930 年（昭和五年）｜五岁
1 月弟弟千之出生。

1931 年（昭和六年）｜六岁
4 月进入学习院初等科学习。虽因体弱而经常缺课，但对阅读很有兴趣，爱读小川未明、铃木三重吉等的童话，丸山薰和草野心平的诗以及讲谈社《少年俱乐部》杂志。

1937 年（昭和十二年）｜十二岁

3月从学习院初等科毕业。4月升入学习院中等科。7月在《辅仁会杂志》上发表《春草抄——初等科时代的回忆》。

1938 年（昭和十三年）｜十三岁

3月在《辅仁会杂志》上发表短篇小说《酸模——秋彦的童年回忆》《坐禅物语》。

1939 年（昭和十四年）｜十四岁

1月祖母夏子去世。3月在《辅仁会杂志》上发表诗作《九宫鸟——森林》《第五喇叭》《独白》《星座》《九宫鸟》。4月成为中等科三年级学生，清水文雄（终生的恩师）担任班级语法和作文老师。

1940 年（昭和十五年）｜十五岁

1月以"青城散人"为笔名创作散文集《紫阳花》（未发表）。6月当选为文艺部委员，并完成《仔熊的话》。11月在《辅仁会杂志》上发表小说《彩绘玻璃》。12月开始撰写《幼年时》。当时，他喜爱的作家有雷蒙·拉迪盖、奥斯卡·王尔德、谷崎润一郎等。

1941 年（昭和十六年）｜十六岁

7月至8月，陆续将《鲜花盛开的森林》原稿寄给老师清水文雄，在老师的推荐下于9月至12月连载在《文艺文化》上。由此，清水文雄对其寄予厚望，并帮其取笔名"三岛由纪夫"。

1942 年（昭和十七年）｜十七岁

3月从学习院中等科毕业。4月升入学习院高等科文科乙类（德语班）。7月与东文彦、德川义恭共同创办同人杂志《赤绘》。8月祖父平冈定太郎去世。11月在《文艺文化》上发表短篇小说《水月》。

1943 年（昭和十八年）｜十八岁

6月在《赤绘》上发表小说《祈祷的日记》。

1944 年（昭和十九年）｜十九岁

2月完成《平冈公威自传》。8月在《文艺文化》上发表小说《夜车》。9月从学习院高等科毕业并荣获天皇颁发的银表。10月进入东京帝国大学法学部法律学科学习。

1945 年（昭和二十年）｜二十岁

10月年仅十七岁的妹妹美津子因病去世。10月在《现代》上发表小说《菖蒲前》。

1946年（昭和二十一年）｜二十一岁

1月带着《中世》《烟草》的手稿前往镰仓，初次拜访川端康成。6月在《人间》上发表小说《烟草》。11月在《群像》上发表小说《海岬的故事》。12月在《人间》上发表小说《中世》。

1947年（昭和二十二年）｜二十二岁

4月在《群像》上发表小说《轻王子与衣通姬》。11月从东京大学法学部法律学科毕业，但缺席了毕业典礼。12月高等文官考试合格后入职大藏省银行局储蓄处。

1948年（昭和二十三年）｜二十三岁

1月在《进路》上发表小说《马戏团》。6月在《文艺》上发表小说《宝石买卖》。7月至8月出差办公期间因过度劳累而睡眠不足，在涩谷站从铁轨上跌落，此事故成为其立志做一名专职作家的契机，遂于9月提出辞职。11月小说《盗贼》由真光社出版，川端康成作序。

1949年（昭和二十四年）｜二十四岁

1月在《新潮》上发表小说《大臣》，在《群像》上发表小说《恋重荷》，在《文艺》上发表小说《幸福这种病的疗法》。7月第一部长篇小说《假面的告白》由河出书房出版，三岛遂成为令人瞩目的文坛新星。11月在《展望》上发表短篇小说《孝经》。12月在《别册文艺春秋》上发表《恶魔》。

1950 年（昭和二十五年）｜二十五岁

1月在《新潮》上发表《果实》。6月长篇小说《爱的饥渴》由新潮社出版，在评论界引发热议。7月在《中央公论》上发表小说《星期日》。10月在《人间》上发表第一部现代能乐剧《邯郸》（后收于《近代能乐集》）。12月长篇小说《纯白之夜》由中央公论社出版，长篇小说《青的时代》由新潮社出版。

1951 年（昭和二十六年）｜二十六岁

3月在《新潮》上发表中篇小说《伟大的姊妹》。4月在《改造》上发表小说《死鸟》。5月《纯白之夜》由大庭秀雄执导，被松竹映画拍成电影。8月在《妇人公论》上发表小说《朝颜》，在《周刊朝日》上开始连载小说《夏子的冒险》。11月《禁色》（第一部）由新潮社出版，引发激烈争议。12月以《朝日新闻》特别通讯员的身份开启首次环球旅行，于翌年5月返回日本。

1952 年（昭和二十七年）｜二十七岁

8月《禁色》（第二部）开始在《文学界》上连载。10月海外旅行随笔集《阿波罗之杯》由朝日新闻社出版。11月在《朝日新闻》晚报上开始连载长篇小说《日本制》。12月在《文艺》上发表《美神》。

1953 年（昭和二十八年）｜二十八岁

3月为小说《潮骚》的创作而前往三重县体验当地渔民的生

活。4月在《群像》上发表戏剧《夜里的向日葵》。5月在《群像》增刊号上发表短篇小说《卵》。6月在《中央公论》上发表短篇小说《急刹车》，在《新潮》上发表《旅之墓志铭》。7月在《文艺春秋》上发表小说《不满足的女人们》。8月在《主妇之友》上开始连载长篇小说《恋之都》。9月在《改造》上发表《花火》，长篇小说《禁色》（第二部）由新潮社出版。

1954年（昭和二十九年）｜二十九岁

6月小说《潮骚》由新潮社出版，成为广受好评的畅销书；在《群像》增刊号上发表短篇小说《博览会》。7月在《新潮》上发表短篇小说《上锁的房间》。8月在《文学界》上发表短篇小说《写诗的少年》，在《妇人朝日》上开始连载中篇小说《女神》。9月长篇小说《恋之都》由新潮社出版。10月在《文艺春秋》上发表短篇小说《志贺寺上人之恋》。11月在《世界》上发表短篇小说《水音》。12月在《文学界》上发表戏剧《鹿鸣馆》，长篇小说《永恒的春天》由讲谈社出版。

1955年（昭和三十年）｜三十岁

1月在《群像》上发表小说《海与夕阳》，小说《潮骚》获得第一届"新潮社文学奖"。4月小说《潜沉的瀑布》由中央公论社出版。11月为创作《金阁寺》前往鹿苑寺、东舞鹤、妙心寺、南禅寺等地取材。12月戏剧《白蚁之穴》获得第二届"岸田戏剧奖"。

1956年（昭和三十一年）｜三十一岁

1月小说《幸福号出航》由新潮社出版。3月加入日本知名的戏剧社团"文学座"，在《文艺》上发表小说《十九岁》。4月戏剧集《近代能乐集》由新潮社出版。10月长篇小说《金阁寺》由新潮社出版。11月《鹿鸣馆》在"文学座"创立30周年纪念公演上第一次演出。12月《潮骚》和《近代能乐集》的英译版在美国出版，这是三岛由纪夫的作品第一次在海外出版。

1957年（昭和三十二年）｜三十二岁

1月在《世界》上发表短篇小说《女方》，在《文艺》上发表与小林秀雄的对谈《美的形状》，长篇小说《金阁寺》获得第八届"读卖文学奖"。3月戏剧集《鹿鸣馆》由东京创元社出版。4月在《群像》上开始连载长篇小说《美德的动摇》。6月《美德的动摇》由讲谈社出版。7月应邀赴美，在密歇根大学发表题为"关于日本文学"的演讲。8月在《中央公论》上发表短篇小说《贵显》。

1958年（昭和三十三年）｜三十三岁

1月小说集《七桥》由文艺春秋新社出版。3月在《新潮》上发表旅行随笔《旅之绘本》。5月戏剧《蔷薇与海盗》由新潮社出版。6月由川端康成做媒，与画家杉山宁之女杉山瑶子成婚。

1959年（昭和三十四年）｜三十四岁

5月搬入落成的新居"反禅学"。6月长女纪子诞生。9月长篇小说《镜子之家》(第一部、第二部)由新潮社出版。

1960 年（昭和三十五年）｜三十五岁

1月在《中央公论》上开始连载长篇小说《宴后》，在《年轻女性》上开始连载长篇小说《小姐》。3月因拍戏受伤住院。11月《宴后》由新潮社出版，《小姐》由讲谈社出版。11月偕夫人开启环球旅行，其间游历英国、西班牙、葡萄牙、法国等国。12月在《小说中央公论》冬季号上发表短篇小说《忧国》。

1961 年（昭和三十六年）｜三十六岁

1月小说集《星星》由新潮社出版。3月因《宴后》涉嫌侵犯外相有田八郎的个人生活而遭到诉讼。6月在《周刊新闻》上开始连载长篇小说《兽之戏》。9月应美国《假日》杂志社的邀请，前往加利福尼亚州出席研讨会并发表题为"关于日本青年"的演讲。11月评论集《美的袭击》由讲谈社出版。

1962 年（昭和三十七年）｜三十七岁

1月在《群像》上发表短篇小说《帽子之花》，在《文艺春秋》上发表短篇小说《魔法瓶》，在《新潮》上开始连载长篇小说《美丽之星》，在《妇人俱乐部》上开始连载长篇小说《爱的狂奔》，戏剧《十日菊》获得第十三届"读卖文学奖（喜剧类）"。5月长子威一郎诞生。8月在《世界》上发表短篇小说《月》。10月第一部科幻小说《美丽之星》由新潮社出版。

1963年（昭和三十八年）| 三十八岁

1月在《文艺》上发表短篇小说《珍珠》，《爱的狂奔》由讲谈社出版。2月在《新潮》上发表评论《林房雄论》。8月在《新潮》上发表短篇小说《雨中的喷泉》，在《中央公论》上发表短篇小说《车票》。9月长篇小说《午后曳航》由讲谈社出版。10月在《新潮》上发表短篇小说《剑》。11月宣布退出"文学座"并在《朝日新闻》上发表《致文学座诸君的公开信——艺术中有针刺》一文。12月小说集《剑》由讲谈社出版。

1964年（昭和三十九年）| 三十九岁

1月在《妇人公论》上开始连载长篇小说《音乐》。2月戏剧集《喜之琴》和《三岛由纪夫短篇全集》由新潮社出版。4月评论集《我青春漫游的时代》由讲谈社出版。10月长篇小说《绢与明察》由讲谈社出版。11月《宴后》被提名为"国际文学奖"候选作品，《绢与明察》获得第六届"每日艺术奖（文学类）"。

1965年（昭和四十年）| 四十岁

1月在《文艺春秋》上发表短篇小说《月澹庄绮谭》，在《新潮》上发表短篇小说《三熊野诣》。2月《音乐》由中央公论社出版。9月长篇小说《春雪》（《丰饶之海》第一卷）在《新潮》上开始连载。11月戏剧《萨德侯爵夫人》由河出书房新社出版。

1966 年（昭和四十一年） | 四十一岁

1月电影《忧国》在国际短片电影节上映，戏剧《萨德侯爵夫人》获得文部科学省第二十届艺术节奖（戏剧类）。6月在《文艺》上发表短篇小说《英灵之声》。7月在《文学界》上发表随笔《我的遗书》。8月长篇小说《复杂的他》由集英社出版。10月在《群像》上发表短篇小说《来自荒野》。

1967 年（昭和四十二年） | 四十二岁

1月在《文艺春秋》上发表短篇小说《时钟》。2月长篇小说《奔马》（《丰饶之海》第二卷）在《新潮》上开始连载。9月长篇小说《晚礼服》由集英社出版。10月戏剧《朱雀家的灭亡》由河出书房新社出版。

1968 年（昭和四十三年） | 四十三岁

9月长篇小说《晓寺》（《丰饶之海》第三卷）在《新潮》上开始连载。10月评论集《太阳与铁》由讲谈社出版。12月长篇小说《卖命》由集英社出版。

1969 年（昭和四十四年） | 四十四岁

1月《春雪》由新潮社出版。2月《奔马》由新潮社出版。5月戏剧《黑蜥蜴》由牧羊社出版。6月戏剧《癞王的阳台》由中央公论社出版。11月在《群像》上发表短篇小说《兰陵王》。

1970 年（昭和四十五年） | 四十五岁

7月《晓寺》由新潮社出版。10月在《文艺春秋》上发表随笔《行动学入门》，对谈集《感情的源泉》由河出书房新社出版。11月25日将长篇小说《天人五衰》(《丰饶之海》第四卷）的稿件留给编辑，后于当日上午11点在日本陆上自卫队市谷驻地东部方面总监室自决。

1971年（昭和四十六年）
2月绝笔之作《天人五衰》由新潮社出版。

---

* 参考河出书房新社1971年版《日本文学全集42·三岛由纪夫》所附"三岛由纪夫年谱"等资料，由王伟编译。